闯入者
———— 安部公房 ————

闯入者

〔日〕安部公房 著 伏怡琳 译

人民文学出版社
PEOPLE'S LITERATURE PUBLISHING HOUSE

著作权合同登记　图字 01-2017-6226

安部公房
闯入者
―――――――――――――――

Copyright © Kobo Abe
Chinese translation rights in simplified characters arranged with
the Estate of Kobo Abe through Japan UNI Agency, Inc., Tokyo
and BARDON-Chinese Media Agency, Taipei.
Simplified Chinese edition copyright © 2018
by Shanghai 99 Readers' Culture Co., Ltd.
All rights reserved.

图书在版编目(CIP)数据

闯入者/(日)安部公房著;伏怡琳译. —北京：
人民文学出版社,2017
(短经典精选)
ISBN 978-7-02-013335-2

Ⅰ. ①闯… Ⅱ. ①安… ②伏… Ⅲ. ①短篇小说-小
说集-日本-现代　Ⅳ. ①I313.45

中国版本图书馆 CIP 数据核字(2017)第 224263 号

总　策　划	黄育海
责任编辑	卜艳冰　李　殷　骆玉龙

出版发行	人民文学出版社
社　　址	北京市朝内大街 166 号
邮政编码	100705
网　　址	http://www.rw-cn.com
印　　制	上海盛通时代印刷有限公司
经　　销	全国新华书店等
开　　本	890 毫米×1240 毫米　1/32
印　　张	9.625
字　　数	106 千字
版　　次	2018 年 4 月北京第 1 版
印　　次	2018 年 4 月第 1 次印刷
书　　号	978-7-02-013335-2
定　　价	49.00 元

如有印装质量问题,请与本社图书销售中心调换。电话:010-65233595

SHORT CLASSICS
短经典精选

目 录

001	S·卡尔马氏的犯罪
117	巴别塔之貉
185	红茧
190	洪水
197	魔法粉笔
215	实业
223	闯入者
261	棒
268	梦之士兵
279	自我牺牲
285	箱子
291	公然的秘密

297 变形与梦境中的现实——安部公房的小说世界

S·卡尔马氏的犯罪 ①

我睁开眼。

早上睁眼醒来,再平常不过,没什么可奇怪的。可是,有哪儿不对劲呢?我总觉得哪里不对劲。

感觉不对劲,却又全然想不出哪里不对劲,这件事本身就不太对劲,所以我思忖着确实有些不对劲……我照常刷完牙,洗完脸,可越发感到不对劲。

我试着(话虽如此,但为何要作此尝试,连自己也说不清)打了个长长的呵欠。结果,那怪异的感觉立刻汇集到胸部,恍然觉得自己胸口突然变空了。

我估摸着大概是饿了的缘故,便走到餐馆(虽然即使没这回事,应该也一样会去),吃下两碗汤加一斤多面包。之所以特意写明数量,正是为了说明这显然不是我日常的饭量。

---

① 本书所有短篇均根据《安部公房全集》(新潮社)译出,基本按照发表年月排序。

然而，就在这段时间，那怪异的感觉还是越来越强烈，胸口也越来越空，我决定不再吃更多东西。因为肚子早已装得满满当当。

我站定在柜台前，从年轻的女服务员手里接过赊账本。正要签名，却不知何故犹豫起来。我知道，这份踌躇确实和那古怪的感觉有着某种关联，便把目光移向无限的窗外，希望映出自己的倒影。

蓦然间，我意识到自己握着笔，却苦于签不出名。无论如何都想不起自己的名字。这正是踌躇犹豫的原因。不过，我并没有太过慌张。那些潜心研究的学者，一年不知要忘记多少次自己的名字，我记得在一本像模像样的学术书（决不是中伤诋毁那位学者的书）上读到过类似的话。所以我非但不慌，反而镇定自若，不紧不慢地取出名片盒。不巧的是，里面一张名片都没有。我翻到背面，确认身份证件。但很奇怪，唯独写名字的地方一片空白。我赶紧抽出夹在记事本里的爸爸的来信，也只有收信人的姓名不见了。我又翻看上衣内侧的刺绣，同样一无所获。终于，我开始焦虑起来，想要搜寻任何一件能帮助我想起名字的东西。我把手伸入裤子和上衣的每一道能称之为夹缝的缝隙，搜出所有纸片一一检视，但每件东西上都只有名字无迹可寻，要不然，就尽是些本就不会写上名字的东西。

我变得焦躁不安，试着向柜台里的年轻女孩询问自己的名字。

因为我觉得她很面熟,不应该不知道我的名字。但没想到,女孩只是挂着尴尬的笑容,没能帮我想起名字来。无奈之下,我只好用现金付了款。

回到房间,我开始翻找书桌的每一张抽屉。存放刚印好的新名片的名片盒空空如也。书里敲的藏书印全都消失得无影无踪。无论是蝙蝠伞①上的姓名贴,还是帽子的内侧,或手帕的一角,总之,所有本该标示我姓名的地方,都唯独那一部分失去了踪影。

门上的玻璃映出了我的脸。脸上浮现着非同寻常的错愕,这让我觉得有必要对整件事略加思考。然而,我除了知道这诡异的现象和胸中空落落的感觉似有某种关联外,根本毫无头绪,所以我决定不再胡思乱想。"总有一天,时间会为我解决这些问题。一旦谜底揭晓,无非就是些无关紧要的事,所以这一次肯定也不是什么大问题。"我自己对自己说。

那之后,七点半准点报时的纸浆厂响起了蜂鸣声,已是上班时间,我正准备出门,却发现公文包不见了。好几份重要文件都在里面,更何况,那可是花了三个月薪水买的牛皮包,我顿时心急如焚,在根本无处可搜的房间里仔仔细细地搜索了每个角落,最终不

---

① 西式雨伞的旧称,起源于日本明治时代初期,一说是因黑伞形如蝙蝠而得名,区别于类似油纸伞的木伞。

得不归咎于窃贼所为。我打算立即去报案，出了门，转念一想，又决定作罢。因为我想起自己丢了名字。没有名字，怎么报案呢？"说不定名字也是那贼偷的。"我怀疑。如果真是这样，不得不说，这贼的手段极其高明。我顿生感佩，转而愤怒，继而茫然，就这样朝办事处走去。

上班高峰时的道路看在眼里犹如某种狂暴而未知的东西。一想到自己没有名字，孤寂无依的感觉油然而生。不管怎么说，没有名字地走在街头，这样的经历绝对是头一回，单想到这一点，我就忍不住心虚，抬不起头。胸口的空虚感似乎也稍稍蔓延了开来。

到办事处的时间估计比平常略晚。

我第一件事，就是查看前台的姓名牌。第三排左起第二张上写着我的名字。

S·卡尔马

S·卡尔马……我在嘴里重复了好几遍。总觉得不像我的名字，但似乎又应该是我的名字。只不过，无论重复多少次，都体会不到想起某件遗忘事物时的激动和安心。甚至，我开始怀疑这是我名字的事是不是弄错了，但显然这就应该是我的名字没错，我试图强迫自己这样想，可这一次，我却不禁怀疑我是我这个人的事是不是弄错了。我甩甩头,想要赶走那些妨碍思考的东西,但未能奏效。相反,每甩一下头,胸口的空虚感似乎就扩张一分,所以我决定不再多想。

依照惯例,我正准备把姓名牌翻到正面,却惊讶地意识到它已被翻了过来。不过,这种小失误也是家常便饭,更何况这样一来就不需要去碰那张总觉得不属于自己的姓名牌,由此而来的轻松和安心反倒占了上风。我迈着轻快的步子,朝办公桌所在的二楼三号间走上去。

三号间的门敞开着。我的办公桌一进门就能看见。魂魄比身体快出十米左右的距离,这时已坐到椅子上舒出了一口气,但身体却恰好在刚进门的位置遭遇一股迎面袭来的莫名的怪异感,止住了脚步。

让人愕然的是,椅子上已端坐着另一个我。

魂魄不可能有形态。我起初以为这是幻觉。但魂魄却慌慌张张地折返回来,待我意识到这并不是幻觉时,突然涌起一股汗毛几乎直竖起来的羞愧,下意识地把身体拼命挤进门与隔扇间的阴影里。我毫无由来地感到,自己一旦被人发现,后果不堪设想。

说来也巧,从这个位置可以一览无余地窥见另一个我的一举一动。他正在向打字员Y子口述混凝土砖在防火建筑里的应用报告。那只下落不明的公文包完好无损地立在书桌旁。他左手追点着文件上的字，右手轻放在Y子的膝头来回抚动。深埋内心的羞愧在看到这一幕的瞬间爆发出来，我感到两眼都已被冲得血红。

这确实是我。但就像看到姓名牌的那一刻一样，承认眼前这个人是我，就好比要我接受我并不是我。

这时，耳畔传来一声厉喝："你在干什么！"

一不留神被打杂的小工发现了。我顶着咄咄逼人的目光回看向他，对方摆出一副完全没有认出我的蛮横态度，而我却畏首畏尾手足无措，只会点头哈腰地回答："想找卡尔马先生……"在这样的情况下报出自己的名字让我感到无地自容。小工高高在上地抬了抬下巴："有事找人啊，那个正在跟打字员口述文件的就是卡尔马先生。"

另一个我似乎察觉到了这边的动静。他好像有些做贼心虚，目光警觉地回过身，与我四目相对。那一刹那，我终于识破了他的身份。原来竟是我的名片。

认清这一点后再去看他，怎么看都是一张不可能看错的名片。无论如何都不会把他看成名片以外的任何东西，正是一张如假包换的名片。

我以极快的速度交互开闭左右眼，终于发现了他身上双重影像的秘密。若用右眼，他犹如清晰倒映在镜中的我的翻版；但若改用左眼，他不过是一张无所遁形的纸片。

> N 火灾保险公司・资料科
>
> S・卡尔马

我清晰记得印制这张名片时的事。当时一狠心选了一百二十元的顶级沃特曼纸①，拜托工会印刷部制作。印好后，我还让Y子帮忙取回，作为答谢，请她喝了一杯七十元的维也纳咖啡。

在我回想这些事的时候，名片把文件递给Y子，在她耳边嘱咐了几句，然后态度决绝地从椅子上站起来。话虽如此，那终究是张名片，用左眼看去，就像是滑落到地上一般。

"有话出去说。"

名片说着飞快地从我面前走出去。我偷偷瞟了一眼Y子，她还在专心打字，看样子完全没有注意到我。同事们不太友善的两三道视线虽然在我身上停留了片刻，但也只是偶然间一瞥而过，看不出特别的意思，显然他们并没有在看我。没有人看穿名片的真实身份实在很奇怪，而没有人认出我也同样不可思议。

名片一直走到走廊尽头的杂物间才回过身，气急败坏地责问我。

---

① 英国沃特曼（Whatman）公司生产的纯白色高级绘图纸，纸张厚实，吸水性佳，尤其适合绘制水彩画。

"我说你到这里来干什么?！从一开始这就是我的地盘。不是你多管闲事的地方。万一被那些个对你存有私人感情的俗人看到，那我们俩的关系不就穿帮了吗？真会给我没事找事！你到底来干什么？没事就快走。不瞒你说，跟你这样的人扯上关系，我真是脸都丢尽了。"

我感到该说的话依然沉在空洞洞的胸底，怎么都涌不上来。我们互相窥视对方的脸，数秒钟的沉默静静流逝。就在这数秒间，我混乱的思维跟情感完全脱节，擅自行动起来，它甚至像跳哈萨克舞蹈般来了个兴高采烈的鱼跃，可我依然憋不出半句话。最后，就在我思忖着"不过，右眼和左眼看他居然能看出不一样的东西，这也真够荒唐的，八成是受马克思的影响"时，名片突然怒喝一声："蠢货！"我下意识地伸出手抓住了他。名片被撕开后那道惨不忍睹的裂痕，已在我脑海中勾勒出一幅清晰的画面。我甚至还策划了恶作剧的剧本，比如在那下面添一道下划线，写上"价值一块二"。

然而，名片却出人意料地难对付，他瞬间变成一张两眼看上去都一模一样的纯粹的名片，哧溜一下从我的指缝间滑走。我张开双臂，小心翼翼地把他逼到墙边。谁知，他却露出一抹洋洋自得的讪笑，转眼间滑入了门缝。杂物间的门常年上锁，钥匙由打杂小工保管。虽然我深知这一点，但实在心有不甘，便用力拉扯门把咔嚓咔嚓地前后摇晃，这声音惊动了打杂小工，我再次被他逮个正着。

"怎么了，出什么事了？"他三步并两步地冲到我跟前，那架势似乎要把我往后逼。"卡尔马先生他……"我好不容易从牙缝里挤出这几个字。"开什么玩笑？！这可是杂物间！"他脸上写满敌意，而我却无言以对，愤怒再次化为羞愧，转而又变成屈辱。我一言不发地把手举到眼前挥了挥，落荒而逃般离开了办事处。我不自觉地把手放到胸口。空虚的感觉更深了一层。

尽管如此，我内心仍抱有希望。办事处下班后，名片总会回来。他虽说是名片，却也属于"某一种我"，这一点不会改变，他若要回家，就只能回到这间房，不是吗？

"等那家伙回来，一定要说点什么。必须态度强硬地提出严正抗议。决不能随随便便就妥协，让自己再度蒙羞。这次的事，毫无疑问属于必须予以彻底追究的问题。"最后那句听上去相当权威，深得我心。要不是当时嘭地拍了拍胸脯猛然惊醒，我一定会凭空勾勒出各种情境，陶醉地杜撰好各式各样的责难，然后忘我地陷入准备斗争的亢奋之中。（说来惭愧，我性格里似乎不乏这样一面。）

但事实上，我一时兴起嘭一声拍了拍胸脯，回音之异样，让我瞬间回到现实当中。那声空洞的回响犹如打在空木桶上，让人无法相信是从人的胸膛发出的。那声音仅传入耳中，嘴唇就似乎要干枯开裂，它被无情地烘干，不留一丝水分。

我解开衬衫，依样画葫芦地模仿医生的手势，边敲边诊断。那嘭嘭的声音，听上去有点痴呆。我突然感到无比孤寂，坐在床边垂下头，双手按在胸前。这不只是单纯的空虚，我的胸腔实实在在地变空了。一时间我对所有一切都失去了信心，就连确信名片一定会回来的深信不疑，都开始变得可疑起来。不仅如此，一旦心有不安，即使名片回来，搞不好被赶出房间的是我也不是不可能。假如只拼力气，一两张沃特曼纸自然不在话下，但问题是我丢了名字，诸事不利。至少，法律不可能不向着名片。因为我的名字并非被盗走，而是自发地出逃了⋯⋯

马路对面的肉铺炸起了土豆饼。快到十二点了，我却毫无食欲。带着孤独的感觉，我决定去看医生。如果胸腔真变空了，或许医生会帮我找到原因。若能找到原因，说不定就能弄清名字出逃的缘由。我脑海中浮现出动物园一角那座黄色屋顶的医院。去动物园，坐蓝色公交只有一站路，走过去也就十分钟。

没多久，整排法国梧桐的枝叶间露出了医院尖尖的屋顶。

树下有个约摸五十岁的画家一动不动地端坐在一片空白的画布前。一个流浪儿正蹲在他脚边抓虱子。

医院里寂静无声。透过挂号用的小窗，一对噘起的嘴唇窥向这边，开口问道："叫什么名字？"

他好像还说了些别的，但这个问题让我心头一震，没听清接下去的词句。"你问我名字干什么？"我只是吃惊，并没有生气，但嘴唇却越噘越厉害。"做病历的时候要用。""病历？""对，病历。"这个词似乎在哪听过①。

"无论如何都要用到名字是吗？""嗯，那当然。"

果然还是要报出姓名。其实我一开始就没打算隐瞒。只不过，等我想说的时候，已经记不起来。我本以为随便说些什么或许能帮我想起名字，便试着跟那人争辩，可结果却只是让我确信这样的尝试徒劳无功。不过，我也在想，就算病历是件相当重要的东西，它应该也不具备法律效力，归根结底，之所以需要名字，不过是要一个用于分类的符号而已。所以，即便用捏造的姓名，应该也无大碍。于是，我不假思索地脱口而出："我叫卡尔特……"

"什么？"嘴唇又长出一寸。糟糕，说溜嘴了，我赶紧改口："不对，是阿尔特。"但这名字也有些古怪，所以我再次改口。这一次我虽告诫自己要取个完全不同的名字，"不，不是阿尔特，应该是阿尔马"，但结果还是半斤八两。嘴唇噘到了极限。看上去就像一只在药水里肿胀开来的鸭嘴。他无疑是在表达不满。而我内心也不是没有不满，所以我一边想着这是最后一次，一边决定再换一

---

① 日语中的病历发音类似"卡尔特"，与主人公的名字"卡尔马"仅一音之差。

个："啊呀，我又说错了。也不是这个，其实我叫阿克马。""阿克马……？没错了吧，呵呵呵……"留下一串照本宣科似的笑声，嘴唇缩了回去（究竟是只有嘴唇，还是整张脸，我也说不清）。紧接着，出现了一对硕大的眼珠。在水族馆被金鱼死死盯住的景象生动地浮现于脑际。不过，仔细看，那应该是人的眼睛。我自己也很清楚阿克马这名字确实愚不可及，也考虑过是否再改一次，只不过，我觉得改多少次都一样，更何况，和屡屡改口反而招致别人怀疑我没有名字的风险相比，因为名字古怪而遭人嘲笑，实在算不上什么。所以，"没错。"我回答，决定不再多言。

眼珠也缩了回去："请拿好这个。"他递给我一张写有 No.15 的卡片。

我坐在昏暗的候诊室里一张弹簧折断的沙发上等待。

沙发前有张桌子。桌上摆着烟灰缸和一本西班牙图片杂志。我点起烟，把杂志摊在膝头。因为不懂西班牙语，我一边看图片和照片，一边捡拾文字说明里的专有名词。有被警队包围的暴徒的照片。有女人伏在被击毙的男人身上痛哭流涕的照片。还有萨尔瓦多·达利笔下的尸骨和演绎天鹅之死的迷人芭蕾舞演员紧挨在一起的。斗牛的照片紧邻科涅克白兰地①的广告。紧身胸衣的图解旁则

---

① 法国西部出产的高级白兰地。

是雷蒙德·哈第盖①的肖像。满是文字的页面统统跳过。就这样,我翻到了第二十三页。

那一瞬间,我的目光被画面深深吸引,再也移不开。在连绵起伏的沙丘中无限延伸至地平线的茫茫旷野平铺整个页面。沙丘上生长着岌岌可危的灌木,天空中厚重的云层如箱子般堆叠在一起。画中没有人影。不用说家畜,就连乌鸦的影子都遍寻不着。覆盖在旷野表面的小草如金属丝般细矮稀疏,下方的土地隐约可见。草根间,沙粒轻快地随风流淌,汇成一道道褶皱。

我不禁重重地呼出口气,意识到自己已深深迷恋上这幅景象。令人心神荡漾的颤栗贯穿背脊。我从未去过西班牙,不可能见过画上的景色,但同时又情不自禁地感到眼前的景象似曾相识。那画面宛如一扇开在记忆底部的窗。

不知不觉间,我已伫立在那片荒凉广袤的大草原上。巨大的云块以摄人心魄的速度朝这边倾泻而来。轻快流淌的沙粒眼看着将要掩埋我的鞋履。左手边中景范围内有座沙丘,在那底部,带状的沙尘翻涌升腾。那是忍饥挨饿的野鼠群正开始迁移。我蹲下身查看脚底的沙粒。它们从指缝间哗啦啦地流走,不曾留下任何感触。孤零零地摊在半空的手指上,一滴水珠凭空而落,打湿了手指。那是我的泪。

---

① 雷蒙德·哈第盖(1903—1923),法国小说家,擅以简练的文笔刻画恋爱心理,代表作有《肉体的恶魔》。

我慌乱地揉揉眼睛,自己还坐在候诊室的沙发上。我又叹出口气,再次将目光转向那幅画。咦,这是怎么回事?那片旷野的风景消失得无影无踪。只剩下光洁的空白铜版纸泛着白光。难道是我在做梦?

不对,这不可能。怎么会有杂志在排版时只印上23的页码和标题,而留下整页空白呢?一定又有什么降临在了我的身上。我顿时紧张起来,目不转睛地凝视着这页空白,试图全身心地去感知那降临的东西。

就在这时,候诊室正面的门悄无声息地打开了,门内溢出的耀眼夺目的光芒里出现了医生高大的身影。因为逆光,那身影看上去一片漆黑。我赶忙收起杂志,担心如果被发现将百口莫辩。这时,医生黑乎乎的脸上,一颗金牙闪动了一下。

"十五号,请进。"

听到这句话时,我不禁莞尔。从睁眼醒来到现在,我第一次感到无比幸福。现实中,还会有像十五号这样、称呼别人却又全然不会让人感到厌烦的方式吗?假如大家都舍弃姓名,就依照不同的场合以号码相称,那将是一件多么愉快的事。

步入整洁明亮的诊室,医生看起来依然像影子一样黑,这多少让我有点奇怪,不过我已对他充满好感,所以并不觉得有多可怕。

"哪儿不舒服?""胸口觉得有点怪⋯⋯""哦。"医生转过脸抬了抬下巴,"病人说胸口觉得有点怪。先记下来。"刚才那位金鱼眼就坐在隔扇的阴影里。大概是在做病历。"还有呢?""还有……"我开始一一追述起床后发生的事。医生却不耐烦地打断我:"被你这样无序地说上一堆反而弄得我一头雾水。我问什么你就回答什么。好,发烧了吗?""没有。""哦,病人说没发烧。先记下来。那,咳嗽呢?""没有。""没咳嗽,快记下来。那头痛呢?""也没有。""病人说也没头痛。记下来。那么,你应该是肚子痛喽?""不,也不痛。""是吗,也不痛啊。别忘了记下来。那食欲呢?""不太想吃。""病人说不太想吃!这很重要。记下来了吧。那,是不是就这个不舒服?""也不是,其实……""简短地说。""嗯,简而言之,就是胸口觉得有点怪。""这就奇怪了。"医生歪着头陷入沉思。"所以希望您帮我看一看……""有道理,那就看一看吧。也没别的办法了。"医生在椅子上摆动两腿,动作夸张地取过听诊器,而后伸出右手食指,直挺挺地点在我胸口左右一晃。我连忙解开衬衫扣。医生用左手拇指把听筒抵到我胸口。

他全神贯注紧盯听筒,眉间折起一道深深的皱褶。那皱褶眼看着越陷越深。就在左右眼几乎快连到一起时,医生匆匆移开听诊器,咳嗽一声,面带不悦地说:"不能算异常。""也就是没有异常?""不对,是不能算异常。我怎么说,你就怎么写。"

接着,医生用左手轻按我的胸,按部就班地开始敲胸诊断。他嘭地敲一下,歪过头。然后每敲一下,头就左摇右晃。那虚空的声音,看样子也让医生惊讶不已。"很难说这不能算异常。"

这时金鱼眼开口说:"老师,不如用压力计测测胸内压怎么样?""你说什么?"医生瞪大双眼,不过紧接着就低声说,"也对,试试看吧。"两人从橱顶翻出一只满是灰尘的压力计,金鱼眼呼地吹了口气,医生被呛得连连咳嗽。压力计的橡胶管上连着一支足有十几厘米长的注射器。金鱼眼用酒精擦了擦我胸口正中的地方。我的膝盖颤抖了几下。医生扑哧一声把注射器直插在我胸前。

水银柱哗地降了下去。"一百三。"金鱼眼读出刻度。"这负压低得吓人!"医生低声沉吟道。"从早上开始就觉得胸口特别空。"我解释说。"什么,从早上开始!你怎么不早说?"医生突然变得极度生气。而我则极度惶恐,说不出话来。"这些情况你一开始不告诉我,我怎么帮你治呢?"医生一边絮絮叨叨地抱怨,一边戴上反光镜检视我的眼睛。"哟!"他说着把镜片贴到我眼睛上,"你的胸腔还真是空的。"他保持着这个姿势对金鱼眼说:"巨大的空洞,形成格罗瑟·卡维尔纳[①]……等等,这还真奇怪。居然能看到风景。好大一片沙原!不,这些就不用记了。我们医学人员绝不承认不科学的事实。真是荒谬透顶。这种对实证精神的侮辱必定

[①] 德语,grosse kaverne,意为大空洞。

会扰乱市民社会的秩序。所以不用记。""那拍张 X 光片查一查怎么样？""好主意。你过来。"

X 光摄片室里亮着红灯。"张开手抱住这块板，吸气……"喀嚓，耳边响起开关声，灯灭了，房里一片漆黑。变压器像蟋蟀般叫个不停。"快看……"传来医生的说话声。"啊……"金鱼眼倒吸一口冷气。"很难说没有异常。"医生说。"确实如此。"金鱼眼附和道。

"我总觉得这景色好像在哪儿见过……"

"我也觉得。"医生的声音异常低沉。

"对了，我想起来了！"金鱼眼猛拍一下手大叫起来，"候诊室那本图片杂志，您看……就是那里面的风景照。""这太不科学了！可是，怎么会呢？""我在想，是不是因为他的胸内压实在太低，结果一时兴起就把这个给吸进去了？""你快说！"医生一把抓住我的手，"到底有没有这样的事？"如今已是穷途末路，我彻底放弃抵抗，老老实实地回答："实在很抱歉。本想过会儿再跟您赔罪的，事情确实是这样。我根本不想这么做，可看着看着看入了迷，结果它就消失了。看来确实是我吸进去了对吧？不过，这完全是场意外……""意外，呵，就算是吧。幸好只是张照片，万一你趁着这劲头看什么顺眼就吸什么，那周围的人可就遭殃了。"红灯亮起，金鱼眼气呼呼地朝我逼近。这时，医生像变了个人似的用怯生生的声音说："算了算了，责怪病人也没用。只要当心别给他看到，我们自己注意一点就行了。十五号也挺可怜的,万一发生些你自己也不希望看到的事,你也会惹祸上身,所以,还是请马上离开这里吧。"

他们俩同时朝我扑来,一左一右紧紧夹住,把我押到窗边,然后合力从后面把我推了出去。我头先着地,摔在混凝土的人行道上,因为剧痛和晕眩,眼泪打湿了面颊。金鱼眼把我的外衣扔出来后,砰一声关上了窗。我拍去外衣上的尘土站起身,胸口的空虚更深了一层,悲伤让周围的景色变得苍白。

在成排的法国梧桐树下,刚才那个画家还保持着先前的姿势纹丝不动。流浪儿也依旧在他脚边抓着虱子。擦身而过时,我回转头,画布上依然一片空白。我忍不住问:"您为什么不画呢?""我在等。"画家两眼直视前方面无表情地回答。"您在等什么呢?""要是知道在等什么,那就没有人会等了。"

想想确实如此,我继续迈开步子朝前走去。

路牌——

我之所以顺着箭头的方向走，除了想看看动物外并无其他值得一书的理由。我在想，失去名字的不幸，或许可以借由观察同样没有名字的兽类得到些许安慰。而且我觉得还有时间，但究竟是什么的时间连我自己也不知道。

动物园被一群上小学的孩子搅得沸沸扬扬。兽类的体味让空气变得浓稠。我决定顺着写有编号的小路牌一路逛过去。除去鸟类的围笼外，其他栏舍周围都能看到铁丝编成的垃圾箱、印着药品广告的长椅，和挥舞饭盒的孩子们。人墙最厚的就是躲在洞里迟迟不肯露面的狮子的栏舍。虽然谁都担心该不会自己刚一离去狮子就走出洞来，可到最后，每个人还是带着一脸不甘走向下一座栏舍。尽管已经意识到这一点，但我还是想在空空荡荡的栏舍前驻足一会儿，于是便站定在围栏边。

谁知，狮子现身了。

它伸了个长长的懒腰，打个大大的呵欠，孩子们兴奋得欢呼起来。狮子环视四周，伸出舌头舔舔嘴唇，孩子们立刻跟同伴你一言我一语地说："它肯定很想吃掉我们。"

突然狮子的视线与我的视线相遇。它猛地打了个寒战。我不知为何下意识地停止了呼吸。狮子静静地朝我走来。它探出头，几乎快要碰上围栏，目不转睛地凝视着我，那眼神温柔地眯缝在一起。接着，它悄无声息地趴下身，把头枕在前爪上，注视着我的眼瞳依旧充满柔情,显得越发湿润。"叔叔,你是驯兽师吗?"身边的孩子吃惊地问我。

我顿时感到张皇失措,向后退出两三步,伴随一股自己也无法理解的冲动,扔下似乎在哀声悲鸣的狮子,落荒而逃。我能感到,一种既非羞愧也非忧虑、但同时又两者皆是的悔恨与屈辱留在身后,目送我远去。

熊、大象和河马似乎对我毫无兴趣,而斑马、狼和长颈鹿的栏舍前却开始上演与狮子相似的一幕,我只能把脸扭向一边快步走过。莫名其妙的兴奋不断催促我前行。没多久我就来到最后一座栏舍前。

是关骆驼的栏舍。

一只皮毛破破烂烂地垂在身旁、半秃不秃、肮脏不堪的双峰骆驼,正屈膝趴在栏舍的一角百无聊赖地嚼着木片。这里是动物园最靠角落的地方,所处的位置被厕所后方的树木遮蔽,所以几乎无人问津。更何况,看到这里也差不多心生厌倦,八成不会有人再想特意走到栏舍前来看这脏得不堪入目的骆驼。和我擦身而过时,三个调皮捣蛋的小男孩往栏舍里扔了块石头便跑开了,那之后四下又变得寂静无声,只剩我一个人。

栏舍前有张长椅,落满灰尘,更显寂寥。我突然感到一阵疲惫,便扫去灰尘坐了下来。没想到,在这里也出现了和狮子同样的情况。

骆驼缓缓起身，静静地将脖子伸向我，诡异地咧开嘴笑起来。若不是那双眼睛如此湛蓝如此美丽，我一定会感到极度不快。然而，它的眼睛实在太美了。大得叫人赞叹，宛如宝石般澄澈明净。

我和骆驼就这样一直凝望着对方。但这一次很奇怪，并没有惊慌错乱的感觉。不仅如此，我还感到无尽的愉悦和爽朗。一定是因为没有人在一旁看着的缘故。

忽然，身后的树丛里传来一阵脚步声，由远及近。我不自觉地站起身，像做了坏事，心怦怦直跳。来人是个夹着扫帚、穿黑色竖领制服、身材矮小的驼背老人。他看都不看我，径直穿过长椅，消失在厕所的方向。我重新坐回长椅，点起一支烟，悠然自得地迷失在骆驼的眼睛里。

"这愉悦简直就像做了不可告人的事情。"我想着。

然而，这份愉悦不知为何，却突然让我联想起医院的那段不愉快的经历。紧接着，丑陋而可疑的幼芽从这份愉悦中蠢蠢欲动地抬起了头。"该不会是野兽们觉察到了我胸里的那片旷野吧？"我试着一一列出对我尤为感兴趣的兽类。狮子、斑马、长颈鹿、狼，还有这只骆驼……全都是草原或旷野上的野兽。愉悦转眼变成忧虑。我体会到一种遭人背叛的痛楚。

蓦然间，笼中的骆驼消失无踪、被吸入我体内的情景栩栩如生地浮上心头。

我赶紧移开目光,即便如此似乎还远远不够,于是我紧紧闭上双眼。这时,我忽然意识到,我感受到的喜悦不过是胸腔里的负压渴望吸收骆驼的强烈欲望而已。为了不去看那头骆驼,我必须付出超常的努力和抗争。

顷刻间,胸膛里的空虚感开始从内侧歇斯底里地抓挠我的胸壁。胸中的负压,对我的感受置若罔闻,或许正如医生所言,它只想要吸收外界的事物来填补那片空虚。可是,我的胸腔,就算只是一片旷野,难道就该容忍那些野兽撒野放肆吗?"有何不可呢?"有个声音在我耳边喋喋私语。但我重重地甩了甩头,顽强地抵抗着诱惑。我只想做回我自己。

"找到了!"随着一声高喊,两侧突然伸出四条强壮的臂膀把我死死按住。是两个身穿同样绿背心的身强力壮的男人,胸前都戴一枚背面朝外的徽章。给医生当助手的金鱼眼站在他们身后,带着嘲讽的口吻对我说:"你这坏家伙的狗屎运终于到头了。真不要脸。居然敢坐在这儿谋划犯罪。"一个壮汉拽起我的手臂说:"跟我们走。"

"我有做错什么事吗?"我问。"别明知故问,你这不是被逮个正着吗?"另一名壮汉从腋下把我架起。

也不知从哪儿冒出来,先前那个拿扫帚的老人,突然现身给我们带路。壮汉在两侧夹住我的胳膊,金鱼眼步步紧随在后,时不时戳戳我的背脊。我试图尽最大努力装出若无其事的样子,可这样的排场无论如何都很难避人耳目。不一会儿,孩子们就把我们一行团团围住,一边起哄,一边摆出不管上哪儿都要跟到底的架势。"那家伙,可是个驯兽师哦。"是刚才在狮笼前站在我身旁的孩子的声音。"真酷,那他就是个小偷驯兽师喽?"说这话的,八成是他朋友。"没错,所以才被侦探抓到了。"我忍不住回过头,孩子们哇的一声四散奔逃。他们绕到不远处,从长椅后面、路牌的阴影或栏舍的缝隙间露出一只只小脑袋。为了表明自身的清白,我稍稍挺起胸,叼上一根烟,问左侧的壮汉:"有火柴吗?"壮汉一言不发,只是轻轻推了推我的手臂,似乎在催我快走。我顿觉颜面尽失,便把视线落到了地上。

一张广告单随风飘舞,掉在我脚边。

旅 行 的 邀 约!

关于世界尽头的演讲与电影之夜

转瞬之后,广告单再次轻轻一旋,被风整个团起,向后飘去。

不过，上面的内容却深深印在了我的心底。

"到了。"老人说。一行人在水族馆后方一座大型栏舍的边门前停住了脚步。写着"白熊①"的标牌油漆已开始剥落。老人一边丁零哐啷地晃动一大串钥匙一把一把找过来，一边谄媚地笑着说："白老弟得大肠炎死了，反正现在也空着，就给你们用吧。"

这一次壮汉一前一后把我夹在中间，老人走在最前，金鱼眼跟在最后，一行人排成一列走了进去。栏舍背后混凝土砌成的岩山上，有个巨大的入口通进洞穴。我们一队人鱼贯而入。夹杂着湿气的动物体臭扑面而来，差点让我窒息。洞穴进得越深，下坡越明显。两侧的石壁上覆着一层水滴，像上过油一般泛着光泽，石壁间的通道由宽变窄，最后必须微微侧身才能勉强通过。洞穴的高度也在变低，壮汉等人不得不弯下腰佝起身子。入口处的光几乎已传不到这里，周围一片漆黑。偶尔脚下还会打滑，这时候，我就不得不用手撑住石壁，结果手上沾满了类似黏液的黏糊糊的东西。就这样，洞穴不断延伸，看不到尽头。

单从外面看实在难以想象，但壮汉们平静的脚步声不带丝毫迟疑地回响在洞穴里，让我觉得事情似乎并没有朝预料之外的方向发展，虽然这预料本身也是全然未知的东西，但我并没有感到特别

---

① 北极熊的别称。

恐惧。

脚步声停了下来,我赶紧止住步伐。一缕似有若无的光照射进来。走在我前面的壮汉说:"要爬梯子下去,注意点。"然后他拉住我的手说,"这儿,就这儿,梯子是垂直的,当心。"

这段梯子也长得不可思议。正下方能看到一星光亮,但一看就会发晕,所以我故意不往下看。可如果朝上看,在我之后爬下来的壮汉鞋底的沙土会掉进我眼睛,自然也不能往上看。终于开始手软想要休息的时候,周围一下子亮堂起来,我已降到洞底。这是一间天顶很低、没有窗户、只带一扇门的大厅。桌子排成"コ"字形,看起来像是会议室。房间里采光充裕,但那光究竟来自何方却完全不得而知。这就是我们的目的地吧,大家脸上的表情看上去似乎都松了口气。

我被带到没有桌子的一边站着,壮汉各拿一把椅子坐在我两旁。我鼓起勇气问右边的男人:"您二位到底是什么来历?""私人警察。"这职位似乎有所耳闻,又似乎闻所未闻,很是怪异,我思忖着继续问道:"下面要做什么呢?"男人没有作答,反倒是另一边的男人开口说:"过会儿你就知道了,现在保持安静。除掉必要的东西以外都是不必要的,在这种地方,得到正式许可进行发言之前,所有发言都是被禁止的。"

我忽然气不打一处来。"那判断必要的东西是否必要的权限又是谁给你们的呢?"我语气强硬地反问,想要确信自己还是自由之身,但我却没能得到回复。耳畔传来一阵活像母马磨牙的声音,门开了。一左一右两个男人同时跳起,直挺挺地站着,纹丝不动。

进来的人全都似乎在哪儿见过。最先进来的一拨,鼻子像谁,眼睛像谁,嘴唇像谁,脑袋的形状像谁,各部分明明清晰可辨,但合在一起却又说不清究竟是谁,就像一群用拼木工艺①拼接而成的家伙。那伙人都穿着绿色衣服,看样子与这场集会的进程密切相关。除去我身边的两个,穿绿衣的共有五人。他们另一个共同的特征就是人人都戴眼镜。眼镜分三种,金框两人,无框两人,剩下一人则是铁框。金框是法学家,无框是哲学家,铁框是数学家,不知为何我当即就认出了他们的身份。

接下去进来的人中,除经常光顾的那家餐馆的年轻女孩、打字员Y子、浑身漆黑的医生、办事处主任、法国梧桐树下的画家和流浪儿等一眼便能认出的人外,还有些面孔似曾相识,但无论如何都想不起来。看这阵势,我认识和认识我的人几乎都聚齐了。甚至连我死去的妹妹和母亲的脸都在人群中若隐若现。没多久,大厅就被挤得水泄不通。但人流却依然接连不断地朝里涌,夹着扫帚的老人只能强行关门。那之后,被关在门外的人喧哗咒骂的声音和捶打抓

---

① 日本传统工艺之一,将色泽、纹理截然不同的木片或木板加工成几何图形后,再拼接成各种图案,粘贴或镶嵌在木板上。

挠大门的声音持续了好一阵,然后周围再次安静下来。

身着绿衣的五人在正中央刚一落座,人们便开始争先恐后地抢占两侧的位子。不用说,大多数人都无席可坐,只能围站在四周,为越过前人的肩膀而挺直腰背的声音以及催促别人摘下帽子的叫喊声此起彼伏,再没有什么氛围比这更能称之为集会了。

占据右侧顶端席位的金鱼眼站起身说:"肃静!今天将由我担任主持人兼记录员。""全部都要记下来,不过不科学的内容不用记。"对面那排座位上响起医生的呼喊。金鱼眼严肃地挺了挺胸,说:"在这里任何事都请充分尊重我这个主持人。"雷鸣般的掌声让大厅震颤起来。医生闭上嘴低下了头。在我看来,只要不是故意作秀,那态度值得信任,我开始对事情的发展抱持几分希望。

接着,金鱼眼面朝正中的席位说:"先介绍主席和委员。"五个穿绿衣的人一齐站起来点头致意,根本搞不清谁是主席。"下面,开始推选主席。"可话音刚落,会场内就响起一片不满的咳嗽声,人们纷纷高喊"少废话,快干正事"。金鱼眼只好慌慌张张地改口道:"下面开始审议本案。"

"被告……"他重新调整声音,伸手指向我,"被现场活捉。问题毋庸多言,就是判断被告有罪还是无罪。"

穿绿衣的五名委员异口同声地高呼:"传唤证人!"

"第一证人是……"金鱼眼歪着头,沉思片刻,"医生的助手。如果在场,请站起来回答问题。"但紧接着,他就狼狈地自语,"啊,对了,医生的助手就是我。我就是第一证人。"

旁听的人群发出一阵窃窃的哄笑,嘘的一声制止众人后,委员中的一名法学家开口说:"那我问你,被告是有罪还是无罪?""我认为有罪。"金鱼眼回答。"请陈述案情经过。"法学家说。"我要告诉大家,被告在短短的三个多小时里,仅仅是我亲眼目睹的,就犯下了两桩罪行。第一桩是,偷窃医院候诊室杂志的插图。""也就是说他是个盗窃犯?""没错。""关于作案手法,有什么可以陈述的吗?""有。被告利用胸腔的负压吸收行窃。""这手法非常罕见。那么,关于这项罪行还有其他证人吗?""接下去将传唤医生作为第二证人。"

"医生,你承认刚才助手所说的都是事实吗?"医生不情不愿地站起来:"对于这种不科学的问题,我不想发表任何见解。""你基于何种理由拒绝发言呢?""这是我信奉的主义。""那好,第二证人基于信奉的主义拒绝作证。"

"请等一下!"金鱼眼的嘴当即噘了起来,"我认为,不管是什么主义,都不能否定事实就是事实。在这里,请不要用科学主义者那套什么都能套用的二元论来歪曲事实。"

"可是,"一名哲学家开口说,"从认识论的观点来看……"他伸出右手插进左侧鼻孔,全身战栗着拔下鼻毛,飞快地擦在膝头的裤腿上,"原本就不存在什么所谓的事实。"

"不过,"另一位哲学家接口道,"就辩证法来说,"他闭上双目,似在做梦,"基于公理的设定,事实可以成立。"

"公理、公理、公理万岁!"数学家突然拍起手欢呼雀跃,但被尚未发言的法学家①捅了一肘,迅速安静下来。

"但事实就是事实……"金鱼眼还想争辩。"委员的决断必须严肃对待,"最先发言的法学家制止了他,"下面,第一证人,请说说被告的另一桩罪行。""就是我们亲眼目睹、被当场逮住的那次吧。被告当时正在偷一头骆驼。""是正要偷,还是已经偷了?""是正在偷。""那有没有其他证人?""有两名私人警官和一名园丁。""接下去,请两名私人警官作为第三证人出庭。"我身边的两个壮汉跺着脚上前一步。"证人认为被告有罪还是无罪?"两人异口同声地说:"有罪。""请陈述案情经过。""被告当时在偷一头骆驼。""好,接下去传唤第四证人——园丁。""在!"夹着扫帚的老人站在门边伸长了脖子。"请到前面来。证人,你也同意前两位证人的证词吗?""二位所言属实。被告那混账东西,在栏舍前足足守了将近一个小时,我这双老眼看得真真切切。""那我问你们三人,作案手法是什么?"三人似乎被问得出其不意,面面相觑,吐不出一个字。法

---

① 原文此处为"法学家们",但根据前文,尚未发言的仅有一位法学家,所以译文改为单数。

学家稍稍加重了语气:"证人们都拒绝发言。出于什么理由?"三人还是默不作声,渐渐垂下头去。看到这一幕,嘴已噘起的金鱼眼再也按捺不住,放声高喊:"这还用说吗,当然就是靠负压来吸收行窃。"

"当然?为什么是当然……请陈述理由。""那还不简单。因为在犯下第一桩罪行时,被告曾向我和医生主动交待,他拥有只要紧盯某件物体,就能把它从眼睛里吸进去的体质。"

"被告真的这样交待过吗?"数学家高声斥问;"别看我!"哲学家冲我惊呼;"我也不想被吸走!"另一名哲学家也尖叫起来;迄今为止一言未发的法学家面色惨白;一瞬间整个会场陷入无尽的恐慌。每个人都试图躲到别人身后,力气较弱的被推到前列,甚至有人因为过于恐惧而当场昏迷。那光景无比滑稽,但我却不知为何笑不出来。在这场混乱中,幸亏最早发言的法学家稍有几分自制力,对我身旁的壮汉下达了一道直击要害的指令:"危险!快把被告的眼睛蒙起来!"

我立刻被蒙上双眼,场内复归平静。不过,那之后的一段时间,粗重的喘息和叹气从四面八方传入耳中。"那么,再问第一证人……"法学家的声音仍带着几分颤抖,"被告是出于何种目的策划这两起案件的呢?""因为骆驼是有用的家畜。"不知是不是我的错觉,金鱼眼的声音透出一种夸耀胜利般的平静。"但是,杂志的插图呢?""当然是为了饲养那头骆驼。""为什么这么说?""因为那是一张大草原的照片。""原来如此,也就是说,这完全是一起有预谋的犯罪。""您说得太对了。所有这一切都经过周密的策划。"我被蒙着双眼看不见外面,或许人们都陷入沉思,好一会儿沉默支配着整个会场。

耳畔传来一声咳嗽,"证人都传唤完了吗?"是法学家在说话。"没,还有几位。"

"那下面有请第五证人。"

"到。"响起一声回应。"你是什么人?""打字员Y子。""你要作什么证?""那位被告是卡尔马先生。"Y子迫不及待地回答,场内一片哗然。但事实上,比任何人都紧张的恐怕还是我自己。直觉告诉我,总算接近问题的核心了。不过那问题究竟是什么,我依然不得而知。

"那你认为被告有罪还是无罪?""这不明摆着是无罪吗?!"Y子气冲冲地回答。场内的私语声越发嘈杂。"那就奇怪了。""根本没什么可奇怪的。如果真的很奇怪,那干吗还要传唤我出庭作证呢?世上没有一条法律可以毫无根据地否定证人的证词。""话是没错。不过,既有人主张有罪,又有人主张无罪,事情就会变得越来越复杂。必须选择其中的一方……这样说来,这起案件肯定是一起了不得的案子。""那还用说?!否则,根本没必要进行这样的审判嘛。"Y子应答时的态度,在我看来真是大义凛然、勇气可嘉,让我深受感动,如果审判结束我能安然获释,一定要把这份感动告诉Y子。

"可是,依我之见,"一名哲学家用昏昏欲睡的声音发话说,"未必如此。因为,如果没有审判,那就不会有被告这样东西。如果没有被告这样东西,那就不可能犯罪。而不可能犯罪就意味着,即使有人想要偷东西,也偷盗不得。因此,正是为了让想要偷东西的人能自由地窃取财物,我们才需要审判。"话音刚落,会场四角便响起了掌声。当然只是极少数,不过这似乎足以让哲学家感到洋洋自得,这一次他用异常清醒的声音说:"归结起来就是,正在实施这场审判的事实,可以看作是被告渴望被定罪的证据。""哪有这么强词夺理的理论?!"Y子义愤填膺地说。

"自古以来理论就是强词夺理的。事到如今,不需要再浪费时间来论证这些不言自明的道理。证词可是非常神圣的,"另一名哲学家抽抽鼻子,"不过,就算被告渴望被定罪,也并不代表被告就是有罪的。否则,就会理论当道而道理靠边,这就相当于被告的意志当道而证人靠边,所以,在凡事都必须尊重证人证词的法庭上,被告未必能达成所愿被判有罪。"他局促不安地说。

我终于忍无可忍,大声怒吼:"我一点儿都不希望被定罪!"

"你还是别口是心非了。"这声音从未听过。不知是不是缺颗牙，语音极度含糊不清。应该是那个第一次发言的法学家。"就算你试图用虚假的陈述陷自身于不利、借此获取有罪的判决，我们也不会中你的圈套！"就在我惊讶得不知如何作答时，另一名法学家再次开口，我错失了继续发言的机会。"那好，基于刚才的决定，请证人继续陈述证词。请说下去。""你要我继续说什么？！我觉得这场审判简直愚蠢透顶。"Y子刚说完，出人意料地保持着沉默的金鱼眼猛拍桌子大叫起来："证人的态度构成藐视法庭罪。必须对其进行反询问①。"

"说得对，下面进行反询问，"法学家回应说，"那我问你，你主张被告无罪，请陈述理由。""这还用得着说？！因为那人是卡尔马先生啊。""呵，真是太匪夷所思了，被告是卡尔马和他无罪有何关系呢？劳驾，请查查字典。""卡尔马是人名，也就是专有名词。怎么可能会登在字典上呢。""吵死了，没在问你！"响起一阵啪啦啪啦的翻书声，溢满期待的数秒钟缓缓流逝。其实我也对卡尔马是否真是人名半信半疑，所以也迫不及待地想知道结果。

"查到了。卡尔马在梵语里是罪孽的意思。"一名哲学家回答。

"这和证人的说法相矛盾。证人的证词构成伪证罪。"我本想说些什么，但脑袋晕晕乎乎，什么都说不出来。"可我说的是事实！"

---

① 指法庭上由控辩双方中的一方对另一方要求传唤的证人进行的询问。

Y子反驳道。"但字典里这样写着。"法学家略带怜悯地说。"什么破字典，根本靠不住！""你这样说实在太情绪化了。不过，考虑到你是女性，我们就宽宏大量一次。"掌声响起。至少有刚才的三倍。法学家清清嗓子，继续说："如果存在比字典更可靠的事实，那就姑且听听你的说法。请讲。"

"真让人窝火。"Y子看上去相当不服气，"可如果不说，会让我更窝火，我就说给你们听听。我是N火灾保险公司资料科的打字员。卡尔马先生也在同一个部门工作。他从早上开始就在向我口述关于用混凝土砖建造防火建筑的报告，我负责把它打出来。中午的时候，他在我隔壁桌上吃了午饭，然后还跟主任下了将棋①。"

"等等。这必须传唤主任出庭加以确认。"

"不成，"金鱼眼插嘴道，"主任是第七证人，就顺序来看有欠妥当。""那第六证人是谁？""画家和流浪儿。"

"那就请画家和流浪儿站到证人席上。""在哪儿？哪有什么证人席？"后方传来画家不耐烦的声音。"我说的证人席是语言上的一种修辞。可以理解为精神上的场所。""那我站原地就成了对吧？""也不是不可以这样理解。不要用那些无关痛痒的问题让本委员分心。赶快陈述证词。""可你要我陈述什么呢？""啊？

---

① 流行于日本的一种棋类游戏，又称日本象棋。

这位证人记忆力实在糟糕。刚刚还在审议的内容这会儿居然就忘了，着实叫人惊讶。这样的证人不经过精神鉴定就出庭，可能会出问题。""随你们便。""即使你说随便，我们也不能随便。因为职责就是职责。我认为，证人还是应该不带怒气等感情色彩地陈述证词。""我这不就在问你要我说什么吗？！""陈述什么……"法学家连咳三声，陷入了沉默，"……陈述什么，嗯，就是……"他顿时大发雷霆，"就因为你尽说些没用的东西，你看你，害得我都忘了！"

"说到被告午饭后有没有跟主任下将棋。"金鱼眼赶紧低声提示。"没错，就是这个！"法学家猛然醒悟过来。"我怎么可能会知道这种事？"画家回答。"老子也不晓得。"流浪儿跟着说。"不许用这么粗鲁的说法。解释一下为什么不知道。""因为我那时正等在一排法国梧桐树下面。""等什么？""唉，真是烦死了。好像刚刚跟谁解释过一遍，要是知道在等什么，那就没人会等了。""然后呢？""就这些。""这就奇怪了。为什么就这些？""因为就只有这些事，我有什么办法。""原来如此。既然这样，这段证词就应该理解为陈述完毕。主持人，下面传唤第七证人出庭如何？"

"好吧。那就请第七证人站出来。""到！"主任用诚惶诚恐的声音应答。法学家发问说："快陈述证词。被告有罪还是无罪？""这我可不知道，我只知道午休的时候确实跟卡尔马下过将棋。"

"好。第五证人的发言得到确证。下面,请第五证人继续。""一想到自己居然在这种地方正儿八经地说什么证词,我就觉得真是太丢人了。不过,就像我刚刚说的,因为不说更让人窝火,所以我才说。"Y子的声音可以听出她已忍到极限,"跟主任下完棋后,卡尔马先生抽了支烟,然后和我聊了大约十分钟。""聊的内容呢?""关于电影。""什么样的电影?""愚蠢的审判官。""你说什么!""是电影的标题。""哼,真是个愚蠢至极的标题。不过,很遗憾,我还没看过这部影片。说说故事梗概。""但我觉得这和证词内容无关。"金鱼眼插嘴道。"既然这样,那就算了。继续说下去。"法学家说。

"聊完之后,卡尔马先生口述了上午剩下的报告内容,我把它们都打了出来。下午三点工会开大会,我和卡尔马先生都参加了。开会的时候,他从头到尾一直坐在我旁边。然后四点钟的时候,我突然接到传票,就被叫到这儿来了。"

"接着呢?""我要说的就这些。你看,卡尔马先生怎么可能有罪呢?!"

"为什么不可能?""你想想,这段时间卡尔马先生哪有时间去做贼?你这审判官脑袋也太不灵光了。"

"真不像话,把这女人给我拖出去!"法学家刷地站起身咆哮起来。咔嗒咔嗒搬动椅子的声音和慌乱无序的脚步声,让骚动不安和剑拔弩张的氛围溢满场内。从这片声响中传来Y子的呼喊:"烦死了。少来这套。我有我的自由！"骚动戛然而止。"快给我拖出去！"但这一次场内已听不到任何回应。真是何等的英勇无畏。我感到必须对Y子刮目相看。无论如何都要把这份心意传达给她，我抬起被遮蔽得看不见的双眼，朝着Y子的方向循声望去。

耳边传来法学家的呻吟："啊，胸口好闷。喘不上气。我说不定要死了。""没关系，没关系。"另一位沉默寡言的法学家说，"我会接替你的，死了也无所谓。"咣当一声椅子倒地的声音响起后，最先发言的法学家再没说过一句话。

"接下去。"那个口齿不清、沉吟不语的法学家说，"我们继续进行这场'变正'的审判。""应该是公正。"金鱼眼说。"不，或许是端正。"一名哲学家纠正道。"不对。他说的是专政。"另一名哲学家说。"可是，我还是希望按照发音理解为变成。①"数学家说。

"我的话同时包含所有这些意思。"法学家回答。周围响起一片钦佩的感叹。法学家十分得意地重复了一遍："同时包含所有意思。"但这一次不再能听到丝毫感佩，他好像大失所望，继续说道，"那我们立刻恢复审理。主持人，请尽快下达判决，判处被告有罪。""毫无疑问，被告有罪。"一名哲学家连忙打断他："下达判决的不应该是主持人。应该是我们。而且，现在还没到宣判的时

---

① 日语中"变成"与"变正"同音，"变正"二字为译者音译，原文仅以片假名标音。

候。""更何况卡尔马先生哪有什么罪嘛。他的不在场证明完全可以成立。"Y子刚说完,金鱼眼就气势汹汹地盖过她的话:"开什么玩笑!被告可是被现场活捉的。"接着,他调整了一下声音,不像是对某个人,而像是对在场的所有听众,带着一种斗志昂扬的激情,"在这里,我正式要求以第一证人、兼主持人、兼记录员的身份,进行发言。""允许发言。"委员们异口同声地回答。"至此,基于多位证人及各位委员的发言,我认为大致可以确证以下两种情况。第一,第五证人打字员Y子可能是被告的共犯;第二,被告的姓名不是卡尔马,被告与卡尔马或许只是容貌相似但毫无关系的两个人,总而言之,无论属于哪种情况,被告有罪的结论都毋庸置辩。在这里,请允许我陈述另一件事,以此证明被告属于第二种情况,从而证实第五证人的清白。""我可不需要你多管闲事。""请先听我说完。被告为犯下第一桩罪行而来到医院时,我曾在接待处询问被告的姓名。这是制作病历所需的步骤,决不是什么奇怪的举动。然而,被告却在回答时给出了四个名字。卡尔特、阿尔特、阿尔马,还有最后一个阿克马。不过他绝对没有说卡尔马。更重要的是,被告说出这些名字时态度极其暧昧,显得完全没有自信,所以……"他说到最后声音突然含糊不清,沉默了下去,引得法学家厉声追问:"所以什么?""所以……"金鱼眼像变了个人似的,声音有气无力、吞吞吐吐地接续道,"所以这些名字可能全都是出于犯罪目的使用的假名……""那这样一来,不就没有证据证明被告的真名并不是卡尔马了吗?!"数学家第一次一针见血地做出判断。"正是如此。"金鱼眼完全没了气焰,法学家气急败坏的声音同时传入耳中:"案情终于卷入重重谜团。卡尔特、阿尔特、阿尔马、阿克马这几个名字,给人的印象全都和卡尔马差不多。说不定,被告自称卡尔马而第一证人听错了也未可知。""不可能,绝不会有这种事。打仗时我做过防空监听员。对自己的耳朵绝对有信心。""就算你没听错,可还是对弄清被告的名字是不是卡尔马一点帮助都没有。那接下去,怎么办,是不是该传唤第八证人?""问题是……"金鱼眼满怀歉疚地说,"到第七证人就结束了。""可现在,情况十万火急。不是说这种消极话的时候。""但没有的东西该……""说什么呢,车到山前必有路,这种时候就该放手一搏。姑且先试试。"说着,他拼尽浑身气力、用令人同情的声音大喝一声,"第八证人!"

吞咽唾沫的声响都比这一声回荡得更久远。

"嗯?有人回应吗?""有。"一名哲学家说。"没。"另一名哲学家说。"这到底是有还是没有完全分不清。最好还是来问问第八证人自己。第八证人,如果你回应了,就说回应了,没回应,就说没回应,这次请更加清楚地作出回复。"

"回应了。"虽然那声音必须侧耳细听才能分辨,但确实传来了回复。是个细声细气的女孩的声音。没记错,应该是餐馆柜台前的年轻女孩。"喔。"低缓的感慨声此起彼伏。

"果然试试就对了!"法学家欣喜地说,"我问你,证人你是否认识被告?""是。""那你确确实实是被传唤到本庭作证的喽?""是。""看来,该尝试的时候就应该放手一试。""是。""这不是提问。证人你只需要陈述证词就可以了。请问,被告的名字叫什么?""……""难道你不知道?""……"没有回答,代之以一阵静静的抽泣。法学家吃了一惊:"你别哭,不要哭。"但柜台女孩依然没有停止啜泣,于是数学家厉声威吓她:"你再这样哭个不停,就把你拖出去!明明是证人,怎么可能不知道被告的名字呢?!"

"哼嗝"女孩抽搐了一下止住哭泣,然后声音颤抖着说:"可被告他……"说到这儿,她又哭起来。什么被告不被告的,要怪就怪你们逼她用这么个用不惯的词,我怒上心头。"我不是说了不准哭嘛!"数学家再次咆哮,"被告他到底做了什么?"

"被告今天早上到我们店里来吃了面包。""然后呢?""被告把面包都吃下去了。""是他偷的吧!"法学家的声音抬高了八度。"不是,"女孩吓了一跳,"他按账单付了钱再走的。""什么嘛,真没劲。"法学家大失所望。

"不过,在那之前……""如果之前有事,为什么不先说?!他果然还是偷东西了吧?"法学家重新打起精神。"没有。"女孩的回答略带鼻音。"那到底出什么事了?""被告在柜台前想要在赊账本上签名。""原来是想蒙混过关。"

"不是的,每天来的熟客大家都这么做。""好吧,那接下去呢?""接下去,被告停下笔,看了看名片盒。""他到底想干什么?""然后又翻翻口袋。""在找枪吧?""但好像还是没找到,于是他就来问我。""问什么?""问被告的名字。""名字?""是的,但是我也不知道。""那我就更不知道了。这就奇怪了。到底是怎么回事?""我觉得……"女孩犹豫不决地颤抖着声音说,"一定是被告不知在哪儿把名字给弄丢了。"

刹那间,划破空气的笑声撼动整个会场。少女的抽泣犹如电线穿透狂风暴雨的凄厉惨绝的悲鸣,愈发高亢。笑声久久不停,由轻变响,最终盖过了少女的哭泣。那笑声似乎要永无止境地一圈圈膨胀下去。

渐渐地,它听上去不再像是笑声。简直就是彻夜未眠之后的阵阵耳鸣。让人担心脸庞会烧得通红,血液会从每个毛孔丝丝渗出。我感到地板颤悠悠地晃动起来。啊,这该有多丢人啊。

"有什么可笑的!"吼声来自明明已经死掉的最早发言的法学家,"正如大家所见,我又活过来了。可见这件事确实有着如此重大的意义。"听到这,刚才那般响彻会场的笑声就像被扔进滚烫红茶的方糖,转眼失去了踪迹。只有柜台女孩的呜咽仿佛溶剩下的细微颗粒依稀飘荡在耳边。"被告弄丢、或者说遗失名字的可能性,在这样的情况下完全值得考虑。"法学家的声音在寂静中高高回荡，显得异常嘹亮。"这样说来，被告接连摆出不同名字的态度，倒也不是不能解释。"金鱼眼战战兢兢地附和。"我也这样认为。"另一名法学家接口道。

"原来如此！"一名哲学家用充满倦意的声音说，"第一证人说被告被抓现行，第五证人表示被告是卡尔马所以不在场证明成立，而第八证人则主张被告丢了名字。这些乍一看相互矛盾，但实际上三条不同的证词毫无矛盾地同时成立。当然甚至可以说完全符合逻辑。从辩证法的角度看，就是第一证词和第五证词的矛盾之处，被第八证词所扬弃①。"不知是谁，有个人连连鼓掌。不过，也就只有一人。

"这意味着……"另一名哲学家开口道，"被告既有罪，又无罪，但同时又既非有罪，又非无罪。从认识论的角度来看，可以肯定这个问题不过是个主观问题而已。""不对！"数学家发出尖锐刺耳的叫声，"数学，数学。设定公理，把问题拉回现实！""所以，"另一名法学家连忙打断他的话，"我觉得要更加现实地、从法律学的角度来探讨这个问题。现在的情况是，被告遗失了姓名没有名

---

① 德语 aufheben，黑格尔辩证法的基本概念之一，同时包含抛弃与发扬这两层截然相反的含义，指事物在向更高阶段发展时，会抛弃原有的消极的部分，而保留积极的部分，并加以发扬。

字，对于没有名字的人也就不能动用法律。结果，得出的结论就是，我们不能裁决被告。"

场内的两处地方发出不同寻常的喧闹。一是喜悦，一是不服。这两处喧哗逐渐扩大、靠近、相连，最后混为一体蔓延到整个会场。终于，我情不自禁地松了口气。

然而，这份欣慰却因为第一名法学家接下去的言辞而脆弱不堪地消散一空，就像石蕊试纸瞬间变成了另一方的颜色。

"但是，这场审判并不会就此终结。因为，虽然法律确实不能裁决被告，但同时被告也无法在法律面前伸张自身的权利。法律和权利只对名字产生效力。鉴于此，除了维持现状别无他法，审判将会继续。直到被告找到名字、可以接受裁决为止，哪怕是永远，审判都必须继续下去。"

"我再也受不了了！"有人尖声大叫，是Y子，"做梦都没想到审判居然是这么荒唐可笑的事。要是真跟你们较真，连我都要疯了。卡尔马先生，别管这些不是该死没死就是精神不正常的审判官，我们管我们回去吧。"

啊，在我满是绝望的内心，这声呼唤给了我多大的慰藉。如果我对卡尔马这个名字拥有完全的自信，那我一定会毫不迟疑地听从Y子的话。可是，我只能朝那看不见的方向，情不自禁地伸出双手，身体也因为痛苦而扭动起来。

"啊！那女人居然还在？！"好不容易起死回生的第一名法学家发出惊愕的哀嚎，接着传来一声重物摔倒在地的沉闷的声响。也许他又再次死去。但四周寂静无声，没有一人做出反应。

"怎么了，卡尔马先生？跟我走吧。"面对Y子平静而若无其事的话语，我又该如何作答呢？在已经开始爱上Y子的我的内心，要如何告诉她我并没有清白到可以完全无视这场审判而转身离去，我实在没有勇气背叛Y子难能可贵的信任。而且就在那一刻，我猛然意识到，名片在办事处对我说的话、可能会看破我俩关系的关心我私人生活的俗人，说的正是Y子。出于悔恨和内疚，我满怀歉意地回答："眼睛还被蒙着，没那么容易跑掉的。"

"哎呀，那玩意儿自己摘了不就得了吗？"Y子极其轻描淡写地说。

这时，大概觉得我真会摘掉遮眼布，场内一时间被惊恐的呼喊所挟裹。有人叫"动作快！"，有人叫"好痛啊！"，有人叫"挤死了！"。各式各样的尖叫混杂在一片脚步声中，时而绵长时而短促时而扭曲。桌子翻倒的声音和椅子摔裂的声音碰撞在一起，碎了一地。"快打开！快打开！"好几声呼喊接连迸发，传来捶打和踢踹大门的声音。接着便听到大门一寸一寸地被摧毁。脚步声在那里聚集融汇，形成一条激流，朝门外奔腾而去。步伐锤击而成的庞大的声音洪流，一路飞溅着尖叫的水滴，渐行渐远，消失在远方。只有一阵嗡嗡的空洞的回响停留了片刻，不久那也消失之后，只剩下犹如沉浸在头油中的静谧和我自己。

我两手垂在身旁，精神恍惚地站在原地，耳边响起了说话声。

"真是一群可怕的家伙，怎么看都不太正常。幸好都走光了。卡尔马先生。我们也走吧。怎么了？肯定是累了吧。尽是些不可理喻的人。遮眼布，要我帮你拿掉吗？"

我赶紧摇摇头。因为不想让她看到遮眼布下夺眶而出的泪水。我把手伸到脑后，故意费了些时间解开遮眼布。"唉，眼睛通红通红的。""肯定是绑太紧了。"

当然也有这方面的原因，眼前的景物好一会儿都朦朦胧胧看不真切。没多久眼睛终于适应之后，关切地注视着我脸孔的Y子的面容美得惊人，大厅里空空荡荡，只剩下我们俩。

"走吧。"Y子嘟了嘟嘴说。我回握住她拉在我手腕上的手，凝望她的脸。那一瞬间，我想起名片口述报告时轻抚她膝盖的情景。我感到自己的脸越烧越红。没想到，Y子脸上也泛起了红晕。我毫不怀疑地确信，假如自己会爱上一个人，那除了Y子，不可能有别人。"快走啦！"Y子依旧拉着我的手，再次催促道。不知是不是我的错觉，那声音似在微微颤抖。我咽下一口唾沫，点点头。我们手挽手，步伐一致地，朝被砸坏的大门走去。

"审判还要继续！"我大吃一惊，回过身。是最早那个法学家的声音。不过,却看不见人。

"被告想要逃跑!"接着是另一个法学家。还是看不见人。

"不对,被告不可能逃跑。通过那扇毁坏的大门,法庭会一直延伸到任何地方。"一名哲学家说。虽然看不见人影,但委员不愧是委员,看来他们并没有落荒而逃,仍留在这间大厅里。

"只要被告继续待在这个世界上,法庭就会在他身后紧追不舍。"是那个声音困顿的哲学家。我明确感到声音来自桌子下方。

"我们将设定一条公理。即,如果被告存在于某一空间,那么在同一时间法庭也将存在于该空间内。"毋庸多言,这一定是数学家。

"让他们去。到底在说些什么,肯定连他们自己也不知道。"在Y子的一再催促下,虽然内心不安到极点,但我却强硬地告诫自己,必须为了Y子忍耐克制,我反拽起Y子,一同穿过了大门。

像要追赶我们似的,身后响起第一名法学家的呼喊。"监视员!别偷懒,快去监视被告!"听到这话,那两个身穿绿衣的私人警官从桌子底下微微探出头,但一遇到我的视线就又慌慌张张地缩了回去。

在暗无边际的隧道里,我们俩像事先约定好一般,默契地一路狂奔。

到底是如何跑出那条隧道的,我怎么都想不明白。一眨眼的工夫，完全没有征兆，我们就已上气不接下气地跑在了公园的一角。我俩吃惊地停下脚步，回过头，身后有棵开着大洞的刺槐，两只马蜂正绕在它周围嗡嗡地飞。

就在这时，闭园的钟声响起。已是傍晚。孩子们都已归去，在难以置信的寂静中，奶糖皮①和落叶悉悉索索地玩起了捉迷藏。

到了长颈鹿的栏舍前。我只想快步走过，可Y子却停了下来。我把头扭向一边，躲在Y子身后，焦躁不安。

然而，长颈鹿还是发现了我。它探出颀长的脖子，像在空气中遨游一般，动作舒缓地一摇一摆着靠过来。我赶紧拉拉Y子的衣袖："再不走就要关门了。"可Y子却说："边门会开的，放心吧。"丝毫没有要走的迹象，"这长颈鹿一点儿都不怕人。像这样，看看动物，感觉真不错。"我不知如何是好，只能说："其实，我对长颈鹿这东西，有点怕。""不会吧，真是个怪人。"Y子笑起来，但还是没有要走的意思。我思忖着，撒谎也好哄骗也罢，不管用什么办法一定要把Y子拉走。"快看，那是要关门的通知，有人在对我们挥旗呢。"但Y子却不以为意："没事儿，那是在招呼划船的人。"说着，她拔起一拨草扔进栏舍，竟开开心心地逗起了长颈鹿，这下我彻底慌了手脚。

---

① 奶糖包装纸的旧称。

"不如，等到星期天，我们来这儿野餐吧。"还没说完，Y子就完全出乎我意料地离开了栏舍。"星期天，不就是明天嘛。好啊。"她笑着快步走起来。我自己反倒大惊失色，而后追悔莫及。早知道她这么快就走，我就什么都不说了……

走出动物园，沥青铺就的道路，在两排绿树间看上去一片纯白。

我逐渐放慢脚步。"累了吧！"Y子说。我点点头，但心里却一边回答"不累"一边摇摇头。我不是因为累，而是因为如果到明天，我还没能跟名片把事情谈清楚，那么这一刻，对我而言无异于死囚临刑前的最后一次散步。为了解释自己不能进动物园的原因，我必须向你坦白所有的一切。

"听说还有狮子是吗？"Y子问，"真期待啊。上次去动物园，还是上小学的时候呢。明天几点合适呢，就在动物园门口，十点吧，你说呢？"我重重地点点头，但心里却依旧在说另一番话——十点……可是，假如你知道了真相又会如何呢，一定会嘲笑我吧。

我突然觉得眼下这段时光无比珍贵。为避免它被埋没在我的脚步之间，我甚至想给每一个步伐都打上记号。我看着停在Y子肩头的苍蝇，心想这只苍蝇会不会永远停留在我的记忆里；我瞥见某一扇窗户在夕阳的辉映下闪出一道光芒，心想即使再过十年自己也不会忘记这道光芒吧；我看到法国梧桐的枝头悬丝吊着一条毛毛虫，心想这条毛毛虫大概无论何时都会成为我记忆里的一块路碑。

梧桐树下的画家抱着画布，步履匆匆地超到我们前面。流浪儿双手叉腰，大摇大摆地跟在他身后。我慌忙低下头，但画家和流浪儿却只是装作没看见。

在我公寓楼下，我们俩伫立着相视片刻。"你怎么看今天的审判？"我问。"我觉得很平常啊。"Y子回答。我不禁重重地叹出口气："你真勇敢，很无畏，也很迷人。"Y子听后挺直身子笑了笑。

我赶紧移开目光。因为突然间，胸口的空虚感开始迫切地渴求着什么。

没想到，就在我目光移去的方向，那两个绿衣壮汉正一动不动地站在那儿看着我们。注意到我的视线后，两人迅速躲进建筑的阴影。

"看到了？"我依旧看着别的地方，低声问。"早看到了。"Y子愣了一下大声回答，接着她又变回普通的音量对我说，"不过，你也别放在心上。只要不理他们，那些个家伙，在和不在都一样。也不知道为什么，我能明白。我觉得，审判什么的，肯定只是大家想象出来的。"最后，她用恋人般温柔的嗓音说，"那好，明天见，十点哦。"

为克制自己不去目送Y子的背影，我必须付出超常的努力。胸口的空虚感大发雷霆地责难着我，比在骆驼的栏舍前还要激烈两倍。但我的良知毅然决然地拒绝了它。在那样的旷野中，Y子独自一人叫她如何生活？即便我每天为她吸收食物，人也不是只要有食物就能活下去的。就算是西伯利亚的囚徒也肯定不会遭受如此非人的待遇。我仿佛在油里游泳，好不容易才回到房间。

名片还没回来。

虽然房间已变得昏暗，但我却忘了开灯，只是静静地等着名片归来。不过，今天这一天的经历，已彻底摧毁了我的信心，不再幻想向名片提出什么严正抗议。我只希望，想方设法跟他和解。究竟出于何种缘由，会让这样的事降临到自己身上，我左思右想试图找出其中的原因。但无论如何都想不明白，所以除了归结为名片无伤大雅的恶作剧来安慰自己以外，别无他法。最后，我想象着这样的情景。

我相信名片回来后，一定会对我说"跟你开玩笑的啦"，然后一笑而过。而我，则会回答"你可别吓我"，然后也同样付之一笑。那之后，名字全都复归原位，我胸口的空虚感也烟消云散，所有一切都回到正常的轨道。这下我的心终于放了下来，打开了灯。

名片还是没有归来。

等累了，我透过窗户看着街道。却发现，在街灯平淡无趣地映照着的门边，原本一直站定在那里窥视这边的绿衣壮汉，手忙脚乱地滑入了大门的阴影。我赶紧关上窗，拉起窗帘，再次变得忐忑不安。

我担心名片迟迟未归或许就是因为那两个家伙一直死守在楼下。然而，要如何才能赶走他们，我实在无计可施，于是便心神不宁地在房间里来回踱步。邻屋的学生咚咚咚敲敲墙壁，声音悲切地说："不好意思。请安静一点。我正在准备考试。"我只能和衣卧倒在床上。

迷迷糊糊小睡片刻后，看看表，已是十一点半。名片依旧未归。

我吃了一撮盐豆①，喝口水，突然感到困倦不堪。换上睡衣，这一次，我一本正经地钻进了被窝。

夜，寂寂无声。床下可以听到一里②开外的汽车喇叭。花瓶里能听见狗悠长的吠叫。但最无法忽视的，还是窗下那两道极富规律、交互往复的沉重的脚步声，就如脉动般不绝于耳。

过了一会儿，其中的一道消失了，一阵微弱的蹑手蹑脚的脚步声沿着走廊渐渐逼近，在门前戛然而止。我惊得坐起了身。谁知，那脚步声马上离门而去，慌慌张张地原路返回。窗下的脚步声重新变回两道。

我顿时睡意全消，不管过多久都难以入眠，被这些那些不知几

---

① 将豆子煎熟、用盐水浸泡后再晒干制成的食品。
② 日本的长度单位，1里等于3.927公里。

点才会终结的忧虑深深困扰。我越发烦躁,从心底痛恨我的名片。然后我想起,在法院大厅,因为害怕被我看到,所有认识的人全都落荒而逃。在名片归来、我变回原先的我之前,难道就没有人愿意接近不再遮蔽双眼的我了吗?被剥夺自由的孤独,无异于独牢的孤独。不过还有Y子,我想到。然而这没能给我丝毫安慰,反而只是激起了阵阵歉疚。

不知过了多久,虽然我并未入睡,但却从脚开始渐渐往上失去了知觉,不久全身就彻底麻痹动弹不得。不过奇怪的是,视觉听觉和意识依然健在,还很自由。

究竟过了多少小时。我抬不起手无法看表。随着时间的流逝,管理员房间里的落地钟敲响了一点,紧接着它又报时四点。在我惊诧万分之际,这一次又敲响两点,稍事片刻钟声再次响起,很久都没有停息,直到敲过三十一下之后,才终于不再作声。我觉得胸口一阵恶心,想要呕吐。

门发出一声轻微的撞击。名片从上面的缝隙钻了进来。我以为自己漏出一声惊叫,但事实上喉咙和嘴唇都毫无知觉,并没有发出声音。名片就那样半夹在门缝里观察了一会儿,然后轻盈地翻个跟头飘落到地上,大声呼喝:"起来,快起来,大家快起来。革命喽!"

在他的号召下,令人惊异的事情发生了。我脱下后随手扔在一边的外衣，像活了似的站起来。跟着，裤子也立起来。鞋柜里的鞋嘭一声跳到地上，仿佛有个透明人穿着它，竟自己走起了路。桌上的眼镜犹如凤蝶般翩翩飞舞。领带像蛇一样动作流畅地爬下墙头。帽子也从墙上，用它帽子式的标准动作滚落下来。外衣口袋里的钢笔宛如蜻蜓振翅飞起。记事本则像只飞蛾，扑腾到半空撞上灯泡后，慌慌张张地落到地上。

"大家集合！"名片发令道。刚说完，大伙儿就乖乖地聚到名片周围，把他围在中间。说来也巧，我睡得不偏不倚，恰好能清清楚楚地看到屋里发生的事。

"先把纲领贴到墙上。"名片说。话音刚落，墙上便出现了一张广告单。正是我在动物园被押送途中飘到脚边的那张，写着"**旅行的邀约！关于世界尽头的演讲与电影之夜**"。名片赶紧说："错了，翻过来！"于是，广告单自己翻到了背面。

**从死亡的有机物
转向活着的无机物！**

"我们一定要抗争。"名片说，我的日用品们齐声鼓掌。它们又没有手，到底怎么鼓掌，我也想不通。"眼下的攻击目标是……"名片接着说，"今天上午十点。这个时间，敌人准备在动物园正门口实施勾引打字员Y子的计划。我们必须全力以赴加以阻挠。经过持续不断的抗争，我们终于将敌人打成了永远的被告。接下去只要毫不手软地继续进攻，我们就一定能取得全面胜利，彻底铲除敌人存在的所有意义。"

"没错。这么久以来，我们一直屈身于近似奴隶的状态。决不能再逆来顺受了。我只有在看电影的时候才有机会出场，约女孩子见面就把我扔到一边。我也有看的权利。我想要观看一切的自由。"这是眼镜在控诉。

"我一次都没吃饱过肚子。明明饿得咕咕叫，却还要被甩来甩去榨干最后一滴汁。而且我的劳动成果全都被剥削了。我要自己写的东西都归自己所有。"是钢笔在控诉。

"我也一样快被气死了。"这个语调冰冷的是手表，"我只想指着我们的时间，也就是正午和午夜完全一致的时间——十二点。可为了那些混蛋，我却不得不又指三点又指七点，尽指些恶心龌龊的时间。不过，我发誓，今后绝对不再指十二点以外的任何时间。"

"说得对，我们这些物质都堕落了。"低沉沙哑的嘟囔声发自领带，"尤其是我自己，实在太堕落了，不过这都是人类的错。他妈的，也要叫他们尝尝被人勒着脖子到底是啥滋味！"

这下其他日用品也跟着兴奋起来，你一言我一语地放声高喊。"就算我们对那些混蛋有用，那些混蛋对我们来说也只是百无一用的草包。""单方面的剥削……绝不妥协!""对,我们物质要当家作主!""夺取生活权。从死亡的有机物转向活着的无机物!""好,让我们齐声高唱革命歌曲。"名片深受鼓舞,激动地说。然而,没有人开唱。"怎么了?"帽子悄悄回答:"我们还没有革命歌曲。""怎么可能?!"名片顿时火冒三丈,"快,立刻给我编一段,现编一段!"那气势实在太过凶猛,帽子吓了一跳,用吹空瓶般的声音颤颤悠悠地唱起来。

我在水蒸气中被杀害
变成一团。
但我不是馒头,
因为中间是空的。

"天底下哪有这样的革命歌曲!"名片越来越生气,高声怒吼起来。这时,记事本从旁提醒说:"注意、你可是我们的领导人,千万不能气坏身体。我们确实还没有革命歌曲。我这就即兴做一首……""你说要即兴!这倒不错。"名片当即转怒为喜,还故意摆起架子说,"你们看,只要让我感到满意,我马上就会高兴起来。本来我就是很理性、很讲道理的性格。"

记事本像张开双翼般,啪的一声翻开封面和封底,一边摆姿势,一边唱出了下面这首歌。

钟啊,快鸣响正午

震破那些做着沉眠之梦的家伙的鼓膜

若他们问起为何如此鸣时

就告诉他们只为让他们提出此问

快嘲笑那些做着不眠之梦的家伙

快嘲笑那些在噩梦中怨叹失眠的家伙

快和钟一起嘲笑他们

名片起初捧腹大笑,但突然像醒悟到什么似的止住笑声,面色阴郁地说:"不错,就是觉得有那么点儿反革命的味道。""怎么会呢?!"记事本也沉下脸反驳,"这么革命的歌曲连我自己都没听到过。""不对,绝对是反革命。""你这白痴。"

"都别吵了,同志们。"领带打断了他们,"在我看来,双方各有各的道理。但同时又都略有偏差。真拿你们没辙,还是让我来唱一首真正的革命歌曲给你们听听吧。"说着,他就唱开了。

我很长

虽很长却非蛇

要问为何只因不是蛇

"什么嘛,这算什么玩意儿?!"名片怒气冲冲地说,"比起你这个,还是记事本的歌更革命。""就是嘛,远远革命得多。""不,还没到那程度。""不可能没到那程度。"名片和记事本再度争执起来,领带夹在两人中间左摇右摆,不一会儿就软软地瘫坐在地上。"我真是堕落了……"

这一次,鞋子插了进来:"同志们,我觉得站在同一阵营的同志还是不应该争吵。说说我的意见,我以为,比起刚才唱的任何一首革命歌曲,还是一开始就有的那首最好。""你们看,革命歌曲果然早就有了!"名片带着胜利的口吻说。"怎么可能?!那你唱出来给我们听听!"记事本和领带同时发难。"这就奇怪了……"眼镜也接口道。"不瞒你们说,我对唱歌这玩意儿一窍不通。"鞋子略带羞涩地辩解。"你这可不是革命应有的态度。"钢笔指出。"别误会,我这不是在谦虚,是真的不行。"鞋子越发羞怯。"我又不是在夸你。"钢笔顿觉无趣。

"可是,我们真从一开始就有革命歌曲吗?"裤子疑惑地问。"怎么一点印象都没有,不过从这一点来看,说不定还真有过。"外衣缺乏自信地说。

"我已经搞不清到底有还是没有了。"眼镜坦言。

"绝对有。要不是这样,我也不会发这么大火。"名片说。"绝对没有。若非如此,我也不可能即兴唱出那么棒的革命歌曲。"记事本争辩道。这时,鞋子开口说:"不过,鉴于谁都没办法证明,所以到底有没有确实值得怀疑。"名片一听,惊讶地质问:"你说什么,刚才不就是你说有的吗?!""别误会。"鞋子若无其事地解释,"我可没说有。我只是说还是一开始就有的那首最好,这和说一开始就有是两码事。"

"原来是这样,你这想法很有理论性。我就喜欢理论性的东西。只要一听到这样的话,我就能体会到一种崇高的感觉。"名片突然变得温文尔雅,"不过,稍微有点儿难懂。要想主体性地把握这样的理论,必须花一番功夫。"

"我也是这样想的。"鞋子喜形于色,"其实我刚刚就想说,像这种不解决理论性问题就唱不出来的革命歌曲,依我看,就应该等到革命结束之后再唱。"

"这主意不错!"钢笔说,"等到革命结束,我们来成立一个证明一开始就有革命歌曲的委员会吧。""就叫原革命歌曲搜索委员会怎么样?"帽子得意洋洋地提议。"如果在那之后立即召开一个证明'记事本'同志所作革命歌曲更加优秀的会议,那我也赞成。"记事本说。

"我觉得我那首也不差啊。我很长,虽很长却非……"领带也不甘服输。"都给我闭嘴！问题根本不在这儿。我忠告各位，不要再一次自甘堕落。"名片盛气凌人地说，并继续道，"其实我是个激进派，革命结束之前唱什么革命歌曲之类的事，一开始我就不赞成。"他刚说完，"果然我们的意见总是一致的。"外衣就欣慰地感慨。

"哟，天快亮了。"裤子说。确实，窗上的磨砂玻璃像积起一层雪般泛着白光。"我们得加紧制定作战方案。"鞋子说。"作战方案非常简单。"名片似乎胸有成竹，大伙儿在他旁边围得更紧，看上去都兴奋不已。

"首先，诸位需要在这间房里尽量阻止敌人外出。比如集体罢工。不管用什么手段。在这期间，我会到动物园去勾引打字员Y子。"

"这好像不太公平吧？"眼镜显得有些意外。

"丝毫没有什么不公平的地方。我已经夺走了敌人的姓名，让敌人失去名字。难道一个没有名字、丧失被裁决的权利的人，还会有被爱的权利吗？当然没有！"名片开始自问自答。"不，我说的不是敌人。坦白说，那个，我也很想勾引Y子。""你发傻呢？！在这种事情上决不能感情用事。重要的是让每个人都最大限度地发挥各自的能力。""可就算是我也具备这样的能力啊！"帽子说。"说起来我在这方面可是有着绝对的自信的。"领带无比遗憾。"亏我从很早以前就开始喜欢Y子了。"裤子也开始低声自语。

"少废话！"名片不满地说，"有本事证明给我看。无凭无据光说大话有什么用？！最重要的是Y子对我有意思。""算了算了。"钢笔开口劝和，"大不了等干完革命，我们再搞个勾引能力审查委员会好了。"

就在那一刻，豆腐铺的公鸡发出了如同寡妇被勒住脖子哀嚎般的报晓声。看着日用品们惊慌失措地骚动起来，名片开口说："慌什么慌，没什么可担心的。全都是编出来的，那种东西不就是迷信吗？再说我们又不是什么恶魔。听到区区的鸡叫就慌了手脚还怎么干大事？！我们的信号，必须是更科学的……"但他的声音听上去也同样胆怯不安。这时，星期天临时增开的四点二十分下行的第一班列车鸣响了汽笛。

转眼间，日用品们围起的圆阵散得七零八落。记事本和钢笔手忙脚乱地钻进外衣口袋，外衣和裤子则手拉手瘫坐回原来的地方，眼镜重新飞上桌，领带开始一步步爬回墙上。帽子试了好几次，跳上去掉下来，攀上去又掉下来；鞋子虽然成功爬上鞋柜，但似乎没法给自己开门，最后只有这两样东西犹如牛虻扑窗不断重复着同样的动作。名片急忙先帮帽子上墙，然后又为鞋子打开了柜门。

下一秒，我身体突然恢复知觉，立刻从床上扑向名片，这和名片矫健地从门上方的缝隙滑出去几乎发生在同一时间。

所幸，门没有上锁。我立刻冲向走廊。

可没想到，门外竟站着个人，我重重地撞在他身上。对方因为反作用力一屁股跌坐到门对面的墙边，他连忙跳起身，朝大楼出口全速奔去。是穿绿衣的壮汉。"吵死了！"不知哪个房间传来一声咒骂。

名片去了哪儿，毫无头绪。我揉着撞疼的手臂，愣愣地站在原地。早起的火车站站员的房间里亮起了灯，清洗餐具的声音寂寥地传入耳中，心底顿时涌起一股彻底死心的念头，我老老实实地回到房间。

或许是被遗忘了，墙上还像先前那样贴着那张广告单。只不过不知何时又翻了回来，"旅行的邀约……"那面朝上。我正想拿到手里细看，它却瞬间消失了。

我战战兢兢地从地上提起外衣。没看出和平时有什么不同。轻轻抖了抖，也不见异常，我逐渐加大抖动的幅度。最后，拿着外衣挥舞了两下。结果钢笔飞了出来，我决定不再继续。

眼镜也没什么变化。为何它能在空中飞舞，我怎么也想不通。

多少安心了一些，我坐到床边，把一个大大的呵欠埋入双手之间，等到我抬起头，外面已经天亮。吃完昨天剩下的盐豆，喝了些水，突觉心里堵得慌，一阵悲伤涌上心头。多的尽是些荒诞离奇的怪事，几乎没有什么正常的。我相信这样的现实实在不太适合我。把茶水放上电炉，我闭上眼，只想早点见到Y子。但同时，又希望时间尽可能别往前走。

稀奇古怪的事,还是尽量没有的好。过去我一直以为理性会让人变得不自由。但在经历这番遭遇之后,难道不该改变这样的想法吗?如果理性真像这样毫无用武之地,自由也丧失殆尽,那必然与偶然的区别就不复存在,时间不过是一道阻挡在我前路上的壁障。就算如Y子所说,这一切都是想象,那么,只要这不只是我一个人而是大家共同的想象,结果就是殊途同归。假如从现实中减去这荒诞的想象,那究竟还能剩下些什么呢?

不知从几点开始,我一边思考这些问题,一边在黑咕隆咚、漫无边际的空间里直线下坠。而且,奇怪的是,我丝毫不觉得奇怪。我只是连眨两三下眼,确认自己并未昏迷,甚至我还有心思去思考,人下落的速度如果超过某个极限应该会失去知觉,所以我还在安全范围之内。不知过了多久,我发现自己走在那片被吸入胸中的西班牙的旷野上。我缓慢而沉重地踩着沙粒,登上其中一座沙丘,仍在思考必然与偶然的问题。

空气干燥得几乎散发出失眠症的味道,天空高远而深邃,像陶瓷般泛出光芒。地平线上矗立着一根巨大的云柱,一边缓缓膨胀一边朝我头上压来。沙丘上风很大,我却穿着睡衣光着脚,沙粒刮得皮肤一阵刺痛。我背对着风,在沙地上抱膝而坐,一边在心里疑惑为何自己会理所当然地待在这里,一边又在认同自己待在这里确实是理所当然的，我还一个劲地思考该如何从必然与偶然的夹缝中拯救Y子。拯救，我自己对自己强调，但同时又觉得这个词毫无意义，急需拯救的不该是我吗，我能为Y子做的不过是流几滴眼泪而已不是吗？"但是，"我喊出声，猛地站起来，"决不能眼睁睁地看着Y子落入敌人之手。"可敌人一词却在嘴里留下一道极不舒服的余韵，我不得不皱起眉，更正自己的说辞，"真是出人意料，也许你们会这么想，但我不会。我迄今为止从来没有对你们怀过什么敌意。"可接下去该怎么办，我完全拿不定主意，只好再次坐回沙地。我双臂抱膝，静静地把头埋入臂弯，平复这段激动的时间。

突然，一种怪异的声音，在离我很近的地方响起，那实在是一种难以名状的声响，我心里一颤抬起头，一只白色的金属球正通过一段朝向上方的管道喷出白色的蒸汽，整个物体都在剧烈抖动。

那是架在电炉上的水壶，不知何时我又回到了房间里。

茶很好喝，好喝到让我觉得从没喝过如此好喝的茶。悲伤会让茶的味道倍加香醇。所以，我现在一定很悲伤。以至于，一听到二楼那个在歌舞厅打工的小提琴手调弦的声音，我就忍不住抽鼻子。那是个得肺病的二十八岁青年，为发泄在歌舞厅郁积的怨气，他只要人在房间就必定会拉奏巴赫或勃拉姆斯的乐曲，惹恼附近的人。

我一边吸鼻子，一边把小麦粉放入平底锅。

快煎好时,不知是谁敲了敲门。虽然说不出明确的理由,但我确实出于某种原因,故意没有应声,只是紧盯着门看。

可没想到,那位不知是谁的人,竟不等我应答就擅自闯了进来。是住在家乡的爸爸。

我一看到他,顿觉整个房间啪一下亮起来。在我眼里,他就像一位救世主。我声调高亢激动地说:"爸爸,我碰上麻烦事了。"

爸爸沉默着点点头,自己拖过一把椅子坐下,表情阴郁,一动不动地看着地面。"也就是说,爸爸,您都知道了?"

他还是默不作声地点点头,看上去好像在聚精会神地思考什么。我开始感到一丝不安。"爸爸,那我该怎么办?"他静静抬起头,看着我。然后慢条斯理地问:"这是什么?"小麦粉已焦得炭黑,冒出缕缕青烟。我赶紧关火,"是我的早饭。"但爸爸似乎并不真的关心小麦粉,也不点头,只是莫名其妙地冒出一句:"你以为,这里,是什么地方?""是我的房间。"爸爸继续问:"那三加五等于几?"

本想脱口而出"等于八",但我立刻改变主意,回望爸爸的脸。因为我怀疑,爸爸之所以会问如此简单的问题,或许有什么深意。"三加五等于几,难道你不知道?"爸爸的眉间折起深深的皱纹,我想要探究原因,不禁感到焦虑。回想这两天发生的一切,远比三加五等于十更不可思议的事,早已更加理所当然地上演了不知多少回,在这种时候或许三加五等于八反而更显荒唐,不是吗?

"怎么都想不出来吗?"爸爸迫不及待地反复催问。我的思维就像浸泡在水里的一块胶开始坍缩变软。我匆匆回答:"等于八"。但只有这些又略感不足,于是赶紧补上一句:"不过,我觉得就算等于十也无所谓。"爸爸眼中闪过一道锐利的光芒:"你真觉得无所谓?"我已完全搞不清该如何回答。爸爸的深意究竟何在,为什么要这样作弄我,我感到极其不可思议。爸爸显得很失望,耷拉着脑袋,再次目不转睛地凝视地面。我觉得他的动作就像在演戏,不禁心生厌恶。

"爸爸您对这次的事情怎么看?""我觉得是件非常不幸的事。"爸爸仍低着头,轻声嘟哝了一句。"那我该怎么办?""只能静观其变了。"

没过多久,爸爸猛然站起身:"我必须要回去了。"我很惊讶,怀疑他精神不太正常。"为什么?您不是刚来没多久吗?"爸爸摇摇头,迈步朝房门走去。"可我还有很多事想找您商量呢。""我也想尽量帮你。"但他并没有回头的意思,正准备伸手去拉门把。

"爸爸!"我忍不住高喊一声,"爸爸,我、真不知道该怎么办。真的有很多事想要跟您商量。比如,在报上登个找名字的启事什么的……"当然我压根没考虑过要这么做。这只是我迫切想要挽留爸爸而信口胡诌的谎言。不过,这脱口而出的话竟出人意料地奏了效,爸爸当下一愣,回转身:"你真打算这么做?"

"不,这不过是办法之一。当然,这办法有点蠢。""没错,是有点蠢。不过,蠢的理由你觉得是什么呢?"爸爸的眉宇间又缩起一道令人疑惑的皱褶。"您想想,丢东西的人没名字,该怎么登启事呢?""这就是你的理由吗?"爸爸依旧皱着眉,低声说,然后再次准备走出门去,我不得不开始质疑他的精神状态。

"爸爸,再多待一会儿也没什么关系吧?您可是我唯一的依靠。""是吗?好吧,那就再多待十分钟。""您为什么那么急着回去?""别总疑神疑鬼地怀疑别人的行动。你要相信爸爸。"气势汹汹地把我的问题挡回来后,爸爸放开门把,开始在房里一圈圈踱步。"爸爸,真的不是我不好。"他沉默着站到窗边。像是看到了熟人,点点头。我越过他肩膀朝外望去,只见那两个壮汉慌慌张张地躲入大门的阴影。"爸爸,难道您认识那两个家伙?""都是很不错的人哦。"爸爸说着,又踱起步来。他反手交叉在背后,若有所思地盯着自己的脚。我呆呆地凝视着他的身影,突然一种令人不快的疑虑渐渐萌芽。这真的是爸爸吗?

"爸爸,这样的事很平常吗?""嗯,有时会有。你也别想太多。""您说,人就不能事先准备一个名字的替代品吗?""说的也是。可爸爸我还没听说过有这样的手续。不过……"爸爸再次走到门边,"我必须要走了。说不定家里也不是没有那么一两个备用的名字，我回去找找看。""您真这么想？还是在拿我寻开心？又不是衬衫、袜子之类的东西……我看您一点儿都没把这件事放在心上。""你真这么觉得？"爸爸眼中再次闪过一道尖锐的光芒。"那不就是，如果问题真这么简单，就算上哪儿去偷个名字，我也不介意。""你也犯不着去偷，找那些暂时不用的人借一下也无妨。""没错。可现实没那么简单。问题出在更加根源的地方。我已经没希望跟名字妥协了。"

"跟名字妥协……是吗？"爸爸浮出一丝游离于脸外数公分的淡淡的笑容，而后又摇摇头，看了看表，"十分钟到了。"我也跟着看表。正好停在十二点。"爸爸，现在几点了？""九点半。""什么？九点半！糟了。怎么都这么晚了。""时间转瞬即逝。"

我焦急地想把表调到现在的时刻，但它却像锈住似的纹丝不动。我猛然记起手表在午夜时的宣言，一边想着怎么可能，一边来了干劲左拧右转，结果发条帽掉了下来。

我开始坐立不安，对爸爸说话的言辞也不再恭敬。"既然已经九点半，那我就不留你了。""你有什么事要做？""我当然也有自己的安排。"

我脱下睡衣，准备换衣出门，离奇的事情发生了。裤子像活了一般故意跟我的手脚作对，一会儿扭来扭去，一会儿自动缩起，一会儿又突然朝着意想不到的方向绷直了挺在半空，怎么都不让我穿上身。外衣也是一样。忽而缩回去忽而伸出来，根本不可能把手穿过袖子。"爸爸，快来帮我。求您了。有个地方我非去不可。"但爸爸只是皱着眉，不易察觉地左右摇了摇头。"爸爸您一点儿都不为我着想，简直就像个陌生人。"爸爸沉默着转动门把。"爸爸，快帮帮我！"然而，爸爸已经打开门，一只脚迈上了走廊。"爸爸！"门在爸爸身后静静关闭。"爸爸！"爸爸真的走了。

"爸爸肯定是冒牌的。"我不禁喊出声，失望地坐在床边。二楼拉起了巴赫轻快的小调。只可惜，一经二楼的那位拉奏，无论什么乐曲都会即刻变得忧伤而阴郁。我塞住耳朵，把脸埋进被子。但巴赫却对我紧追不放，在指尖、鼻腔和齿缝间恼人地轰鸣。

Y子在动物园门口等待的身影飞速掠过脑际。我猛然跳起身，再次跟裤子和外衣作起斗争。他们死缠烂打的抵抗，就像发烧陷入噩梦后，碰到玻璃纸遇水收缩时的那种令人作呕的感觉。不久，他们的抵抗逐渐演变成积极的反抗。不再只是逃避抓捕，反而主动进攻，试图缠住我的手脚。不觉间我所有的精力都花费在甩开他们上，差点遗忘换衣服这个最初的目的。等我意识到问题时，不只是裤子和外衣，我的日用品们正齐心协力向我发起进攻。领带想方设法要缠上脖子。眼镜在眼前晃来晃去，试图阻挡视线。一心想绊住我的脚，还不时用力踢打小腿的，八成是鞋子。还有个家伙在背上手上戳戳点点，偶尔挠几下胳肢窝，肯定是钢笔干的好事。而帽子则在头顶又扯头发又拉耳朵。记事本和着那终于越来越不成调的巴赫的乐曲，在我身边一圈圈飞转，看样子似乎对我无从下手。

不知是流入眼中的汗水，还是眼中流出的泪水，我甚至腾不出手擦拭这烦人的液体，我呼吸急促，任由卡在喉咙口的厚重的黏液顺着嘴唇一路流淌……也不知过了多少个小时，我精疲力竭，知觉尽失，躺倒在地。等我醒来，阳光已开始倾斜。

我用嘴套住水龙头，给自己灌水，直到胃里觉得沉甸甸的。我看看表，依旧指向十二点。本想把它砸到地上，但又临时改变主意，战战兢兢地提起裤子，没想到竟非常听话，我轻手轻脚地伸入右腿，顺利通过。接着左腿也平安无事地穿过裤管。我鼓起勇气拿起外衣，难以置信，轻轻松松就穿上了身。我又试着把眼镜放进口袋，也没有发生任何怪事。有这些就足够了，再说万一发生不测，领带可是性命攸关，所以我决定作罢。至于帽子，为了减少当众出丑的概率，我也决定不戴。最后还剩鞋子。我想着只要再过这最后一关，心里紧张不已，但实际上却什么都没发生，简单得就好像是鞋子主动套住了我的脚。

虽然我知道现在出门也于事无补，但却抑制不住想去的冲动。不管发生什么，一定不会有好事，我小心翼翼地迈着步子，仿佛走廊地板是一块软滑的羊羹。

这是个上班族的星期天……路上满是疲惫不堪的拖家带口之人，他们拼命追赶想要挽留即将逝去的周日，那焦虑迫切的目光让街道卷起了漩涡。放眼望去，找不到因为星期天而心满意足的眼神，父亲佝偻的脊背异常无助，下一秒就要哇哇大哭的盛装的孩子，那只小手几乎快被面带愠怒的母亲的手给扯断。从我走出房门的那一刻，身前身后就有绿色的背心时隐时现，我毫不介怀，拨开人群越跑越快。

尽管已经临近关门，可就好像在担心星期天是不是遁入了这圈围墙，售票处前依旧有人执迷不悟地带着孩子排队。当然，我没有看到Y子的身影。害羞片刻后，我也站到了队伍尾端。

动物园里一片混乱。动作要快，动作要快，虽然我精神上急不可待，可究竟该如何追赶却毫无头绪，结果只是在混乱中漫无目的地游荡。

我并不幻想名片和Y子这么晚还会待在动物园。但凡事都有万一，而且也没有别的事可干，所以我迟迟下不了决心离开这里。好几次我都感到轻微的晕眩，停下脚步。从早上到现在颗米未进，看到孩子们大口大口地啃着饭团，我不禁深深地为自己感到悲哀。

五彩斑斓的人流渐渐稀薄，就像退完潮后留在沙滩上的贝壳，垃圾桶、指示牌、长椅都逐渐隐去色彩。我在被人狠狠践踏过的草坪上，抱膝而坐。

忽然，我注意到面前有张长椅。上面坐着一对青年男女，相互依偎。是名片和Y子。名片明明只是张纸片，但看上去却具有人的外形，真是奇怪，这件事怎么也解释不通。我把所有神经都聚集到脚趾尖，仅留下这一小块与地面的接触点，仿佛身体的其余部分都化作透明消失不见，然后蹑手蹑脚地靠过去，两人的对话传入耳中。"可是，"是Y子在说，"人类说不定会说我们堕落了、或者不正常。"我说不出地错愕。没想到Y子竟会用人类这样的措辞，就好像她不是人类一样，到底出什么事了？难道她已被名片勾引，就连Y子都成了我的敌人？无论让谁看，Y子都是个毋庸置疑的人类。在这种情况下，说出这样的话来该是何等滑稽，难道Y子就没有意识到吗？一种近似恐惧的悲伤，在我心脏周围筑起一层薄薄的冰膜。要把发到一半的声音硬生生截住，就像咬舌般苦涩。我拼命克制自己，一边在脑海中浮想猫咪的小蹑步，一边一步步靠过去，这次传来名片的说话声。"那就让他们说呗。那些个人类有什么资格来说我们？！"Y子接道："说得对，你的话总是很有道理。""那当然，对这种问题，必须进行哲学式的思考。"名片开始自我陶醉。"听你这样一说，我还真觉得是这样没错。"如此谄媚的语调，Y子真这样说。我感到脚下变得飘忽不定。

而后，稍事片刻，名片开始阐述他的哲学："总而言之，那些个人类欲不为恶而为善，不对，是欲不为善而为恶……这次没错吧？其实哪个都一样，反正改变不了卑鄙无耻的事实。说白了，这些多事的人类就会说什么堕落，说什么不正常，把坏事全都推到我们身上。可我们，决不能上他们的当。这些说法不过是人类逃避责任的卑劣借口。什么懒惰者的天堂，什么必然与偶然的界线不复存在的世界，到头来那些家伙们肤浅的愿望都必须由我们来偿还。善男信女只会在一边等待最后的审判。打仗那会儿，无力反抗的窝囊废一心只求早点发疯。早上起床，诅咒黎明降临的饿鬼，都在渴盼永不见天日的黑夜，死到临头的人只知道求神拜鬼，没有生活能力的胆小鬼杜撰着恶魔的故事……怎么会有这么愚蠢的笨蛋！把这些阴暗潮湿的愿望变成现实狠狠砸回给他们，也让他们尝尝自己种下的恶果，这就是我们的复仇。"

"嗳哟！"Y子发出惊叹的声音，"哲学这东西，听着听着就会不自觉地兴奋起来呢。"名片竟流露出和他性格极不相称的羞涩回答说："嗯，因为哲学也是一种诗。"

恰好在那时，还差一步，我就要站到名片的身后。为了更有力地扑过去，我屏住呼吸，半蹲下身子。可没想到，衣服却像块镀锡的铁皮变得硬邦邦，结果我就以那古怪的姿势定在了原地。

名片好像早已预料到这一幕，他回过头，脸上浮现出无敌的笑容，用手肘推推Y子。两人一同起身，看着我，相视大笑。确实，我现在这副模样一定很诡异。本想在他们面前逞一逞威风，可我却离奇地弯着身子动弹不得。屈辱化作汗水在我脸上罩上了一层面具。

"哟，这是人形的鸭子吗？"Y子问。被她这样一说，我的注意力顿时集中到腰部。"没错，真该把这家伙关到笼子里去。"两人再次放声大笑。

"Y子！"好不容易才憋出这一句，我竭力呼唤，仿佛要用这几个字把Y子整个包裹起来。

"真恶心。这人形鸭子居然知道我的名字。"Y子轻快地转个圈，躲到名片身后。但那似乎并不是出于恐惧，更像是在幸灾乐祸。我从全身各处挤出尚未化作语言的谴责，悉数寄托在目光上射向Y子。

可下一秒，我却不得不赶紧眨眨眼，重新变回普通的目光。因为我发现一个意想不到的错误。那并不是Y子。一直被我认作Y子的，其实是一具人体模型。

然而，无论服饰还是声音，她简直跟Y子一模一样，我好一会儿都不敢相信自己的眼睛。她们就连名字都完全相同，以至于让我觉得，这并不是单纯的错觉，莫非其中隐藏着什么重大的形而上学的混乱？就像我和名片站在一起时，我是我的证据会变得虚无缥缈一样，Y子若与名片站在一起，Y子是Y子的证据是否也会变得虚无缥缈呢？Y子＝Y子，Y子－Y子＝0，Y子＋Y子＝2Y子，Y子×Y子＝？……我在脑海里写下各种算式，擦了写，写了擦，试图算出结果。但站在眼前的终究不是Y子，而是人体模型的事实，却无可改变。

我并不是第一次看到这具模型。相反，她是我非常熟悉的一具模型。在 G 市那条小路上的那家人体模型专卖店，她十年来一直立在橱窗里，上中学时，我来往学校都会路过那儿，所以一直记在心上，每天早晚总要看上一会儿。单薄通透的仿丝面料，在从肩部开始隆起的乳房上轻盈地流泻而下，那站立的姿态格外优雅动人，说实话我曾对她暗生好感。或许那就是我的初恋。

正因为这样，未知数和已知数混作一团，让我脑中的方程式越发混乱。结果，我甚至感到，Y 子这个名字也不再真实，宛如一个毫无意义的符号。

"真是只没礼貌的人形鸭子。也不报上自己的姓名就盯着别人看个没完。你到底是谁？"名片不怀好意地笑着说。要是我能说出我是谁，那不就什么问题都没了吗？明知故问……我骂到一半，顿觉全身虚脱，闭上了眼睛。泪水满溢而出，就好像鼻翼两侧有小虫缓缓爬下。

"真有意思。"模型 Y 子笑起来。那声音就像跟嫩叶嬉戏的太阳的手指般无忧无虑。我强烈意识到自己这进退两难的姿势有多滑稽。尽管我知道她并非 Y 子，却还是觉得仿佛就是 Y 子正在嘲笑我的泪水。

闭园的钟声响起。"我们走吧。"名片说。"好。"模型 Y 子回应着。两道轻快的脚步声交织在一起离我远去。

等到两人早已不知去向，僵硬的衣服顷刻间恢复了原样，我像被折叠起来一般，绵软无力地瘫坐在地上。

周围的景色看上去仿佛浸在水里模糊不清。视野外圈还有东西如夜光虫般闪烁着光芒。我就像一块随波逐流的木片，无所事事地漂流在眼睛里。

回过神时，眼睛外面已是黑夜。我正走在一条只有沿运河而立的街灯发出光亮的安静的马路上。转过拐角就是 G 市那条小路，伫立着人体模型的橱窗出现在眼前。

橱窗是空的。空空荡荡，更显冷清。那尊手上挂着招牌、中学时曾被我幻想成情敌的男人模型，孤零零地站在门口。

专业制作人体模型
承接各类订单

我一边侧目斜睨着那座让我挂心的空橱窗，一边打算若无其事地走过去，但那尊模型却迈着稳健的军式步伐踏前一步，挡住我的去路,并露出亲昵的笑容。

"Y子在哪儿,您,应该知道吧?""什么Y子?"我回问。"难道您不认识?怎么可能?!就是一直站在这橱窗里的,您那位青梅竹马的老相好啊。请告诉我吧。我有权知道。"

"Y子……"我含糊其辞、模棱两可地回答,"不瞒你说其实我也在找她。"可对方却目光敏锐地注视着我的眼睛,用盘问似的语气说:"不过,您知道她在哪儿对吧?当然,我也是个生意人,不会忘记公平交易。只要您开口,我早就备好了一份谢礼。更何况,您自己,也为那个放荡的女人吃了不少苦头吧?"我闭口不言。"有那么难开口吗?!您看您,这么说或许有些失礼,可您这话都已经到嘴边了。您就说吧。不会让您后悔的。我有信心,为您准备的东西,绝对包您满意。眼下您最需要中肯的建议。快,请告诉我吧。Y子去了哪儿?"

我并不贪图那份谢礼,但被他说到这份上,觉得也没什么可隐瞒:"那个,就一会儿的工夫,我在动物园里看到过她……"对方刻不容缓地追问:"跟谁?八成是跟您的名片在一块儿吧?""是的。""多谢。我也猜到大概就那么回事儿。"

"那,你要给我的谢礼呢?"我半带挖苦地说,可对方却堆出盛情款款的微笑,这反而让我很不爽,"该不会是吃的吧?""不是,怎么可能,才不是那么小家子气的东西。您别急,先听我说。"

他换上一种更煞有介事的声音,"你现在是被告之身。"我心头一震,思忖着不管他怎么套近乎,绝不能跟这人做朋友:"这些事您怎么会知道的?""想不知道都难,这些天在我们那圈子里,你的事可是人尽皆知的话题。"他迅速瞟我一眼,以增加戏剧效果,"而且我在法院那块儿有个特别要好的熟人,所以对你的情况,也打听到不少确凿的消息。"我盘算着,搞不好跟这模型,就算装装样子也还是套个近乎比较有好处:"那,也就是说……"对方不等我说完,就看透了我的心思:"没错,就跟你想的一样。虽然表面上看不见,但对你的审判,此时此刻就在这里也在毫无懈怠地进行当中。要不要我帮你求审判官们露个面?""那些家伙害怕被我看到,一个个都吓得瑟瑟发抖,他们才不会出来呢。""怎么会,就一小会儿的话当然没问题。""还是不用了。我可不怎么喜欢他们。""那就不勉强了。其实我是想说,你所有的行动、哪怕是一举手一投足,都处于严正的监视、报告和记录之下,所以下面这些话不太方便大声说……"模型把脸压到我耳边,我缩起身子竭力忍耐:"难道你有什么解决的办法?""那是,别急,先听下去。下面这可是最新消息,看样子检察官的控诉会对你越来越不利。""那审判居然也有检察官?""当然有。全都是委员们兼任的。根据检察官的意见,历史上记载的所有犯罪案件,以及眼下正在进行的所有审判都与你有关,全都应该由你负责。理由是,那些案子上都没有名字。""这是什么混账逻辑！""嘘！别那么大声。这逻辑一点都不混账。你想想，因为你没有名字，所以就算别人这么说，你也没办法不是吗？又没有反驳的论据。言归正传，这之后才是问题所在，在你拿回名字之前，这场审判会在既非有罪又非无罪的暧昧状态下永远持续下去，这段时间发生的所有案件也都会一个不落地算到你头上。所以，一旦你拿回名字，死刑在所难免。""怎么会有这么不讲理的逻辑？！这些事都是因为我没有名字才会搞成这样，只要我拿回名字，只要那名字没有罪……""你想说你就可以无罪获释？求你快放弃那些盲目乐观的天真预测。首先你不可能拿回名字。我们先设好这个前提再来讨论。我要说的就是，在可以预见的未来，你将不可避免地被判处死刑。所以，在这场审判永远持续的过程当中，你总有一天会变成重犯，被置于严密的监视之下，任由审判官永无止境地折磨摧残。而且，不光是这样……"那口气简直就是在以我的不幸为乐，我不禁面露愠色："请你长话短说。""哦，既然你不乐意听，我当然无所谓，那就不多说了。"我顿时没了脾气："不是这个意思。还请继续说下去。"模型喜滋滋地清清嗓子。唾液溅到我耳朵上，但他的脸近得几乎伸不进手，我只能忍住不去擦拭。

"那我就如你所愿继续说吧。"模型越发装腔作势，进一步放低声音，"也就是说，不光是监视更严密，对你来说，这场审判最不利的不外乎,在审判期间,换言之也就是永远,你都得不到法律的保护。说到底,人权这东西,也是跟名字挂钩的。所以,你可听好了,接下去我要说的,关系到你怎样才能逃离这双重的苦难。"对方突然止住话头,我不得不对他的丰功伟业低头致敬:"这确实是个非常重大的问题。""那当然。极其重大。不过,从嘴里说出来却很简单。你还记得动物园那场审判结束的时候,委员们说的最后一段话吗?""记得,他们说法庭会跟在我身后紧追不舍。""对,不过又不对。你忘记了非常重要的一点。那句话还附带着一个极其重要的前提条件。就是'**在这个世界上,无论什么地方……**'这里的'在这个世界上',才是关键所在。你可听清楚了,正因为这一点,为了逃避法庭的追究,你只要去到世界的尽头就可以了。""世界的尽头……""嘘!小点儿声!没错,前往世界的尽头。你必须踏上旅途。""世界的尽头……我好几次都看到这样的传单。""这就对了。因为现代就流行这个。""那么,世上还有和我一样遭遇的人吗?""也不是不可以这么说。只不过,要区别你和其他人几乎不可能,所以也可以说,这是你独一无二的命运。不过这些事不想也罢。我也不能跟你说太多,总之,你快出发吧。""好。如果可能,我也一直想逃离这种屈辱。""请务必行动。除此以外,你没有其他存在的意义。拿着,这送给你。正好今晚就有,是关于世界尽头的演讲和电影的门票。肯定有很多东西值得你参考。"

模型说着迅速往我手里塞进一张卡片，然后赶紧回到原先的地方，摆回原来的姿势，一动不动地静止在那里。我借着橱窗的灯光定睛细看，卡片上的内容和之前的传单一字不差，既没地点也没时间。"不好意思我想问问……"可模型已毫无反应，连低声下气的机会都不给我。我突然有种被愚弄的感觉，顿时自暴自弃，想把卡片撕了扔掉，但转念又觉得，拿在手里就算得不着好处反正也不吃亏，便气呼呼地塞进了口袋。

不久，月亮现于天际，道路亮白、运河黝黑地泛起光芒。空气中飘来乙炔的气味，黑漆漆的船只静默无声地顺流而下。猫用婴儿般的声音发出阵阵鸣叫。

运河对面有片城区散发着焦面包的味道。我突然感到饥肠辘辘，顺桥走到对岸。在如同陶瓷碎片相互刮擦的唱片声中，排列着一串亮灯的彩色玻璃招牌，在那些招牌间，仿如液体般的女人们，夹裹着一条阴郁潮湿的窄巷。

特别咖啡厅·鸠

歌舞厅·回旋

小小游行 [①]

[①] La Cumparsita，阿根廷最著名的探戈舞曲，又译假面游行。

"嗨,您有票吗?"带着那种女人特有的氛围,裹一身黑色连衣裙跟我搭话的,竟是人体模型Y子。我被问了个措手不及,像孩子似的慌乱扭捏,一下子变得无比顺从。我下意识地握紧口袋里的卡片。"什么票?""别装了,刚刚那位模型先生没给您票?""哦,你是说这个?""那当然。"

模型Y子嘴角满含妩媚地点点头,推开一扇毛毡裹覆的大门。里面的地板比地面还低,房间里本就湿气逼人的空气,在水银灯的光照下看上去仿佛完全浸没在水里。纸张叠就的香蕉树,如海草般摇曳。成群的男女,紧贴在一起好似溺亡的人飘来荡去。四五人的爵士乐队,在单调至极的阴郁旋律中摇摆。

"快进来嘛。"模型Y子走在前面,游泳般穿行在椅子间给我带路。

房间最深处有段阶梯。爬上阶梯,阴暗的走廊向前延伸看不到尽头。我估摸她大概要引我去特别包房。我想起白天的事,心有余悸,正想悄悄握住她的手,"过会儿再说。"模型Y子却快步向前离开我两三步远,冷冷地说。

以此为界,不知是何原因,无论我如何追赶,这两三步的距离总也赶不上。

又是一段阶梯,走廊忽而右拐,忽而左弯。廊道越发昏暗,模型Y子已完全隐没在黑暗里,唯独后脖颈隐隐浮现于眼前。我渐渐遗忘了有人引路这回事，开始觉得自己是在这无尽的黑暗中，朝着那处光亮匆匆赶去。

下一个瞬间那光亮突然近在眼前，门嘎吱一声发出尖利惊悚的响动。"到了。"就在我以为听到说话声时，有人从后面狠命一推，我踉踉跄跄地跌入一个不知是何处的凹陷下去的地方。门里的霉味让人喘不过气，来路不明的光芒交织出一片层叠的光影，房间非常宽敞。脚边肥硕的老鼠成群结队地蜂拥而过。回头看去，门和模型Y子都已不知所踪，只有一堵灰白的泥墙挡在那里。

我环视四周，哪里都看不到出口。除正面像舞台高出一块以外，周围一圈都是没有窗户的墙壁。角落里堆着三把破破烂烂的椅子，边上散落着用途不明的器械和裹在防水布里的杂物。我想再仔细观察一下房间的布局便动了动身子，结果厚如积雪的灰尘哗一下弥漫开来，呛得我喘不过气来。

这时，防水布渐渐隆起，里面走出个驼背，"请出示门票。"他声音嘶哑，眼观别处，只有一只手伸到我跟前。那是条几乎快要触及地面的长长的手臂。我交出卡片（敝人依旧无比顺从），他翻来覆去正反两面仔仔细细地查验一番之后，终于像是死了心，收进外衣下面不知塞到了何处，然后他一边小声发牢骚一边从另一个不知何处的地方取出一块叠成一小方的布团。

那是一大块皱巴巴的白色布匹。驼背展开白布,啪地一抖,我赶紧屏住呼吸。在驼背哧啦哧啦地拖着白布、爬上舞台、把它贴上正面墙壁的过程当中,房间里扬起滚滚尘埃,根本不能像样地呼上一口气。

接着,他连蹦数下跳到那堆器械旁,盘腿而坐一会儿拉展一会儿拼接,看那架势像在组装那堆乱七八糟的器械。但因为动作特别笨拙,到底能装出一台什么东西我完全摸不着头脑。

"别愣在那儿,过来帮帮忙好不好?"他语气生硬刺人,我反而越发不知所措,只见他毫无章法地把散落一地的零件胡乱旋拧堆叠到一起,不觉间那些个器械总算拼凑成了一个整体,看上去若说是台投影仪也并无不可。

"把这个插到那边的插座里。"

我依言照办,准备工作到此结束。舞台上的白布啪一声聚起一道光束。而后那机器终于被证明确实是台投影仪。

机器发出骇人听闻的巨响,好一阵子一堆莫名其妙的东西在画面上群魔乱舞之后,

世界尽头

出现一行花体字的标题,紧跟着是那片旷野的风景。就是那块在我胸膛里延绵不绝的不毛之地。我感到一阵像在窥视漩涡底部的眩晕,两手叠放在胃上。

就在这时,驼背开始唱起歌来。断断续续,曲调乏味,那态度显得极不耐烦公事公办。我想这肯定也是影片的一部分,他就算厌烦也不得不唱。

的确如此,在你看来
那一定就像漩涡底部。
依哲学家所言,
——啊,这玩意儿太宽广了,
太宽广,已不再有大小。
依数学家所言,
——原来如此,这玩意儿就是微分方程的化身。
依法学家所言,
——这才是我们理想中的墙,
别管什么审判不审判,一起睡去吧。
罪人啊,上路吧,去往世界尽头。

可是依我说你去去就知道,

该比鲁滨逊·克鲁索①更加寂寞吧。

你要问为何，因为那里所没有的

不只是人类啊。

不过总比死掉强，我该如何开导你，

这里当家的家伙可是消亡了死亡的死亡，

但即便如此你还是必须要去。

胸怀世界尽头的人

必须去往世界的尽头。

"怎么样？"驼背突然回头问我，"这就是旅行的邀约。是我作词作曲的。"我竭力忍住眩晕的感觉回复他："我觉得很不错。"可驼背却用暗藏恶意的声音一针见血地说："少拍马屁！"

我碰了一鼻子灰连忙把注意力转向画面，顿觉这电影有些奇怪。因为从刚才开始画面没有丝毫变化。假如没有那惊天动地的投影仪的声音，我一定会以为这是张幻灯片。不过，不管怎么说才听完驼背唱的歌，过不了多久总会有事情发生，我劝诫自己耐心等待，五分钟过去，十分钟过去，终于依循心理学感动曲线②的法则

---

① 英国作家笛福所著《鲁滨逊漂流记》中的主人公，因遭遇海难而只身漂流荒岛。
② 显示故事起、承、转、结时观者情绪起伏状况的曲线。

我已经忍无可忍。

我知道绝对会再次挨训,一边胆战心惊,一边尽可能放低声音,但就是无法克制自己不问出口:"出什么事了?该不会有什么故障吧?"驼背听后动也不动:"多谢您关心。不过……"他猛然高声怒喝,"再没有比被一窍不通的门外汉指手画脚更让人不爽的事了!"

我暗下决心不再多言。然而,又五分钟过去,十分钟过去,盯着一成不变的画面,我终究还是克制不住不能不开口:"这到底,要到什么时候才会结束?"驼背用淡然得不能再淡然的语调回答:"听到这个问题后,再继续三十分钟,这就是规定。"

我被彻底击败,弯下腰,咬紧牙关嚼碎呼之欲出的呵欠,无意间看向脚边,一只硕大的老鼠已蹑手蹑脚地蹭到鞋尖这一刻正竖起尖牙即将咬上去。我跳将起来。跳起来后,才觉得这一跳的方式有些古怪。因为这并非出于我的意志,而是鞋子自说自话地跳了起来。

然而我根本无暇去琢磨这件事。刚才的响动异常之大,我更在意驼背的反应。可没想到驼背却全然没有过问的迹象。

这倒是个值得玩味的发现,我暗暗思索。也许这驼背是位一心贯彻技术的理想主义的技师。于是我立即着手进行验证。咔嗒咔嗒,我故意用鞋底轻敲地面试探他的反应,结果证明他果然不闻不问。接着我又迈出两三步。之后我突然壮起胆,在房间各处来回踱步,老子又没义务非得看这电影不可,我试图找回反抗的情绪。但那情绪左等右等迟迟没有回归的征兆。到最后连自己都觉得莫名其妙,终究还是无所事事地望着幕布上的风景。

"三十分钟到。"驼背像完成任务似的宣布。我也松了口气。机器声戛然而止,幕布上没有胶片阻隔的赤裸裸的光芒无比鲜活。

就在我诧异驼背不知去向时,却发现他正专心致志地往舞台上爬。驼背站到舞台中央,投影仪恰到好处地发挥着灯光的作用。驼背似嫌晃眼别过脸去,声音无精打采地说:"下面开始演讲。"说完他恶狠狠地瞪着我,"拍手……你,快拍手。"

不得已,我只得拍手,内心却感到无比荒唐。"再拍,再拍。"驼背气势逼人地发令。我自己为自己感到羞愧,但在一遍遍重复这愚蠢至极的鼓掌行为的过程中,我逐渐认识到为何需要我鼓掌,理解了其中的缘由。伴随我的掌声,驼背的腰渐渐直起,身形愈渐高大。

只要我不觉间放慢拍手的速度,驼背就会急切地催促:"不行,决不能停!"管你怎么说,老子还不是想停就停?我在心里这么一顶,反而变得宽容起来,想起驼背说三十分钟到时的样子,不过,驼背也是迫不得已才这么做的。我继续鼓掌,不再像刚才那般生硬。

驼背节节伸展不断壮大。"好了,可以了。"说这话时,驼背已无半点驼态,俨然已是两米多高的堂堂壮汉,连声音也变得浑厚嘹亮。

"诸位,"已变高大的驼背开始发言,"承蒙诸位的盛情邀请,接下去,请允许我就世界尽头阐述一下个人的见解。刚才诸位已观赏了一部有关世界尽头的意味深长的影片。不过在听完本人的讲话后,我有自信可以断言诸位将获得更加意味深长的训诫,我定会为此深感自豪。"他反手背在身后,也许是为打消驼背这一前身,他竭尽所能昂首后仰,超出了必要的限度,"话说,在很久以前,也就是说,比诸位存在于这个世界更早以前的时候。那时地球还被认为是一块平板由四头白象支撑……要说世界的尽头,那当然就被解释成密度极度扩散的周边地带。然而,在现代,这个地球已变成球体的时代,相信诸位也都明白情况已经截然不同。简言之,世界的尽头这一概念,也开始呈现出与这一词汇本身的语感截然相反的样貌。也就是说,因为地球变圆,世界的尽头会从四面八方围堵而来,到最后几乎凝缩成一个点。诸位明白了吗?更严密地说,世界的尽头对思索这一概念的人而言,就是其最亲近的场所。换句话说,对诸位而言,诸位自己的房间即是世界的尽头,墙则不外乎是限定边界的地平线。现代哥伦布式的旅行者无需搭船,顺理成章!真正符合当今时代的旅行之人,自当凝视墙壁,向其自身的房间进发。"

他静默下来，似乎在演示某种表情。但从我的角度看不到。因为在演讲期间，每说一句他就后仰一分，如今那张脸已隐藏到胸的背后。毋庸讳言，这一举动相当不可理喻。但，我并没有太过放在心上，只是睁一眼闭一眼。因为我的心情无比欣慰。试想，在人体模型店招牌模型的劝告下，我正为自己将不得不出发前往世界尽头而郁闷沮丧之际，他却告诉我所谓世界尽头即是自己的房间。

"但是，"驼背继续说下去，"有一点还须诸位引起注意。那就是，因为地球是个球体而附加给世界尽头的另一项重要的属性。即，两极的概念……想必诸位已经有所领悟。北极和南极的关系就是一个典型的例证。因此，世界的尽头也必须看作是两个极点的辩证统一。具体来说，就是，只有找到作为对立极点的那个世界的尽头，诸位的房间才能真正成为世界的尽头。基于这一点我们可以归纳出如下这条哲学层面的含义。即，启程去往世界尽头的人，不仅是从这个世界单纯脱逃的逃亡者，与此同时，还是肩负着把两个极点连接到一起这一重大使命的使者……或者说，是将其自身作为信息递送给自身的使者！"

他慷慨激昂，身体更进一步向后仰去，驼背朝相反一侧弯曲的程度远甚于最初那会儿，他就像名杂技演员，头眼看着即将触地。我想，假如存在这样的词汇，应当称之为反驼。

"那好,"反驼的声音越发洪亮,"最后请允许我谈谈,出发的具体方法。归结起来就是,尽管加上了两极这一新属性,启程前往世界尽头的旅途始于对墙的凝视,这一点并没有改变,另外,旅行之人还必须在墙中找到通达彼方的路途……诸位,请牢牢铭记这一点,谨愿其成为引导诸位明确方向、启程上路的航标。我的讲话就到这里。"

他没有低头致意,反而代之以向后仰身,结果反驼最终像奶油卷那样团成了一个圈。

奶油卷氏骨碌骨碌滚到舞台边:"投影仪,快开始,房间的场景!"他尖声发令,身体上突然竖出一只臂膀直指幕布,紧接着投影仪真的自顾自转起来,幕布上映出一个房间。

搞错了吧,我一下子蹦出这个念头。但细细一想却又觉得何错之有,只不过这房间正好是我的房间而已。也许是因为以往的经历让我坚信电影中出现的房间绝不可能是自己的房间,所以才会产生错误的反应。

这时,奶油卷氏以沉痛的语调开始了诗朗诵。

如果你说这不是你的房间
我愿意吃下彩色铅笔而死
一打一百二的彩色铅笔
外带吃光一半必死无疑的保证书

我愿意一口气全部吃光而死

如果你说这不是你的房间

我愿意千根鱼刺扎喉而死

一条一百的黑鲷共三条

让猫尽情享用之后留下残渣

我愿意一口气全部吞下而死

不过这千真万确就是你的房间

所以我无需咀嚼彩色铅笔

也无需吞食黑鲷的骨刺

加起来我总共赚进四百二

不过你也没有任何损失

虽然这确实是你的房间没错

但我绝不会向你索要四百二十

你或许觉得不可思议

可细想之下也未必如此

我一定不会要求你知恩图报吧

奶油卷氏朗诵时也无意停止一如既往的后仰行为,他逐渐变成一坨匪夷所思的团块,身体的各个部分相互穿插倾轧最后消失得无影无踪。诵读最末一句时,已是只闻其声不见其人。

见证身体竟能团成这种状态,这当然是第一次,但我并未大惊小怪。不仅如此,我甚至以为,对于朗诵如此无意义的诗歌的人而言,出现这种情况也是情有可原、理所当然的。

幕布上映出的我的房间,与刚才播放旷野风景时的情形相同,都是同一处场景毫无变化、没完没了地持续不尽。我突然感到一阵难以抵御的倦怠,猛地蹲在地上。

只剩下声音的声音用报幕的口吻说起话来:"好,各位观众,尽情享受了一整晚的演讲与电影之夜,终于将临近最后的高潮。请允许这部影片的主人公戏剧性登场,为今晚的活动画上圆满的句号。"接着切换成普通的说话声,"你,快进房间里去。"

让我出现在电影里,这倒不失为一个小创意,我饶有兴趣地再次将目光投向幕布。可完全没有现身的迹象,约摸三十秒过后,唯有声音的声音变得歇斯底里:"喂,你傻愣在那儿干吗!如果真打算上路那就端正下态度好不好?投影仪都已经等得不耐烦了。要是主人公不出现在他该出现的地方,第一盘胶片可就完结不了了。"语气虽然强硬声音却很虚弱,所以我思忖,原来只做声音存在于这个世界也非易事,看样子过不了多久声音也一定会逐渐消亡。唯有声音的声音再次响起，愈加迫切："我说你，能不能动作快点儿，投影仪还在等着呢。都已经这么耐心地给你解释了，你也该积极一点儿吧。喂，喂！你倒是回个话呀。说的就是你！放着该做的事不做蹲在那种地方偷懒，你到底想干吗？"

那声音就像在催促我一样显得万分急切，我感到坐立不安，不自觉地站起身，但一转念又觉得这样做是在羞辱对方，所以再次弯下了腰。

"喂喂，你一会儿站一会儿蹲的，难不成想要羞辱我！"

"你是在说我？"

"废话！"

我头脑一片混乱站起了身。无论怎么想，都没有信心钻进画面里去，但身体却像被人拉扯着一般爬上了舞台。（容我再重申一下，敝人真是顺从得令人称道。）

整块幕布都是我的影子在晃动。每走近一步就凝缩一分，那叫人颤栗的鲜明对比将我震慑。就算不是这样，我也会因为无所适从，而犹疑着停下脚步。（不管多顺从都无法抗拒科学式的反省。）我也曾听说有男人失去影子，但从未听闻有男人变成影子。

突然舞台两侧传来一阵目标明确的脚步声。也不知来自何方，是那两个身穿绿衣的壮汉。我刚一站定，两人就左右夹击朝我扑来，使出浑身力气把我朝前一推。我的脸首当其冲引领着身体撞进了幕布里。

于是，我——相比之下也许已不得不称之为他——就这样穿过幕布进入画面，扑倒在房间里。从里侧回望穿透的幕布，只看到那堵临街的带窗的墙，渗出血色汗滴的月亮正缓缓攀上夜空。

是他在做梦？还是他真的已化身影子？远处某座工厂的蜂鸣声响到半途戛然而止，空间不正常地扭曲起来。幼犬惊恐的吠叫让这扭曲愈加纠结。被卷入其中的刹那，他慌忙站起身。舞动四肢，用两手触探，确认身体还保持着原样。

耳畔响起货运列车的轰鸣。是夜深人静时的声音。建筑内部就像沉在水里静默无声。

他转了一圈环视房间。继而用出人意料的激动的声音高呼："是墙！"转瞬他已热泪盈眶，这也同样出人意料，"是墙。"他低声重复，眼前这堵墙却像雾霭般一圈圈膨胀占据了他整个胸腔。那是一种近似乡愁的深沉的感动。他目不转睛死死凝视着这堵墙。

他毫不厌倦专心致志地凝望着墙壁。出于工作需要，查看墙壁就是他的职业，但他像现在这般凝视它却还是头一回。墙犹如某种慰藉以永无止境的宽广矗立在他面前。

"墙，是远古人类的杰作。"他想，"而且，墙是实证精神与怀疑精神的母胎。"他思索着。这时，一首诗歌在他的眼与唇之间唱响。

墙啊

我要称颂你伟大的功绩

为孕育人类而由人类孕育

为由人类孕育而孕育人类

你从自然手中解放了人类

我愿将你称为

人类的假设

蓦然间墙消失不见。由物质消失为形而上学的概念。他反复眨眼央求墙复归原貌。墙归来了。但这堵墙却截然不同、表情阴郁。看上去潮湿肿胀。这便是，将先于他的早居者的生活，像吸水纸般悉数吸尽的，墙的另一面。他突然看到阴暗的诅咒横亘在他与墙之间。墙不再是什么慰藉，反而变成难以承受的重压。这不是守护人类的自由之墙，而是由监狱延伸开来的束缚之壁。"我在监狱和要塞里最发达，"墙说，"这都是你的责任。"

但尽管如此他却依然无法将目光从墙上移开。相反，他被这份阴郁所吸引，想要看得更深。就像旅人，走得愈远便愈是沉醉于地平线的诱惑。接着，就像地平线连绵不断地钻入旅人的眼睛、最终在那里生根发芽一样，不觉间墙已开始被吸入他的体内。"就让我在你的身体里,化作一块不会再有人提及的普普通通的石头,重获新生。"墙说着越变越透明逐渐消失。

视线依然凝视着墙……但此刻他凝视的却已是远方的地平线。周遭逐渐变得昏暗,惨白的月亮跌坐在天顶的坑洞里。他双手抱膝坐在沙丘上。

他一边享受着被潮湿的沙粒抗拒的感觉,一边走下沙丘朝地平线的方向走去。没多久沙丘就退出了视野。他没有停步又走了一会儿,看到月光下不知什么东西蠢蠢欲动。

走近才发现那东西已顶破地面正要冒出头来。他猜想说不定会长出一株魔豆藤,便在一旁坐下。但没过多久长出的不是植物,却是一只长方形的大箱子。再定睛细看,他意识到那也不是箱子,而是墙。

仿佛被大地的压力推挤而出,又或者是被周围的空虚吸引而上,墙无休无止地生长起来。

不一会儿,在这一望无际的旷野中,墙作为唯一的纵轴像一座高塔拔地而起。

他绕到墙背后,看见一扇涂黑的大门。打开门是一段石阶,通向隐约透出微光的地下室。

欢笑、音乐、水果的芬芳像活物般拾级而上。仿佛依循这些东西的引领,他走下了石阶。

地下室里还有一道门，他刚把手搭上门把，门已自动打开。就好像有人知道他要来，而特意为他开了门。但匪夷所思的是里面空无一人。

这是一间小酒吧。墙上挂着肖像画，画上打字员Y子和人体模型Y子左右各半拼接在一起。一半寂寞，另一半欢快地微笑着。画的前方摆着一台便携式留声机。音乐由此传出。是唱片在歌唱。

无论快乐，还是悲伤

我都会欢笑

拒绝感伤

一同舞蹈

……

他刚在吧台前站定，前方架子上就嗖一声蹦出一个发光的物体朝他飞来。他心头一惊身子朝后缩去，那物体却在距他脸数公分的地方猝然静止，垂直降落到吧台上。是只酒杯。紧随其后像追赶而来一般又飞来一只酒瓶。它悬停在酒杯上方，自动倾斜，斟满一杯酒。瓶身上写着"变色龙之泪"。

他试着小抿一口，却丝毫唤不起喝酒的欲望。环视四周，只见Y子肖像画对面的墙上贴着一张通告。

> **审判快报（第六号）**
>
> 截至凌晨 0 时，基于私人警察监视官的汇报，被告终于决定逃往世界尽头，并出于该目的吸收了房间的墙。鉴于此，此前被告吸收的无人旷野中生出一堵墙，现正以惊人的速度持续生长。有舆论意见指出，暂不管被告有罪无罪，应先组建科学考察队，就不断生长的墙展开调查。就此法庭代表法学家氏申明："鉴于被告已丧失姓名，不适用人权保护法，因而法庭没有理由反对组建科考队。"

在他反复看完第三遍时，吧台上突然回荡起一阵尖锐高亢的铃声。是电话。考虑到周围没人会接，他便接了起来。刚把听筒放到耳边对方就劈头盖脸地滔滔不绝。无疑预先知道他会接起电话。

"喂喂您已经看过第六号审判快报了吧。我就是黑医生氏组建的'生长之墙考察队'副队长厄本教授[①]——柯布西耶[②]氏的入门弟子，地地道道的城市主义者。一堵不断生长的墙，具备生命的墙！啊，这是一首多么现代的抒情诗。而且它还在世界尽头，矗立

[①] 厄本教授，原词为ユルバン教授，英文中 Urbain 和 Urban 都可以如此发音，前者为人名，后者为都市化、城市性的意思，在此，考虑再三，译者决定保留音译。

[②] 勒·柯布西耶，法国著名建筑家，是崇尚实用功能的现代建筑运动的领袖与实践者。

在无人的旷野上，简直就是我们城市主义者最完满的梦想！我实在太兴奋了。我的声音一定在发抖吧？喂喂，对，没错。我很激动。不瞒您说，我这人本性非常冷酷。倒不是跟您炫耀，不管怎么说我也是精密科学大学的教授嘛。可现在您也听到了，啊——呃啊呃啊，确实在抖吧。实在毋庸置疑，这才应该被称为超越伦理道德的感动。所以，喂喂，本考察队呢，终于得到了所有有关人士的理解，现在就打算马上出发。而且您那边看起来也刚好闲着，这考察队真是太幸运了。没，没什么事，就是想让您分享一下我们的喜悦。不会让您等太久的。一会儿见。"

对方啪一声像扔下听筒似的挂断了电话，虽然他没怎么答话，但心里总觉得不痛快，一时竟忘记放下听筒。"想太多不过是浪费时间，来，快把听筒放下吧。跳个舞忘掉一切。"打字员和人体模型两者各半合二为一的Y子正站在他身后。

"哟，是你们俩……吓了我一跳。我还以为是幅画呢。"

"吹什么牛嘛。刚刚明明一个劲儿地盯着看。还有，什么你们俩，好奇怪哦。我，就一个人啊。"也是，经她这么一说，不知何时打字员的部分已经消失，整个人都变成了人体模型Y子。"好了，来跳个舞吧，快来。"

"不了，我有些事想问问你。要不就坐到那边的椅子上说吧？""瞧你说的，你看这怎么坐吗？到处都坐满人了呀。""可是，怎么会呢,明明都空着啊。""不会吧,这还叫都空着?你这人,没想到还挺幽默的嘛。啊,对了,我想起来了。你,就是动物园里的那个人形鸭子没错吧?"他一时被戳到痛处有些恼火,故意避而不答:"明明就空着嘛,怎么看都空空荡荡的。""算了,真是个自大狂,我先告辞啦。今天可是客满厅堂盛况空前呢。"说着模型Y子端起架子就要走,他见状大惊,心想人体模型的思维果然不是人类的思维所能揣摩的。"没错没错,确实客满了。是我搞错了。""就是嘛,这就对了嘛。我很高兴我们终于意见一致了。我最讨厌伤感了。""我哪里伤感了?""所谓伤感的人,不就是明明没位子却非要说有位子的人,不是吗?""不,"话刚一出口,他慌忙改口,"就是就是。那个,我有些事想问你……""这样啊,"她微微偏过头,"我也不太清楚。而且,我特别怕猜谜。""可是,我还没问呢。而且,不是让你猜谜,我要问的事你应该会知道。""原来如此,难怪我不知道呢。如果是猜谜我倒是挺擅长的。"

他终于意识到一板一眼地句句回复恐怕行不通:"Y子在哪?你应该知道吧。"他决定直截了当。"哟,我……就是Y子呀。""不,不是你。是那个刚才还在你左半边的,另一个Y子……"霎时间模型Y子正视他的表情透出一丝不同寻常的僵硬。

"你这人的问题问得可真奇怪。为什么你会……""为什么?因为Y子是我的恋人啊。她是我一定会爱上的唯一一个人。我想最后再见她一面。"

"你说的可都是真话？如果是真的，那我根本没必要回答你的问题。""为什么？""哟，这次轮到你问为什么啦。这事你不知道也罢。"

模型Y子显得无比失落低下头去。她实在太过沮丧，头几乎要从身体上掉落下来。我本能地伸手捧住她的头，在我手中模型Y子变成了真实的Y子。

"啊，原来你就是，Y子……亲爱的Y子，我居然没有发现。我一定是哪里出了问题。"他欣喜地想将她拥入怀中，但Y子却连连退步，抬动肩膀深吸一口气，而后睁大悲戚戚的眼睛紧盯着他一左一右缓缓摇头。在他看来这是比任何言语都更为决绝的拒斥。他觉得Y子的头每摇动一下自己就随之消失一分。但在现实中无论多久他都不会消失，他终于无可忍耐，拔腿朝门冲去。

"等等！"传来一声激动的呼喝，但却不是Y子。也不是他想要逃离的那扇门，而是从另一扇门外喘着粗气冲进屋来的黑医生。"你，别急着走。"他用右手抽出左臂下夹持的巨大解剖刀，一边急促地喘气一边调整声音，"'生长之墙考察队'一行顺利抵达。下面将着手开展考察工作。我就是这一团队的领导人。"似乎不行礼无以表达其此刻的心情，他郑重其事地低下头，而后回过身，"快排好队进来。"

随之而来的，是一个毕恭毕敬地手捧着一块同样巨大的磨刀石的男子……"爸爸！"他失声惊叫。那确实是他爸爸。但爸爸却面露愠色斜睨着他说:"我不是你爸。切不可公私混淆。我是副队长厄本教授,地地道道的城市主义者。"

对他流露出的惊愕等一系列反应置若罔闻,医生开始发话:"所有人都到齐了吧。"自称厄本教授的爸爸紧跟着作答:"看样子都到齐了,不过为保证准确无误还是点一下名吧?"医生回答:"没错,准确最重要。""那好,"厄本教授(还是该称之为爸爸?)取出记事本,大声宣读,"黑医生,队长……已经到场。厄本教授,副队长……也就是在下,确实站在这里。全队总共两人。没有异常。""很好,确实不能归类为异常。数学的准确性真让人获益匪浅。"两人相互对视,表情严肃地连连点头。

"接下去,"医生说,"开始工作吧。"

厄本教授放下手中的磨刀石,呸呸呸地吐上几口唾沫。医生见状赶忙在磨刀石上挥动双手,惊叫起来:"哎呀呀,这太不卫生了。你再怎么说也太过分了。"厄本教授脸涨得通红赶紧翻过磨刀石,连声嘟哝:"确实不对,确实不对。"看到这一幕,他不禁也感到羞赧,暗自庆幸:幸亏他不是爸爸,而是城市性教授。

"嘿——咻。"医生发出一声吆喝,张腿跨上磨刀石的一端(可见这石头有多大)。然后这一次,他自己对着石头的这一面呸呸呸无一遗漏地喷吐唾沫:"我的唾液反而具备净化作用。"两人你看我我看你,点头后微笑,微笑后又点头。接着,厄本教授用力按住磨刀石的一端，医生取出巨大的解剖刀吭哧吭哧地来回打磨。厄本教授高声数出打磨的次数。一、二、三……一百。而后再一次，一、二、三……

忽然，他清晰地感到全身正在逐渐变硬。不对，是裤子上衣和鞋子，像石膏似的缚住了他的身体。所幸，和动物园那次不同，他挺立在原地，逃过了再次沦为人形鸭子的厄运。

"好！"医生说。厄本教授也附和道："好。"两人同时站起身，端着那把打磨一新、泛着冷光的巨型解剖刀打头阵，以即将进入原始森林披荆斩棘式的姿势，放低腰缓步朝他逼近。

"能躺到这儿来吗？"医生指着地上说。"有道理，没问题吧？"厄本教授随声附和。话音刚落他就主动朝那走去，无论如何都停不下脚步。由于鞋子和衣服们自己动弹起来，他也无计可施只能依从。

与自身的意愿相悖，他走到两人——医生和厄本教授的脚边朝天仰卧。紧接着，这本已让人苦不堪言，可雪上加霜的是裤子和上衣还哧溜一下自顾自地脱离了身体。而且，裤子和鞋接管脚踝，上衣负责手腕，三者紧抓不放一上一下同时竭力拉展，他依然动弹不得。这就好比把他所有的意识活动装进一只玻璃盒，一览无余地曝之于众那般屈辱，尤其是想到Y子也在一旁，他感到全身密布起一层虚构的鳞片。

"我一切开胸廓。"医生举起解剖刀。"我就开始观察内部。"厄本教授从口袋里摸出一副望远镜。

"爸爸!"他忍不住呼唤着想要爬起身。"不许动!"医生说。"那好。"厄本教授说,两人再次对视仅以眼神相互点头。

在他裸露的胸膛上方,解剖刀笔直地高悬于半空。厄本教授把望远镜紧贴到眼睛上随时准备窥视。

他感到心脏嘭咚一声发出巨响空转一轮后,便静止不动了。在某种东西的诱导下,他稍稍偏转视线,眼中映出了Y子的脸庞。不知何时她又变回了那个人体模型和打字员各占一半的Y子。模型那半兴致勃勃,笑眯眯地紧盯着解剖刀的落点;而真实的那半则泪眼涟涟,满怀悲伤地凝望着他的眼睛。

解剖刀微微一动,在他眼中映出一道锋利的光。他闭上眼,把脸部的所有褶皱都堆叠到眼睑上。

就在那一刻。Y子用略带愁思的曼妙嗓音歌唱起来——不用说这一定是真实的那一半。

在那悲愁海岸的贝壳中

我苦苦寻觅你的日子

你在我内心捡拾贝壳

……不幸的我

不幸的你

"唉,好一首悲伤的歌。"传来医生沉重的叹息。解剖刀久久不落。他悄悄睁开眼,医生已把解剖刀夹入臂弯,正无精打采、一动不动地以立正的姿势低垂着脑袋。

接着飘来同样的嗓音,但带着不同的情感——这一定是人体模型Y子。

不过请听我唱
我喜欢的人曾说
"欲不为善而为恶。"
人形鸭子要唱歌
就好比虫蛹说它不愿化蝶
呵嘿嘿呦嘿呦嘿嘿
来吧跳起舞来,喜欢的人儿

"嘿嘿、嘿嘿、嘿嘿嘿。"厄本教授忍不住笑出了声。他放下望远镜,抬起另一只空闲的手,一边用手背拭去眼泪,一边说:"嘿嘿太欢快了,好得没话说。"

"一点都不欢快。根本不知道你在说什么。"医生似乎有些生气。"怎么会呢，我反倒是，嘿嘿、嘿嘿，听不懂，嘿嘿、嘿嘿，前一首歌在唱什么。"厄本教授边笑边反驳。

"不对，正好相反。"医生说。"哪有，根本没反。"教授也不甘示弱。

"既然这样，"医生提议，"那就让她再唱一遍。""求之不得，欢快的歌曲听多少遍都成。"厄本教授也点头赞同。"想得美，接着唱前一首！"医生吼道。"后一首，后一首！"教授高呼。

结果两个Y子一齐放声歌唱。但要同一张嘴同时发出两种声音毕竟不太现实，所以就演变成毫不相干的歌曲交互穿插，以至于完全听不出在唱些什么。

悲愁海岸边的——欢迎光临——我……

喜欢的误解也——我——偶尔——好时光

轻轻松松去他处——悲伤吗——看

所以——苦苦央——在哭泣吗——求

早晨的散步——过——爱恋——消失——过

而去——来跳舞吧——不幸的我

好——来跳——不幸的——舞吧——你

"你看这不是很欢快吗？"厄本教授抬高了声音。但眉头隐隐皱在一起没再发笑。"到底还是有一种忧郁的东西流淌在底部。"医生回应说，但脸上却带着疑惑的表情窃窃自喜。两人都没再据理力争，而是对视良久，突然齐声说："确实你说的也有一定道理。"然后互相点点头，这一次医生按捺不住笑起来，厄本教授则低头陷入了沉思。

究竟是幸运，还是不幸？

这期间他渐渐冷静下来，想出了回避这场危机的办法。他敏锐瞄准医生频频发笑后稍事休息的瞬间，立刻开口说："医生和爸爸……不对是厄本教授，如果二位的目的只是要考察不断生长的墙，那完全犯不着费这个工夫，我可以把二位直接带到生长之墙所在的地方。更何况，万一动用手术刀，胸内压出现剧烈变动，搞不好那堵墙也会被破坏掉，这也不是不可能吧？"

两人面面相觑，咬了咬下嘴唇。"说的也有道理。"医生低声赞同。"确实，存在这种可能性。"厄本教授声音略高于前者。"如果这符合科学性的思维，那么就算是敌人的意见，我们也必须采纳。"医生用非常响亮的声音说。厄本教授重重点头，脖颈发出卡嗒卡嗒的声响。

"那你快带路吧。"两人异口同声地发令。"我说你们，快放开我！"他对自己的生活用品说。上衣问："该怎么办？"裤子答：

"有必要想一想。"鞋子则吼道:"必须慎重考虑。"

"可这样,叫我怎么带路吗?"他顿时不知所措。"你一个人在那自言自语嘀咕什么?"医生疑惑地问。裤子却说:"别理他,搞技术的对本质性的东西就是充耳不闻。""喂!"鞋子一针见血地警告,"技术人员非友也非敌。你别用这么热络的口气跟敌人说话。"

"可是,"上衣问,"就算放开他也没什么关系吧?""大概是的。"鞋子答,"不如我们也在这喝一杯吧。""这主意不错!"裤子说,"而且我们的Y子也在。""好!"三者齐声高呼,"就在这里召开勾引能力审查委员会会议,给这悬而未决的问题做个了断。"

生活用品们同时离他而去,飞向吧台。他重获自由站起了身。但他现在赤脚加半裸,一想到自己暴露在Y子和医生他们的视线里,他就燃不起半点斗志去跟生活用品们抗争。

"别磨蹭,快带路。"医生戳戳他的手。"在哪儿呢?"厄本教授掐了掐他的脖子。"就在那扇门后面。出了门爬一段楼梯就是那堵墙了。"

"永别了。"Y子悲凉的声音追在他身后。他回过头,可惜视线还未捕捉到Y子,"动作快!"他就被不由分说地推到门外,这成了最后的诀别。

"接下去,该往哪儿走呢?""快说,到底在哪儿?"可不管两人如何催促，他都只是呆立在原地毫无反应。刚刚明明拾级而上的石阶不知去向，他们一穿过那道门就瞬间置身于他的房间。"太奇怪了。楼梯去哪儿了……？真搞不懂。"

"搞不懂的是我们。"医生怒气冲冲地说。"考察队一行彻底上当受骗了。"厄本教授喘着粗气嚷嚷。"糟糕，磨刀石和解剖刀忘带了。"医生发出一声哀嚎。"门已经开不了了。"厄本教授带着哭腔应和。

"该怎么办呢？"医生把手指插入发间乱挠一气。厄本教授默默将脸埋入双手，蹲在地上。"科学性的……精密地……逻辑……"断断续续的言辞从两人的嘴唇间蹦出，持续了好一会儿。

"对了！"厄本教授突然一跃而起。

"怎么，终于发现什么了？"医生惴惴不安地窥视教授的脸。

"发现、发现！"厄本教授拍打着双手。

"你到底、发现了什么？"医生也兴奋地追问。"也就是说，"厄本教授整张脸都因为笑容皱成一团，"你可听好了。现在，我们打开局面的对策只有一个，那就是找到办法。没错吧？""办法！"医生也拍着手大叫起来。

"对，就是办法！"

蓦然两人的视线碰撞在一起。旋即他们脸上的笑容同时消失。医生低声追问："是什么办法呢？"厄本教授一言不发，再次将脸埋入手中。沉默又开始持续。

"这一次真的有救了!"医生突然仰面朝天张开双臂。厄本教授吓得站起来。"啊,我们只能寄望于上帝的恩宠。我的主啊!"医生放声高呼,厄本教授赶紧用手指塞住耳孔:"医生,快停下。你这样也太失态了。身为唯物论者又是上帝又是恩宠的,听着叫人揪心。""先别这么说,厄本同志,"医生声音严肃地申辩,"听我说完,你也一定会产生和我相同的感受。科学的界限,那里存在着一个没有矛盾的信仰的世界。""医生!""别急,先耐心听我说。你没发现吗,其实上帝已经向我们开示了一种方法。你应该听说过吧,圣经里的一句话……骆驼穿过针的眼,比财主进神的国还容易呢①。说到这儿,你该懂了吧?""啊?好像懂了,又好像没懂……""真够迟钝的。也就是说这句话恰恰证明了骆驼穿过针眼般的小洞是何等的轻而易举。""原来如此,说得太有道理了。如果比财主上天堂还容易,那这世上绝对没有比这更容易的事了。""正是如此,不愧是厄本同志。这让我联想起,被告、也就是我们的试验对象,偷盗骆驼的案件。就是他试图把骆驼从眼睛里吸收进去的事件。""啊!"厄本教授发出一声呜咽,"怎么会,怎么会呢,上帝啊……医生,我也、科学的界限,啊。"两人相互抱肩,双双把头

---

① 摘自和合本《新约圣经·马太福音 19:24》。

埋在对方胸前,像是在感激涕零。

"好。"医生抬起头。"好。"厄本教授放开手。"赶快去调一头骆驼来。""就这么办。""用无线电话?""对,无线电话。"两人泪眼相望,重重点头,笑得无比幸福。

厄本教授从口袋里取出一台小型无线电话。"喂喂,是国立动物园吗?喂喂,我们是'生长之墙考察队',对、喂喂、没错。现在请立刻送一头骆驼,对、一头,马上、就现在,我们、对、是的。一秒钟以内,好,麻烦了。嗯,谢谢。那就拜托了。嗯、嗯……再见。叮。"

几乎在挂断电话的同时,响起一阵敲门声,一开门,骆驼便立刻探进鼻子,看到他后,欢喜地发出一阵撒娇般的低鸣。

"哟,已经到啦。不愧是无线电话!"医生说。"就它自己来的?看样子是哦。不愧是国立动物园的骆驼!"厄本教授说。"不,它肯定是闻到了我身体里的旷野才来的!"他忍不住脱口而出。"少废话,试验对象就该乖乖闭嘴才合规矩。"医生说。"连衣服都没穿,少在那儿学人插嘴。"厄本教授说。"那我们赶快动手。""说得也是。""那么,你先请吧……""不不不,您先请。""那还是猜拳吧。""好,就这么办。"

两人叉开腿站稳马步,气势凌人。"啊,你赖皮。""哪有,厄本同志。""好吧好吧,那,再来一局。""看招。""呵呵,真不好意思,医生,这下可算是让我赢啦。""你说什么呢,输的人责任也不轻啊。""此话怎讲?""输的人要负责用放大镜紧紧盯住赢的人的一举一动,还必须通过无线电话向学会一一汇报。""什么?这也太卑鄙了吧。这是赢的人要干的事。""别这样嘛,你不用那么谦虚,我当候补就可以了。""这成何体统,我才应该做候补。""上帝的恩宠确实降临在你……"

"二位再猜一次拳不好吗?"他实在看不下去,插嘴说。"闭嘴!"两人虽异口同声地怒喝,但,"那医生,这一次赢的人……""上骆驼走。""好。"

结果厄本教授成为骑骆驼的人,他一边愤愤不平,嘀咕着"人寿保险如何如何",一边抖抖瑟瑟地跨上了骆驼。

"快躺下,方便骆驼进去。"在医生的命令下,他横卧在地,骆驼连带厄本教授眼看着越缩越小。"原来如此,就像上帝说的,还真是轻而易举。"未等医生说完,骆驼就已进入他的眼中。

医生即刻准备好反光镜和透镜观察他的眼睛,然后单手拿起无线电话放到嘴边,开始实况播报厄本教授的探险之行。

"他英勇无畏远胜达达兰[1],正在鞭策双峰骆驼勇往直前,他就是我们'生长之墙考察队'的精锐先锋——厄本教授,如今他已在

---

[1] 法国小说家阿尔封斯·都德的著作《达达兰三部曲》中的主人公,喜欢信口开河,但骨子里胆小如鼠。

前往世界尽头的道路上印上了第一个脚印。他越走越远，朝着生长之墙的方向，厄本教授正在一步一步向前迈进。时不时他还会回头朝后张望，脸色苍白……不不，这绝对不是因为恐惧。是紧张。崇高的紧张。那块三百微米的头巾，请注意，这绝不是形容它小。考虑到相对性，诸位必须把它想象成一块非常宏伟的方巾。言归正传，现在有条大河挡住了厄本教授的去路。就是俗称的泪河。医学上称为泪腺的延伸。这条河就是界定世界尽头的分界线。不好，河水泛滥了。是洪水！喂，你这家伙，不许哭。请注意，现在说的话不属于转播内容。这是在跟试验对象说话。我说你这家伙，也真是的，骆驼和厄本教授会被你淹死的。你看你，居然还来真的，都跟你说了不能哭……哦哦，厄本教授——现在开始继续转播。厄本教授他，成功避开了汹涌而来的波涛，正飞也似的一路狂奔。右面，左面，不，所见之处，都能看到他勇猛疾驱的身姿……啊，他好像确定了前进的方向。飞奔，更快地飞奔！前方出现了什么，出现了。那就是，厄本教授飞驰而去的目标……啊，看清楚了。是一艘四方形的船，方舟，还有旗在飘。上面有字……这字是，诺亚方舟[①]！站起来了。一具木乃伊。我是说，在那方舟上站起来了。你问是谁？这还用说，当然是诺亚的木乃伊。诺亚正在不停地向厄本

[①] 据《圣经》记载，诺亚依照上帝指示建造的大船，保护诺亚一家及各种陆生生物躲过了大洪水灾难。

同志挥手。哎哟,不对,这不是在招呼他。而是在说别过来。他打着手势说,这艘船很破,乘船的对象都是事先选定的。诺亚这个混蛋!不过,快看,我们英勇的厄本同志!厄本教授不畏诺亚的竭力拒斥,现在,已经和骆驼一起,整个跳上了方舟。诺亚正在绝望地撕挠胸口。见你的鬼去吧!糟糕!方舟开裂了。崩溃了。哎呀,什么破船,考虑到上面都是些已经变成木乃伊的老古董,估计这船也早就烂得差不多了。哦哟,滔天巨浪……那后面是,黑幽幽的大漩涡……方舟不见了,诺亚不见了,骆驼也不见了……我们的厄本教授……诺亚什么的死不足惜,可是,啊,我们亲爱的同志、厄本教授他……厄本同志主动知难而上承担起这项重任……啊,出现了,他穿过漩涡,正在拼尽全力往前游。还在游。加油厄本同志!面对这场新时代的洪水,没有诺亚方舟是否也能战胜劫难呢?哦,这才是决定唯物主义者是成是败的伟大的考验。上帝啊……别误会,我这是在说反话。啊,对了,恩宠再度降临!喂!你。下面这段不是转播。你,鼻子、鼻子,快,用这手帕擤擤鼻子。对,动作快。(哼哧!)刚才您听到的是试验对象擤鼻子的声音。成果……非常显著,太好了,我们亲爱的厄本教授平安归来。和鼻涕一起,就在这块手帕上……他挣扎着,在手帕上的黏液里站起来了。他现在,脸色惨白,正在擦去浑身上下的黏液、也就是鼻涕,现在厄本教授就在我面前,已经变回正常人的大小,这一刻正站在这里。啊,这是何等的幸运。好，诸位，本次汇报转播就到这里，完毕。"

长呼出一口气后，看着如死人般苍白的厄本教授的脸孔，医生的脸上也渐渐失去了血色。两人都沉默不语，久久注视着对方的脸庞。医生点头，厄本教授也点头。医生发出"嗯"的声音，厄本教授也跟着"嗯"。医生问："你怎么看？"厄本教授"嗯"一声歪过头伏下视线。突然两人像约好了似的同时开口："其实我……"继而又同时一愣，闭上了嘴。过了一会儿，两人再次异口同声："已经受够了。"这仿佛是个开端，让他们获得了解脱，两人争先恐后几乎分不清哪句话出自谁之口。"很危险。""是满怀恶意的阴谋。""科学的界限。""上帝的、上帝的……""根本毫无意义。""骆驼的赔偿金。""人寿保险。""生长之墙。""很难认可。""撤退吧。""对，回去了。""回家去！""回家去！"

两人手挽手，头也不回地离他而去。

只剩他孤身一人，被撇在原处，他支起手肘想撑起疲惫的身躯。这时，他从头到脚，感受到一种难以名状的怪异的僵硬。就好像，有个坚硬的东西，正从身体的内侧朝外顶。

他立刻意识到，是由胸口那片旷野上不断生长的墙引起的。一定是墙越长越大，已经占据了整个身躯。

他抬起头，看着窗玻璃上映出的自己的身影。那已不再是人的形态，在一块厚实的四方形墙板上，手、脚、头零零散散，自顾自地朝着不同的方向伸展在外。

　　不久,那手、脚、头也像绷在鞣皮板上的兔皮一般不断拉伸,终于他整个身体与墙融为一体,彻底变成了一堵墙。

★

　　这是片一望无垠的旷野。

　　我就是那旷野中悄无声息无休无止生长的墙。

巴别塔①之貉

一、我爱幻想好构思。

我来讲讲我的故事。

我是个贫穷的诗人。

我常坐在P公园的长椅上幻想着进行各种构思。不只是诗歌，还会构想各式各样的科学发明。解数学题的乐趣，并不逊色于写诗。不过，最快乐的，莫过于观赏长椅前漫无目的一晃而过的女人的腿。女人的腿，是令人战栗的曲线。她们一走出视野，身后便会留下一段战栗的方程式。我把全身的重量压在椅背上，专心致志地破解那段方程式。从方程式中会生出形形色色的幻想与构思。

---

① 《圣经·旧约》中的通天塔，语言互通的人类试图联合建造一座通天的高塔，此举触怒上帝，自那以后，人类各散东西，语言不再相通。中文又译巴贝塔、巴比伦塔、通天塔。

比如我曾思考美杜莎[①]的问题。据说见过美杜莎脸的人都会变成石头，我认为这从逻辑上说不通。如果这是真的，就不可能有人见过美杜莎还能活下来，那岂不根本没人会知道美杜莎的存在？不过，这个谜题，假如从下面的角度去思考就能迎刃而解。看到美杜莎的脸后变成石头，一定有什么特殊的原因，只要能避开这个原因，就能躲过变成石头的厄运。于是，我得出这么个结论：美杜莎是个大美女，她因为和维纳斯比美[②]，结果受罚变成了蛇发，可见她一定是个相当标致的美人。所以，被她的美所倾倒而看得神魂颠倒的人，就会因为司汤达[③]所说的爱情的结晶作用，而变成石头。反之，不为美杜莎之美所动的内心冷酷之人，就不会有变成石头的危险。想必珀尔修斯[④]就是这样一个男人。我也想成为这样的男人。对所有一切保持敏锐，同时又不为所动，只有真正拥有冷酷之心的人，才有资格被称为诗人。"冷酷之心、冷酷之心……"我反复念叨，确认这个词的效力。自那以来，这个词，就成了我欣赏女人腿或漫步街头时的咒语。只要一念起这段咒语，我似乎就更能参

[①] 希腊神话中的蛇发女妖。
[②] 所传故事版本众多，另一说为触怒智慧女神雅典娜，而被变为蛇发。
[③] 司汤达（1783—1842），法国著名作家，在《十九世纪的爱情》一书中，用结晶来比喻爱情。
[④] 希腊神话中的英雄，主神宙斯之子，巧以盾牌为镜，在雅典娜等人的协助下，割下了美杜莎的首级。

悟女人腿中所藏的深意。

二、奇怪的动物现身，叼走了我的影子。

然后，那天早上，那个时间，公园里几乎没有人。我翻开记事本，一一浏览昨天写下的幻想和构思。每一条都会让我联想起曾激发我强烈灵感的那一条条女人的腿。

首先是**矩形可不可能分割成有限个大小不同的正方形**的问题，后面写着，不可能少于等于三十八，这一附带限制条件的解答。我想起了发育期将停未停的少女那裸露在外的修长纤细的腿。

接着是由扑克魔术联想到的、与**使用二进制算法的自动计算器**相关的两三条小点子。那是被褐色丝袜贴身包裹的风尘女郎的腿。

另外还有，**食用鼠、立体显微镜照片、液体透镜、时间雕刻器、倒立式绞刑架、人类计算图表**等记录在案。

最后，写着一首诗，描述一册书籍在黑暗的宇宙中飞逝。

不过这些没有一个是完结的。说穿了全都只是幻想和构思。正因为此，我把这册记事本，称为空想之貉的毛皮①。

---

① 原文为"とらぬ狸の皮"，取自谚语"とらぬ狸の皮算用（意思是，貉尚未捕到手却已开始筹划把毛皮卖个好价钱）"，直译应为"尚未捕到手的貉的毛皮"。

就在这时，我无意间抬起视线，一只奇怪的动物映入眼帘。若说是猫，毛太浓密，若说是狗，尾巴太粗，不像狐狸不像狼也不像貉，但又不是老鼠也不是老虎，是种并不常见的动物。与其用语言来形容，不如请看下面这幅画来得快捷明了。

那东西，蹲坐在刺槐茂密的树荫下，一动不动地看着这边。我回瞪它一眼，它却依然目不转睛，反而用那双炯炯有神的大眼睛越发坚定地看着我，我突然感到一阵恐慌。虽然它看上去不像是猎食人肉的猛禽，但搞不好刚从动物园跑出来，对人心怀怨恨。去去去！我试着小声轰赶，可那东西毫不避退，反倒静静地抬起屁股，朝这边走过来。我一时惊恐万分。不过，细看之下，似乎也没有加害于人的意思，我决定先静观其变。为防不测，我把手伸进口袋悄悄拉开了海军折刀。

那动物摆出若无其事的表情，缓步朝我靠近。在离我约摸五步之遥，走到我被朝阳拉长的影子靠近头的地方，突然动作迅捷地发起了行动。它露出尖利的牙齿，对着地面一口啃下去。

它咬住某样东西，从地上拖起来。是我的影子。那动物竟咬着我的影子，把它从地面上剥离出来。也许是我的错觉，那一刹那，我恍然听到影子发出一声微弱的惨叫，还挣扎了两下，像在求救。

我瞄准被拖走的影子扑过去。然而，那动物先我一步，一转身，跳进树丛逃走了。考虑到野兽的迅捷，追过去也是白费力气。

我不知所措地站在原地……算了，花费口舌描述那情景，反而有损故事的真实性。还请各位自行想象。很长一段时间，我迷失在半个大脑被挖走般的空白当中，只是呆呆地站在原地。

三、回公寓途中发生的事。
变作透明人一路狂奔。
警队出动。

耳畔传来一阵脚步声越走越近。紧接着是青年男女的说话声。

我赶紧躲入树荫。开始思考。换个角度想，也许我还算幸运。假如丢失的不是影子，而是鼻子、耳朵、脸什么的又会怎么样呢？那样的话，绝不可能蒙混过关。但幸好我丢的是影子。只要像这样躲进阴影，就不会被人发现。再说，影子又有什么用？换作小孩可能要用来玩踩影子，可我是个大人。影子，本就是鸡肋。

那对男女像是情侣。两人都很专注，沉浸在各自的思绪里。看起来他俩都刚从办公室溜出来。就像所有那些上午十点约会的情侣，两人已化作结晶如火焰般闪耀着光彩。

冷酷之心、冷酷之心……我反复念叨着，把目光投向女人的腿。我以为，这或许能帮我忘掉丢失影子的事。女人的腿，总能让我瞬间跃入女人的身体，在最原始的结合感中切实体认自身的**存在**。美腿则美，丑腿则丑，每一条都是我**存在**的方程。可这一次，究竟怎么回事？稍短了点儿，思绪到此为止，我无法进入那双腿中。腿在我眼里，比路边的石块更没有意义。不知不觉，我对着那双依偎在一起的长长的影子，像粘住似的，看入了迷。

我的视线和女人的视线，不经意地擦碰在一起。她剧烈地抖动肩膀，深吸一口气，那气息在喉咙深处化作一声低沉的哀嚎，脸上的血色瞬间退去，转眼便伏倒在男人肩头。与此同时男人抬起头，看向我，也惊叫一声，和女人一起瘫坐在地。

这样的情形完全出乎我的意料，我的震惊丝毫不亚于他们俩。也不知究竟是什么吓到了他们，为抵御两人的尖叫保护自己，我把手举到眼前，这才发现自己的手是透明的。慌乱之余，我赶紧去看另一只手，同样透明，仿佛空无一物。我并排举起两只看不见的手，久久凝视着。它们比玻璃还要通透，下方的景色一览无余。我搓搓双手，能确实感到手的存在。我再一次双手并举凝视它们，恐惧的感觉，就在那看不见的手中一圈圈荡漾开来。

我卷起袖子，手臂也变得彻底透明。敞开胸襟，胸口透明。挽起裤管，腿也一样透明。虽然看不见自己的脸，但想必也一定是透明的。

我变成了一个透明人！

现在想想，我丢了影子。既然影子已经不在，那么影子的成因——躯体随之消失也合情合理。虽然隐隐觉得原因和结果似有颠倒，但我已经无暇去深究。亏我还庆幸，被叼走的是毫无用处的影子，这样的自我安慰是何等的天真。事实上，影子的成因也和影子一起被夺走了。阴影也好暗夜也罢，已不再能隐藏我的秘密。我情不自禁地开始吼叫。难以自控，漫长而悠远，如原始森林中的猿猴一般，嘶吼。

在这吼叫声中，那两个情侣，终于回过神来，争先恐后地逃离这里。

我立刻脱下衣服全身赤裸。这样一来应该就不会被发现了。

但让我发愁的是，脱下的衣服该如何带回家？要是看到，卷作一团的衣物飞在半空，人们会做何感想？然而我又不愿拍拍屁股，扔下它们。不过是一套夏天的薄衫。我在心里干着急，也想不出什么好主意，最后决定随机应变，船到桥头自然直，于是迅速卷起衣服鞋子夹在腋下，向公园旁的小路飞奔而去。

恰好已过上班高峰。所幸，在这片闹市区，每到这个时间总有些地方匪夷所思地人迹罕至。我对街区的每个角落都摸得一清二楚。走哪条路最不容易撞见人，瞬间就做出了判断。不过机会只有极其短暂的片刻。所以，必须抓紧。到我的公寓，再怎么飞奔也需要三十分钟。

我在楼与楼的缝隙间急速狂奔。经过那段沿沟渠而建的工厂路时，更是发疯似的往前冲。我跑过P街，穿过W路。

然而，就在冲过S町即可胜利在望的拐角，却撞见一群不良少年迎面走来。我马上把衣服放到地上，想等他们走过。可少年们从一旁经过时，却猛然注意到了这团衣服。中彩啦，其中一人伸出手来。慌乱之余我稍稍挪了挪衣服。那少年大吃一惊，向后退去。"哎哟，这衣服会动。"

"动？说什么蠢话。"

另一个少年也从一旁伸出手。不得已，我再一次，挪开一小段。

少年们错愕不已，远远地绕着衣服围成一圈。有个胆大的定了定神靠上前。我突然拽起衣服朝他当空挥舞。

那群少年该有多么惊恐！

这时，其中一人，啊地惊叫一声，用手指向我脸所在的位置。与此同时其他少年也都怵在原地，接二连三地发出阵阵惨叫，发疯似的四散奔逃。

出什么事了？难道我脸上，还有什么东西，留在原处没有消失？

虽然百思不得其解，但这会儿可没工夫耽搁，我连忙继续赶路。

到了L区的街角。

是那家常去的香烟店。我对着橱窗玻璃照出自己的脸。险些叫出声。我脸上尚未消失、把那些少年吓得魂飞魄散的，是那双眼睛。在这透明的脸上，唯有那双眼睛像博物学的标本悬在半空。

店门开了，店主的女儿走了出来。那姑娘对我有意思，每星期六晚都会来学诗，一直到深夜研习各类诗歌后再回家。作为报酬，我全神贯注地凝视她的腿。令人庆幸的是，姑娘的腿很美，深得我心。

霎时间，姑娘的眼睛对上了我的眼睛。她的身体僵成一堆石块。开始轻微地左右摇摆。下一秒，洋溢着幸福的微笑围住了她的双眼。我想起那姑娘一直都在渴盼癫狂，便赶紧匆匆离去。

从这里到公寓，只要沿途顺畅，距离不超过一分钟。可倒霉的是，马路正在施工，整条路都铺满了棱角分明的小石子，对赤足的人来说举步维艰。我咬牙切齿好不容易挨过半程，迎面却走来一个遛狗的妇人。

真是又可气又可恨。我准备就近找个门洞暂避一下，环顾四周，却看见那群少年夹着几个警察出现在身后，这一刻我是何等惊惶失措!

什么破衣服,去,不要也罢,我打算扔下衣服就跑。不料,那条狗却发现了我。索性一不做二不休,我挥舞着衣服,捡起石头朝狗砸去。妇人早已晕厥在地。

这时警察们也发现了我,四周回荡起尖锐的哨音。

我全然不顾脚底的擦伤,夺路狂奔。胆小的宠物狗只会远远地吠叫。它跟在我身后没追几步,便折返方向朝昏迷的妇人跑去。我故意错过公寓正门,翻进旁边的矮墙,从后门溜了进去。运气不错,进屋前,没撞见任何人。

外面的警哨声此起彼伏,看样子似乎出动了一支警队。不过,他们要找到我恐怕难如登天。毕竟线索,只有两颗宛如飞虹的眼珠。

我有信心逃过追捕,丝毫不觉害怕。可是,当我拖着看不见的身躯一头扎倒在床上时,那双悬在半空的眼睛,却流出了无尽的泪水。我祈祷双眼就此溶化,任由眼泪肆意流淌,终于在泪水几近干涸时,警察们似乎也已撤离,窗外,一片宁静。

四、关于影子的探究。

操控机床的天使。

房间让我逐渐平静下来。因为墙壁代替我消失无痕的轮廓,发挥起皮肤的作用。

平静下来后，我开始觉得，有必要对发生的一系列事情进行理性的思考、判断和理解，并谋划今后的解决方案。

首先，必须查明那到底是什么动物。话说回来，这世上居然存在吞噬影子的动物，实在叫人震惊。这绝不是单凭我一己之推测就能得出结论的，所以我准备找个著名的动物学家咨询一番。不过，万一，他否定这种动物的存在怎么办？这也是很有可能的。毕竟这动物确实不常见。甚至还可能被他付之一笑。试想，影子不过是物质存在的结果，并非物质本身，吞噬影子，违背物质界的基本法则，科学家一定很难认同……但是，现实不远比法则更加物质吗？没错，作为那动物的受害者，我就活生生地站在这里。这是不争的事实。如果他们不承认，我就对整个动物学界提出严正的抗议。要求在动物图鉴中正式登记这种动物的名称（当然，由我命名。等下赶快去图书馆跑一趟，翻翻拉丁语词典！），进而重新梳理动物学的基本概念。

等等，这或许并不只是动物学的问题。这一事实，难道不是在彻底颠覆物质的概念吗？而且，不也会从根本上改变物质的因果关系吗？

突然，我灵光一现。难道说，我是用肉体实践全新宇宙法则的先驱？那我不就成了新时代宇宙理论的奠基人！

刹那间,我似乎站在征服者的高度,俯瞰宏伟的全景图像,心脏咯噔一声凝固起来,仿佛自身就是整个地球。

可惜,我无法想象自己会拥有那英雄般的伟岸身姿,不禁感到失落。因为我重又忆起自己已是个透明人。

我意识到,必须解决这个问题。那动物,后来上哪儿去了呢?是留在公园,躲进树丛下的某个角落,还是跑到大街上去了?不管是哪种情况,在这繁华的大都会,用不了多久一定会被人逮住,然后成为街头巷尾议论的对象。让我焦心的是,那动物是只叼走了我的影子,还是把它吃了?如果只是叼走,只要它没乱扔,被逮住时,就一定能捡回来。但如果,是被吃了的话……等一下,这也得分成两种情况考虑。一是影子不消化,留在内脏里;另一种就是影子被消化掉了。后一种情况,比较棘手。……不过没关系,就算是后一种也不是完全没办法。如果对那动物进行生物化学或生理学研究,就能掌握影子被消化的原理。这样一来,只要逆向再现这一过程,不就能合成或萃取出影子了吗?对,这可是一大发现。搞不好还是超越宇宙法则的重大发现。假如能弄清影子的构造、成分和性质,人类就可以自由地拆卸影子,随时能变透明,也随时能恢复原样。只要能恢复原样,变透明就完全不是问题。相反还颇有意思。叫人愉悦。

不过,我突然发现,这想法包含一个悬而未决的课题。拆分后的东西，未必就能拼回原样吧？打碎的玻璃和陶瓷能拼回去吗！我一下子变得极度焦虑。总不能用胶水粘，用锡焊，或者用订书钉给订回去吧。幸好，我立刻想到要解决这个问题其实很简单，不禁松了口气。这本就不是什么难事。打碎的玻璃为什么拼不回去，只要理性地思考一下就会明白。这是因为，无法进入分子间的引力场。所以，对它加热，就能打开引力场，把它们拼回去。影子也一样，大不了加热一下。如果加热不成，那也一定能找出相应的物理或化学办法。

当然，由此生成的影子未必和过去的一模一样，这也很有可能。到时候，根据略有变化的影子，重新生成的肉体，说不定也会跟原先的差那么几分。假如能从理论上掌握两者之间的对应关系，我们岂不就可以随心所欲，完全按照自己的期望来打造全新的肉体？……（这个想法，当即让我神魂颠倒。）太棒了！到那时，世界上的流行时尚将不再是服装而变成肉体本身的风格形态。我一定要建一座大工厂。在那里，根据人们的喜好量身定制肉体。先裁去定制人的影子，把它放进变形机变形，然后生成一具全新的肉体。全世界的人，想必都会变得和天使一样美丽。这是何等伟大的梦想！而且，不仅如此。如果人的肉体是可变的，那么与之相关的各种人际关系也不可能一成不变。所以，所有权什么的都会消失，个人的概念将不复存在。这难道不是一个令人惊异的世界吗？绝对的自由。彻底且永远的再分配。平等社会中犹如天使般的人类!

恍惚间,我产生了幻觉,看见弗拉·安吉利科①的天使们奔忙于工厂,一边颂唱仿若光环在眼前闪耀的圣歌,一边亲自操控机床。过于猛烈的幸福感几乎让我窒息。

我回过神,当即决定着手研究影子。只要参透影子的本质,我就不必拘泥于那只动物,完全可以用合成法解决问题。更何况,如此愉悦的前景近在眼前,我实在没有兴趣绕别的弯路。我决定先把书桌的影子作为研究对象,准备想方设法把它剥下来。我打磨,淋水,揉搓,抓取,使尽了各种招数。听起来也许有些愚蠢,但谁知道呢,说不定就藏着什么漏试的方案。原本,我对此深信不疑。但最后,还是一场空。我手指红肿……不对,这不是事实。我的手指是透明的,不可能红肿。但我相信,如果它们不是透明的,一定会变成那样。而且,指甲也同样几乎脱落。

我的失望可想而知。一边自嘲居然会被这种炼金术式的信念所煽动,一边反省要想剥离影子,终究还是需要特殊的、直击影子本质的方法。结果,我又回到原点,除了逮住那只在我面前亲身演示这一行为的动物之外,别无他法。

我突然变得烦躁起来。该怎么抓住它,或者又该怎么同抓住它

---

① 弗拉·安吉利科(1387—1455),意大利文艺复兴时期的画家,多米尼加派修士,只创作宗教题材的作品。

的人取得联系呢?

这时,门外传来管理员老阿姨在楼梯口发出的,传遍整栋楼的狮吼。

"各位居民,注意了,警察说有个透明人潜伏在这附近。据说只能看到两只眼珠子。楼底下会有两个警察巡逻监视,大家一发现什么情况就请立刻通知他们。"

话音未落,两三扇门已接连打开,一群人围住老阿姨闹哄哄地聚作一堆,用满怀好奇和兴奋的声音兴致勃勃地谈论关于我的传言。

不如,趁这机会,狠一狠心出去自首,怎么样?

——大家好,其实那个透明人,就是我。因为这样那样的原因,我变成了现在这副模样。我绝不是一个品行恶劣的人,这么多年邻居一场,大家应该都很清楚。那些传言,不过是误会和毫无根据的猜测。请大家为我作证,帮我一起抓住那只袭击我的动物。

没错,这办法说不定行得通。忍一时之耻,却能换得天使的世界。我把心一横,伸手握住了门把。

与此同时,传来三声枪响,紧接着是人们飞奔而出的脚步声,隔开片刻响起了老阿姨尖利刺耳的通报:"警察说看到虻虫在飞,以为是透明人的眼珠。不过,打错也没关系,只要一看到可疑的东西就应该马上开火,这样就让人安心多了。在那家伙被打死之前,还真叫人揪心,连活儿都干不了。太吓人,太吓人了……"

我走出房间的勇气顿时丧失殆尽。甚至连我自己,都开始对这透明的躯体生出一丝阴冷的恐惧。说得对,我是个怪物。比钟楼怪人[①],比单眼小妖,比达利[②]的人体家具更让人恐惧的怪物。在听我说出诉求之前,人们只要看上我一眼,恐怕就会晕厥就会抓狂。不行不行。必须想想别的办法……

我感到无比焦躁,站到窗边。路上有两个警察,站在十字路口,一人叼着烟,另一人擦着火柴。但擦了几次,都没点着。警察们也都失去了往日的沉着。

看到这一幕,我的心情愈发沉重。我这堪称具有宇宙意义的重大遭遇,在他们这些俗人眼里,却沦落成了何等不堪入目的出于动物本能的恐惧!我想起了,历史黯然陈述的那一桩桩对诗人和先知的迫害。面对真理,大众总是一堵冥顽不灵的墙。

我突然想起什么,把耳朵贴到矿石收音机的耳机上。都这年代了还用矿石收音机……也许有人会嗤之以鼻,不过,所谓诗人,就是不管什么都只用过时的,不不,应该是难以忘怀最初的惊艳与新鲜,无论何时都能持续感受到那份执迷与魅力的东西。这就是,所

---

① 法国作家维克多·雨果在《巴黎圣母院》一书中塑造的人物,是个相貌奇丑无比、惨遭父母遗弃的畸形儿。
② 萨尔瓦多·达利(1904—1988),西班牙超现实主义画家。

有真正的诗人，至今都不愿丢弃矿石收音机的原因。电台正在播放一首名为《马拉朵夫的幽灵》的曲子。矿石会完全消去音域较低的部分，所以那歌听上去简直就像我死去的母亲歇斯底里大发作后独自抽泣的声音。过了一会儿，铃声响起，音乐告一段落，如我所料开始播报紧急新闻。

——现在插播紧急新闻。现在插播紧急新闻。刚才本台已经报道，透明人的出现引发民众热议，就此问题，政府当局的负责人征询了各领域专家的意见，下面为您简要汇总。首先介绍国立大学教授、世界生物学会会长H博士发表的评论。他指出，本次发现的透明人，来袭击地球的火星乃至木星人的可能性相当高。但同时他也表示，目前时机尚未成熟，无法透露更多信息。接下去是公共卫生学权威U博士的看法。他认为，透明人并不存在，这可能是一种可以称之为透明人妄想症的、精神上的传染病。最后介绍国务大臣N氏的观点。他表示，综合各方情报来看，几乎可以确证，这是S国发动的侵略行动。据说，早在几个月前，政府就已接获情报，称S国成功制造出了透明人。他还指出，最近恶性犯罪案件明显增加，侦破工作迷雾重重，但如果基于上述观点进行分析，这些案件都可以轻松告破。政府当局尤为重视N氏的意见，已布下天罗地网展开追击，希望各位市民给予积极的配合，另外政府也已发布警告，提醒民众关紧门窗，加强警戒，以防不测。下面，为您播报本台刚刚收到的最新消息。今天下午四点四十分，S区的一座火药仓库发生大规模爆炸。造成的损失尚不清楚，但据观察，大范围地区受到波及，目前警方已组建两百人规模的特别警备队，在案发现场执行警戒任务。据知情人士透露，警方认为这很可能是透明人实施的有计划的犯罪。好，紧急新闻就为您播送到这里。接下去，请继续欣赏《马拉朵夫的幽灵》。

播音员的声音消失后，再度传出歇斯底里的抽泣。

唉，多么贫瘠的想象力！这就是被世人称为有识之士者的思维的界限。和我的肉体改造计划相比，这是多么悬殊的差距！对于这样的人，我又能期待他们给予多大的理解与合作呢？

绝望之余，毫不夸张，我真想如字面所示一死了之。能够依靠的只有自己。但在这茫茫世界，我独自一人该上哪儿去找寻那只动物呢？我感到无助而悲愤，于是粗暴地扯下耳机，猛摔到地上，我一边想着什么破收音机再也不听了，一边不顾自己的脚用力踩踏。

操控机床的天使绘卷，不觉间，变成了一幅天使迫害图。

五、梦。

整个街区都是一片火海。

那火焰是一种红色物质，形似花朵或霜的结晶，从家家户户的窗缝、墙缝，还有那些左来右往伏地爬行之人的鼻孔、嘴巴和眼睛里，像脓疮般冒出头，缓缓飘摇。

半空中，无数个我飞来飞去。左手火炬，右手利剑，表情狰狞如恶魔，嘴里还发出咯咯咯咯的鸣叫。

但那些都是冒牌的。

真正的我，夹在里面，变成一张诉状上下翻飞。上面详尽地记录着事情的来龙去脉，还有我的看法。但奇怪的是，不知为何那诉状竟是一张白纸。

冒牌大军中的一人，注意到了我。在我身上写下"死刑"二字。接着另一人，也同样在我身上写下"死刑"。就这样，一人接一人手手相传，我终于被无数个"死刑"填涂成一片墨黑。

这时，那只动物突然现身，一口把我吞下。

六、笑嘻嘻的空想之貘。
横空飞行的棺木。

我浑身透湿，惊醒过来。

不知是几点，只知道还是深夜。四周一片寂静，这静不只是静，是异样的充满不安的静。窗外明月当空。是轮满月，那圆也不只是圆，是莫名的隐匿不安的圆。一切的一切，都让我不安。

我站在黑夜里，不能自控地喃喃自语："自古华山一条路，迢迢寻怪三千里。"一时间我感到孤独难耐，便绕着房间一圈圈踱步，嘴里则嘟哝着"去死、去死、去死……"突然，失去肉体的事实狠狠掐住我的心脏，那股压力猛地冲上鼻头，强烈刺激着泪腺，然而眼泪却未流出，反倒打出个大大的喷嚏。

我从架子上取下望远镜。就是那种诗人必备、自己手工拼装的天体望远镜。这是让人平定心绪的再好不过的仪器。用这个凝望繁星，远眺浮云，尤其是看街头巷尾匆匆而过的女人的腿，无疑是种享受。我仿佛化身头戴冥王哈迪斯之帽的珀尔修斯，不为人知地贴近她们，近距离观赏每一个毫无保留地敞开于眼前的动作，由此而来的愉悦甚至夹杂着异样的兴奋。而在没东西可看时，墙上的缝隙、路边的枯草、随风飘舞的纸屑，也都会让我忘记时间静静看上很久。这种只化身视线的自由自在的愉悦，就像在公园长椅上收集空想之貉的毛皮一样，已成为我每天必定为之的习惯之一。

一定是失去肉体的失落感，想要逃离这份不安，于是让我下意识地，联想起这个抹去肉身享受愉悦的习惯。

星星出现在眼前。

渐渐地，不安和悲伤似乎被渐渐消解。我全然不顾时间，久久凝望着夜空。

无意中，我发现有个东西，正逐渐朝这边靠近。若是彗星，速度太快，若是流星，速度又太慢。没过多久，我就意识到那不是星星，而是在地球外围相距不远的地方飞行的某种物体。

而且，它正直直地朝我这边飞来。片刻后，我看清那是只箱子。长方形，足有板车那么大。

上面还坐着个人。

更近一点后，我诧异万分，竟是那只古怪的动物。它像骑马似的跨在箱子上，毫不避讳地看着我，带着一抹阴笑。浓密的鬃毛在风中飘舞，就像给地狱增加气氛的小妖。它的笑，让我浑身不舒服。爱丽丝看见猫笑曾大吃一惊[①]，不过达尔文已经证实动物确实会笑。所以，这也许并不值得大惊小怪，但我还是感到浑身不适。

我胸口泛起不规则的波涛，呼吸变得急促。那动物主动现身让我松了口气，有望将它捕获使我看到希望，但说不定它会中途变向再度消失又不禁叫我忧虑，这些情绪交织在一起几乎把我逼疯。可难道我感知惊讶的神经已经麻木？箱子飞在空中，外加奇怪的动物坐在上面，对于这些童话般的景象，我丝毫不觉奇怪。只是全身心地祈祷，箱子千万别改道，就这样直直地朝我飞过来吧。

又过了一会儿，我注意到箱子上刻着一行字。

[①] 出自英国作家刘易斯·卡罗尔所著《爱丽丝梦游仙境》。

K.Anten's coffee

(K.安泰的咖啡)

咖啡?我的咖啡?

我错愕不已。这到底是怎么回事?这该有多少咖啡啊。粗略估算至少五百磅,时价四十五万,可不是个小数目。但是,那又怎么样呢?难不成它想把这当作吞吃影子的赔偿?那可不行,给多少都不行。就算把全世界的咖啡都堆到我面前,也不过是咖啡而已。记得有人说愿意用一杯茶交换整个世界,没问题,无可厚非,但交换的是整个世界可不是自己的肉体。我半点儿都不打算跟它做这笔交易。不过……我在心里盘算。不能让它看出来。要装出很高兴的样子。然后,趁其不备,逮它个措手不及。

然而,下一秒,我发现自己对那行字犯下了一个不可饶恕的错误。最后两个字母不是ee,而是in。所以是——

K.Anten's coffin

(K.安泰之棺)

我顿时气血沸腾,在心里咬牙切齿地咒骂。

"王八蛋!什么咖啡不咖啡,这家伙居然坐着口棺材来接我。

看不起人也得有个限度。真他妈得寸进尺。看谁会跟你走，别把人当傻子。"

但同时，心里的另一个角落却又是另一番思索。

（说人影子淡，是离死不远的意思①。那没有影子，不就意味着已经死了吗？照这样看我现在跟死了没两样。所以，它才会坐着棺材来接我？虽然有点瞧不起人，但却非常合情合理。）

"当然合情合理啦。"

这句话，异常清晰，发自箱子上的动物。那只箱子一直飞到我眼前，停下，悬浮在半空。动物开口说话固然不可思议，但更匪夷所思的是，如果透过望远镜，箱子和我之间确实近到可以交谈，但如果拿开望远镜，箱子不过是浮在遥远夜空的一个隐约可见的小点。

"你到底是什么人？"我忍不住开口诘问。

"我就是你养大的**空想之貉**呀。"那动物心平气和地回答，"多亏你让我吃了你的影子，我才终于熬出了头。现在不光会说话，你看，这手还能伸出手指头抓东西。太感谢你了。我真的很开心。我要做你忠实的仆人。就像我们说好的，不管什么，我都会照你希望的去做。"

"我现在就希望，你快把影子还给我，然后从我面前立刻消

---

① 日语中的表现方式，也可指某个人给人留下的印象不深。

失。"我激动地回答。

"别开玩笑了。"**空想之貉**发出一串笑声,"咯咯咯,你的愿望是坐上这口棺材到巴别塔去。"

那笑声就和梦中出现的冒牌大军的笑声一模一样。这样的吻合让我很不愉快。因为这让我觉得,自己笑起来就是这副德行,只不过迄今为止从未意识到这一点。

"我才要说,你别开玩笑。完全不知道你在说什么。快把影子还给我。"

"你就别说这些没意义的废话了,快跟我上路吧。我做的事和说的话都是你的愿望具象化以后的表现。比起你的感受,我的话更能代表你的意志。你要相信我。可能你自己还不知道,其实现在发生在你身上的每一件事,都是你那些缜密周详的幻想和构思实现后的结果。换句话说,也就是你努力的结晶。是你创造并养育了我。你的记事本就是以我的名字命名的,它是记录我成长轨迹的图表。现在我终于长大了,独立了,拥有自己的意志和行动。我吞下你的影子,消化掉,成了比你更符合你的人。如今我就站在你面前。既有肉体,又有影子。所以,我就是你的意志,你的行动,你的欲望,你存在的意义。"

"你这是在玩文字游戏!"

"没错,因为你一直都希望把文字游戏变成现实⋯⋯"

"别跟我强词夺理。没错,我确实一度沉迷在文字游戏里。但我根本没想过,自己会碰上这种事。这跟我没关系。求你了,真的,跟我没关系。"

"这就奇怪了。事到如今你怎么就……在我看来,你现在的状态没什么可后悔的呀。变透明了不是很好吗?平时,我们说那人没有一丝阴影,这是什么意思呢?不就是夸他性格开朗又单纯吗?"

"可那是比喻。"我试图提拉逐渐萎靡的意志,重新振奋起来,但过度的不安却让我的声音带上了讨好的味道,"要是真的没了影子……"

"那才是可望不可即的最高境界。意味着彻底的、超越性格的、如同天使一般的明媚。"

"可是,不也有影子淡这样的说法吗?"

"说什么呢,那只是俗人在嫉妒。被人骂龌龊,就反过来说人活着本来就是件龌龊的事,这都是同一种心理,根本不值得当成问题摆到台面上争。哲人伊索[①]说过,有只狐狸丢了尾巴,就跑到同伴那里四处游说,说没有尾巴多么优雅,多么符合狐狸的习性。结果,同伴们反驳说,你这家伙,如果没丢尾巴,才不会说这种话呢……"

---

① 古希腊寓言家,生活于公元前 6 世纪。

"我说你，搬出这个寓言，到底是想替哪边的狐狸说话啊？"

"那还用说，当然是帮丢尾巴的狐狸喽。"

"我怎么就没听出来呢。"

"好了好了，你就别再诡辩了。我是一个思想，一个被物质化的思想，总不能你想到什么我就跟着你团团转吧。不过，如果你非要我说，我也可以给你举出别的理由。你想想，透明的诗人这个词是什么意思？不就是用来形容伟大的诗人嘛。比如，里尔克①、瓦莱里②……他们都是透明的，这不是所有评论家一致公认的吗？不只是这些，你自己渴望变透明的证据还多着呢。你确实想过要变成珀尔修斯那样的男人吧。就是那个戴着冥王帽、变成透明人，然后去讨伐美杜莎的珀尔修斯。你现在这样子，也完全可以威风凛凛地去讨伐美杜莎啊。美杜莎肯定就在巴别塔那儿，等着你去讨伐呢……还有，你为什么要用望远镜？不就是想变透明、去接近那些女人吗？你希望看到女人在你面前就跟她们一个人时一样毫无防备地袒胸露体。你自己看吧，你想变透明的证据要多少有多少。而且，最重要的是，我想要吞噬影子的食欲，就是你自身欲望的证

---

① 莱纳·玛利亚·里尔克（Rainer Maria Rilke，1875—1926），德国诗人，以诗追问生命的本质与人的生存困境。
② 瓦莱里·拉博（Valery Larbaud，1881—1957），法国诗人、小说家，擅长细腻的心理刻画，是世界主义文学的先驱。

明。因为，正是你的欲望，才构成了我生长的动力。所以，你无论如何得去巴别塔走一趟。你可是巴别塔的英雄。我有义务把你带到塔里去。来，我们出发吧。"

"可是，虽然你说这是我希望的，但根本就没有实实在在的证据嘛。"人坠入噩梦时面对那些不可理喻的遭遇往往会感到自身极度渺小，出于这样的不安，我连声音都变小了。

"你要实实在在的证据？咯咯，这话说得可真奇怪，我出现在你面前，不就是无可动摇的证据吗？再说了，放你身上，你以为没证据，这本身就是一项很有力的证据啊。不瞒你说，我们这些对话的内容和顺序，其实都是必然的，对了，就是用你发明的**人类计算图表**，一条条早就计算好了。"

"我可没发明那种东西。"

"别装蒜了，你那**空想之貉**的毛皮里不都写得一清二楚吗？那主意很早就被巴别塔录用，实际做了起来，可派上大用场了。托你的福，我也长了不少分量，还领了个功劳奖呢。当然是用你的名字，算是颁给你的。你要不信，等到了巴别塔，我就带你去资料室。你无意识的时候在巴别塔的生活记录，全都在那存着。不光是这样，我们现在说的每一句话，还有接下去可能会说的话、会做的事，甚至你未来会遇到的所有事情全都事无巨细地记录在那里。"

我一听顿时慌了手脚，连忙追问："那最后，我应该拿回我的影子了吧？"

"怎么可能！咯咯咯。"

"可是，我总不会真的跟你去什么巴别塔吧？！"

"会去。当然会去。你这会儿虽然有点不情愿，不过最后还是会跟我上路的。不管怎么说，这可是你自己的愿望，谁也拦不住。话说，你现在可是巴别塔里的名人哦。怎么样，有点动心了吧？这就对了嘛。你的愿望我最清楚。这个世界不是你待的地方。经过今天这些事，你应该已经认清这一点了吧。你伟大的梦想，也就是我，和你肉体之间的矛盾，只会招致漠视误解敌视和恐惧。知道吗？如果你继续留在下界，可是会被追究社会责任的哦。你的存在，也就是透明人的出现，将被硬生生地鼓吹成 S 国人的侵略，右翼正等着机会发动政变呢。这都是你的幻想和构思造就的客观结果。难道这就是你想要生活的世界？相比之下，在巴别塔，梦想就是现实。你的幻想和构思本身就是活生生的财富。你所有的梦想都已在那里实现。你没有理由不去那里嘛。"

空想之貉蜷起像人、至少像猿猴一样的手指，紧紧握拳，咚一声重重敲在棺木上。

"也就是说，我的影子，无论如何是回不来的喽？"

"我说你烦不烦！"

"我关于影子有一项重大发明,实在舍不得放弃,想试着分析一下。"

"这我都知道。不过那是唯一一项巴别塔无法接受的构思。因为,它在拒绝我的诞生,也就相当于侮辱你自己的存在意义。换句话说,那构思是一项自杀式的构思。为实现自我必须先手刃自身。真遗憾。"

"可我想要肉体。不想改变我的生活。"

"你这人,怎么就冥顽不灵呢。要认识你自己。这都是你无可伪装的愿望,你不去努力探究怎么行呢?好了,快下决心吧。"

它言之凿凿,口气不容置疑。我不禁有所动摇。理性变得暧昧不清,我开始觉得自己的判断并不可靠。

"三分钟,能不能给我三分钟考虑一下?"

"当然可以。"没想到**空想之貉**爽快地答应了,"早就知道你会这么说。你先考虑三分钟,然后想通了跟我走,这顺序我老早就知道了。反正你的回答绝对是肯定的,我也不急在这一时,你就慢慢想吧,我很乐意等。对了,三分钟以后,你会提出一个问题。你想知道,为什么所有这些事,你觉得好像都是倒过来发生的。省得一会儿麻烦,我现在就先告诉你。其实谁后谁先都无所谓。烦人的事最好早点了结掉……言归正传,你那问题,我觉得也不是不能理解。不管是什么,结果都跑到了原因的前面,你是这样想的吧?比如,影子是肉体的结果，但它却先消失，随后肉体才消亡。还有，本来应该在棺材里消亡的肉体，先消失掉以后，棺材才像这样飞过来迎接。照这个顺序想下去，那么，下一个被强迫具象化的愿望，不就只有死了吗？所谓的巴别塔不就是一座坟茔吗？你过会儿会产生这样的疑问。其实呢，这因果关系的顺序，是这么回事。在你那些发明里，有一个叫**时间雕刻器**的东西吧？就是那东西在起作用。因为那项发明，如今时间都是可逆的。也就是说，时间不再是不可控制的，而是一个可以自由调节、要多方便有多方便的工具。你现在再想想，我们为什么要这样大费周章从拿走你的影子开始逆转时间？难道就是为了让你死？怎么可能嘛。如果是这样，我们大可什么都不做，自然的因果总有一天会让你死掉的。所以我们真正的意图，就是顺应正的因果，超越死亡，然后再顺应负的因果，让死亡的部分停留在一片空白上。换句话说，就是让死亡停滞，消除死亡中致死的功能。停滞的死就是不死。通过这种方式，我的诞生，也就是让我吃掉你的影子，就和通达永恒的目的必然地联系到了一起。发现了吗？你的空想和构思，是经过多么细致周密、多么合理的设计，才被实现出来的！还说什么不是你的意志，从道义上怎么说得出这种话嘛。你应该为你伟大的梦想感到骄傲……好，三分钟，就让你犹豫一会儿。随便想什么都行。这也是顺序。咯咯咯……"

它钻到我心里，把我还没说出口的疑问，先一步摊在我面前，这让我的动摇变得无可挽回。

我浑身乏力,把眼睛从望远镜上移开。因为看的时间太长,眼睛似乎已经肿起,隐隐作痛。我伸手按住双眼,片刻后放开,晶状体的焦点深度一时陷入混乱,什么都看不见。不久,眼睛逐渐适应,夜空远得没有尽头,只有星星在闪烁,既看不到棺木也看不到**空想之貘**。隐约间,有个孤零零的黑点,模糊不清,你以为它在那儿,它也就在那儿了。窗外还是那几个巡警,疲倦不堪,斜倚在墙上,手里握着枪,只有充血的眼睛漏出兴奋的光芒。消防车的警笛从耳边呼啸而过,就像一只满爪是血却还在漆黑的夜晚抓挠墙壁的猫。家家户户的窗户,怯生生地,躲在黑色窗帘背后,播报紧急新闻的广播信号,偶尔会从那缝隙间洒落到石化了一般的街道上。

我越是努力思考,大脑似乎就离思考越远。于是我只能在脑海中,无力地倾听那一阵阵犹如虫子在垃圾箱里上下翻爬的嘈杂声。我陷入一阵可怕的虚脱。在夜幕的大墙上,看到第四颗流星滑落时,不知为何,我知道约定的三分钟已经过去。

我再次把眼睛贴上望远镜。显然,棺木和那动物,比刚才更近了。

"怎么样?"**空想之貘**把它那一抹阴笑舒展到整张脸上开口说,"除你希望的以外不会再有你希望的,终于想明白了吧。"

接着,也不等我作答,它就自说自话地点点头继续说起来。

"那好，你也想通了，我们这就出发吧。"

"可我，还什么都没说呢。"

"没关系。我不拘泥于这种形式上的东西。我们只关心问题的本质。反正你给出肯定的答复，已经是不争的事实。"

事实？这算什么事实……我本想反驳却赶紧闭嘴。我已没有力气可以耗费在这种强词夺理的争辩上。而且，说来奇怪，我也开始觉得自己已经做出了肯定的回复。这时，它好像看穿了我的想法，开口说：

"很好。这就对了嘛，"然后它变戏法似的抽出一张纸，"这个，你应该知道吧？"

那东西，在梦里见过，是我——我的诉状。我情不自禁地点点头。

"这就是白纸委托书，你的一切都已经被委托给了我。"

"我点头，可不是这个意思，我只是在说，以前在梦里看到过。"

"写着死刑对吧？都一样的啦。也可以这样……"**空想之貉**把那张纸团成一团，往嘴里一扔，"你看我吞下去了吧。咯咯咯咯，都一样的啦。因为我们是超现实主义者。好，上路吧！"

说着，那棺木在空中一滑，紧靠到窗沿上。

"你倒是快上来啊。"

我感到自身的意志已经毫无用武之地。像是梦游病人，又像是机器人，对方的话语开始直接支配我的肌肉。事到如今，还是同意跟它去巴别塔吧，这无疑更有利于保持我健全的精神。

我离开望远镜。打算坐上棺木。但用肉眼看，棺木依然只是星辰间的一个小点。我赶紧又回到望远镜旁。

"可我该怎么上去呢？"

"怎么上去？"**空想之貉**显得很不耐烦，"离开镜头怎么行呢？就这样上来呗。"

"可你虽然看上去很近，那也只是看上去而已，就物理上的距离来说……"

"物理？那我问你，你以为你自己在物理上是个什么东西？透明、折射率为零，而且还是有机物、诗人？你想这些东西就不觉得害臊吗？"

"你那些哲学理论我通通接受。可是，再怎么说，这也行不通啊。我一定会掉下去，被楼下的警察逮个正着。"

"你再想想那张白纸委托书。你那套说辞，就跟共产主义者说我出生低贱没什么两样。来，把手伸出来，只要别拿开镜头，你看，不就够到了嘛。"

真的，我竟碰到了**空想之貉**的手，并由它牵引，把手搭到了棺木上。

"好了,快上来吧,别拿开镜头……相信我就是相信你自己。"

我一只手牢牢稳住望远镜,另一只手紧紧抓住棺木,在**空想之貊**的帮助下,战战兢兢地爬了上去。

那一刹那,下方传来尖利的呼喝,接着是好几声枪响,再就是一连串哨音。子弹贴着我耳边掠过,我一紧张松开了望远镜。

"咯咯咯咯,没事没事。"

下方的喧哗突然遥不可及,只剩下树叶摩擦般轻微的响动。我朝下望去,街区离得很远,早已隔开肉眼遥望棺木的距离。

"好,出发!"

棺木轻轻晃动,拂起一阵风,能感到自己确实飞在空中。街区渐渐被黑暗吞没,上和下的区别只能靠星星与月亮的位置来判断。

"你最后写下的那首诗,还记得吗?"**空想之貊**用异常熟稔的口吻跟我搭话。

"就是那首,一册书籍在黑暗的宇宙中飞逝的诗。我们现在不就是那样吗?那首诗是一则预言。我们就是那册书。是跟地球相对的一颗星星。你看,只要照我说的做,构思就会立刻变成现实吧。"

七、要进入巴别塔必须使用超现实主义的方法。

棺木似乎在逐渐提速。我好像并没有完全脱离物理学的法则,不断加剧的内压与外压差，迫使我停止了呼吸。在历经身体几近迸裂的数十秒后，速度达到顶峰，接着开始减速。

"巴别塔！"**空想之貉**激动地大叫起来。

我们穿行在如同超薄墨鱼干一般、满是裂隙的云层中，在那血红的明月旁，有一座犹如擎天巨柱般庞大的高塔，插入漆黑的天穹。

棺木骤然减速，紧挨着塔身，开始在塔周围绕着螺旋形的圈缓缓下落。

不久，陆地远远地映入眼帘。夜晚非常明亮，地面泛着白光。随着棺木不断靠近，一种像狗但又不是狗，比狗更深情更孱弱的动物的吠叫，齐声涌入耳膜。更近一点，那吠叫声，逐渐变成……咯咯咯。就好像一万只**空想之貉**，异口同声地在狞笑。

地面的景象逐渐展现在眼前。看不到任何标志物，目光所及之处只有平平的原野。巴别塔就长在正中，活像棵参天巨树。"在巴别塔周围转来转去的，"**空想之貉**说，"都是我的同类。每一个人类都有自己的**空想之貉**。它们全都在这里长大。所以，世界上有多少人这里就有多少貉。它们有大有小，各不相同，不过这跟年纪无关，只取决于那个人幻想的量和质。有的老人虽然年届八十，但貉却小得像个婴儿；也有的少年虽然只是十几岁，但貉却已经相当老成。有的好不容易长大，却又倒着缩了回去；也有的一开始只是个胎儿，可没几个小时就长成了大人。有意思吧。这是一个由梦想的量和质决定的世界。那些梦想都会储存在某个地方，等到貉足够成熟的时候，就像我一样，可以到人类的世界去，获得吞噬自己主人影子的能力。那之后貉就会成为一个独立的个体，有资格进到塔里去。这可是一项相当艰巨的工作，能赢得无上的荣耀。过会儿到下面，你就会明白了，等你看到认识的人，包你忍不住发笑。"

然而，我完全没有看到像它所描述的情景。没多久，我就发现那些貉毫无间隙地挤在一起蠢蠢欲动。

棺木越降越低，**空想之貉**们止住笑（或是鸣叫？），给我们让出一条狭窄的通道。

无数道欲言又止的目光集中在我身上。虽然我告诉自己，对于这神奇的经历，还有这透明的躯体，就伦理道德而言根本不必感到羞耻，但我依然没有勇气抬头迎接那些视线。

"它们这是在羡慕我们呢！"我的**空想之貉**得意地说，"快看，那边那个小不点儿，能认出是谁吗？"

我犹豫不决地朝它说的方向望去，确实能看到一个可怜的小不点儿，几乎要被其他貉踩死，左摇右摆跌跌撞撞。它似乎刚出生不久，潮红干燥的皮肤上，东一撮西一簇地生着一层幼嫩的绒毛。接着，等我看清它的脸时，差点扑哧一声喷笑出来。因为，那张脸，分明就是楼里管理员老阿姨的脸。

"怎么样，很有趣吧。跟你有关系的人，大多都集中在这附近。"

这给了我勇气，我趁势环顾四周。确实，眼前的每一张脸，都会让我极其生动地联想到某个人。看着看着，我注意到一对奇怪的家伙。那两只貊并排站在一起，心神不宁地四下张望，忽而胀得硕大无比，忽而缩到原先的一半，有时却又小得几乎看不见。

"那两个，就是监视你的巡警。警局正在悬赏抓你，所以它们一做白日梦就会变大，但马上又会害怕地缩回去。很可笑吧。"

下一个跃入眼中的，虽然大到一定程度，但却瘦得吓人，只有脖子又细又长。让人觉得它极度营养不良，就连站着都很辛苦，颤颤悠悠地晃个不停。那张脸，毫无疑问是诗人H。我想起H这男人满脑子就只惦念着稿费。发现我在看它后，H的空想之貊羞愧地低下头，悄无声息地溜走了。

除此以外，还有不少发现，但不便在这里一一详述。因为事关个人名誉。最后只添一笔，结果我完全忘记了自身的不幸，笑得前仰后合死去活来。

这笑给了我莫大的勇气，**空想之貊**嘭一声拍在我肩头，对我说"好，进去吧"的时候，我几乎可谓是积极地表达了赞同。

棺木在成群的貊中辟出一条路，从半空滑行而过，最后横贴到塔壁上。可是，根本看不到类似入口的地方。

"来，这边……"它说着就把我往前推，可面前只有一堵墙。

"这哪有什么入口吗?"

"就是从这里进去的。要是从外面一眼就能看出来,那这些半大不小的恶鬼,不就靠蛮力挤进去了吗?所以为了维护塔的权威,看不见也是理所当然的。"

它说着继续用力把我往墙上推。

"可我要怎么进去呢?"

"穿过去呗。乍一看好像不可能,但只要用我们的方法就完全没问题。这就是,超现实主义的方法。来,看这里。"

它指着石壁上看不出任何异样的一方小点,我下意识地凑过去,打算看个仔细,就在这一瞬间,**空想之貉**突然动作迅捷地跳到我背上,拉起我的头就往墙上撞。啪!眼前亮起一道紫光,

咯咯咯　咯　咯

震耳的笑声渐渐远去,紧贴着的墙壁晃动起来,地面越抬越高,就在我觉得塔天旋地转的时候,我失去了知觉。

★

等我醒来,我已在塔里。

不知何处射来一道蓝光，空气中的每一颗粒子看上去都在发光，房间非常宽敞。正中放着一张睡台，我就躺在上面。

房间四壁布满高低不平的石块，四面八方不是凸起就是凹陷，每一个角落似乎都隐藏着出入口或可疑的机关。

空想之貘前腿搭在睡台上，嬉皮笑脸地俯视着我的脸。

"你醒啦，大功告成真是太好了。你可别生气哦。我们已经平安无事地进到塔里来了。"

"这也叫平安无事！"

"好了好了，你先消消气。这是规定，我也没办法。所以我不是事先提醒你了嘛。说要用超现实主义的方法。其实塔的入口，就是想要入塔之人的意识里的暗区。潜意识的世界就是入塔的通道。不过，在发现这条通道以前，据说吃的苦头可比这个多多了。我听说，只有真正的超级大天才，经过无休无止的艰苦修行之后才能进来。后来，多亏弗洛伊德[①]博士的发现，再加上布勒东[②]老师的研究，才终于找到了这条属于大众的通道。可以说，过去纯属偶然的行为，现在已经变成了意志明确的行动。真让人感激不尽。我们

[①] 西格蒙德·弗洛伊德（1856—1939），奥地利精神病医生、精神分析学家、精神分析学派的创始人，着力研究无意识、潜意识、性及梦的象征意义等。
[②] 安德烈·布勒东（André Breton, 1896—1966），法国诗人、小说家、评论家，曾参与达达主义艺术运动，后成为超现实主义的先驱。

俩，搞不好就会跟沙米索①一样，把影子与肉体分离的幸福错当成不幸，最后只能绝望地投身于流浪生涯。没早生一个世纪真是太幸运了。"

我抬起看不见的手摸摸看不见的额头，"可我撞出了一个大包。要是再偏一点，说不定就挂了。"

"没关系。反正也看不见，不用介意。我问你，三加五等于几？"

"你什么意思嘛！"

"生气啦。那我就放心了。看来你的脑袋没什么问题。当然，就算出了问题也没关系，我本来还打算帮你治疗呢。……有一种叫前脑叶白质切除术的精神病新疗法，你也在报纸上看到过，还记得吧？只要在脑袋上随便开个洞，然后把刀伸进去搅几下就行了，很有象征意义。我特别想做一次试试。"

"去你的。要做那什么前脑叶白质切除术，你可比我有资格多了。"

"你真会开玩笑。不过总有一天我要发挥自己的实力，我是不

---

① 阿德尔伯特·封·沙米索（Adelbert von chamisso，1781—1838），德国诗人、植物学家，著有《贝塔·舒乐米尔的奇妙故事》，讲述一个名叫贝塔·舒乐米尔的男人用影子交换无尽的财富，结果却招致世人冷嘲热讽，悔不当初而踏上流浪之途的故事。

会放弃的。"

"实力？你都懂些什么呢？"

"当然什么都懂啦。报纸上的那篇报道我都能背下来了。"

我为何没有接话，恐怕已经无需多言了吧。我爬下睡台，考虑了一会儿，决定从非问不可的问题里，选出我以为最重要的发问。

"那接下去，该干什么呢？"

八、入塔仪式。
布勒东老师的重要演讲。

空想之貘神情严肃地回答。

"当然是依照你的愿望准备升入**绝对自由**的天堂，不过在那之前还有很多事要做。首先是入塔仪式。巴别塔的历代英雄都会出席，庆祝我们正式入塔。那之后我们才能成为正式的塔员，开始塔里的生活。"

"那你说的英雄，都有些什么人呢？"

"这个啊，各式各样的人都有。有的还会让你大吃一惊呢。不过，也有的可能你听都没听过。没听过的人里反倒会有重要人物、真正的英雄，比方说你吧，在下界反而被当成无能之辈。"

"那我知道的，都有谁呢？"

"嗯，最早的应该从但丁①开始，然后到你这样的大艺术家……"

"可但丁不是死了吗？"

"那只是传言。准确地说应该算失踪了。其实呢，他因为跟你一样的原因消失了。过会儿就能看到证据，今天入塔仪式的委员长就是但丁哦。"

"我能见到但丁？"

"是啊。"

"太棒了。"

"还能见到布勒东老师，他会为我们发表重要演讲呢。"

"可是，布勒东不是还活着吗②？"

"没错。只有布勒东老师地位特殊，肩负着巴别塔塔外使者的重要使命，所以经常会到下界去。就因为这样，人类都觉得他还活着。他可是塔里最重要的哲学家，是第一个对巴别塔进行现当代诠释的人。听说他进出塔的方法谁都不知道，是个秘密……另外你知道的人还有H啦、S啦、N什么的，就是你那些在人类看来已经战

---

① 阿利盖利·但丁（1265—1321），意大利诗人，文艺复兴运动的先驱，在叙事长诗《神曲》中详细描述了地狱与炼狱的情景。
② 本文发表于1951年，布勒东逝于1966年。

死或者自杀了的朋友。"

"S也在啊。"

"他们都会来出席典礼哦。"

"不过，都是透明的，我也看不见吧？"

"什么看得见看不见，这些事情有多无聊，根本没必要放在心上，今天布勒东老师会好好开导你的。而且……"

它说到一半，突然闭上嘴，尖尖的耳朵前后转动几下，小声告诉我。

"典礼就快开始了。"

与此同时，从无数个凹陷中的一个，冒出一只足抵我的**空想之貉**两倍有余、看上去威风凛凛的**空想之貉**，它同样挂着一抹阴笑走过来说。

"恭喜恭喜。安泰，入塔仪式这就开始。"

"您老受累了。"

两只**空想之貉**先依照西式礼仪相互握手，然后又遵循东方礼节躬身致意，显得无比热切，关系似乎非常亲密，但它们完全无视我存在的举动让我隐隐不安。当然对方的貉八成看不到我，不过它偶尔会瞟一眼我眼睛所在的位置，露出万分不解的神情，这没能逃过我的眼睛。

我的**空想之貉**用手肘戳戳我嗫嚅道。

"这就是但丁老先生。"

我先幻想着人类的但丁,不禁感到脸颊开始痛苦地扭曲。因为通体透明而无需掩饰表情,这让我的痛苦又添了几重。

等我回过神来,四面八方的凸起和凹陷里,大大小小的**空想之貘**,一个接一个爬了进来。每只貘脸上都同样带着诡异的阴笑。没多久房间就被挤得水泄不通,只剩下正中的睡台周围还留有一小点空间。所以我们俩也只能挤在睡台的一角。

我的**空想之貘**再次用手肘顶我一下低语道。

"快看,那就是著名的希索里尼[①]。政治家一般很难成为塔员。他是为数众多的例外之一。你要知道,在塔里政治家就是营养不良的代名词。我听说,希索里尼的貘,刚开始就像小老鼠的木乃伊,后来发了疯之后,像换了个人似的长得特别快。难怪他是个例外,照说发了疯以后政治家这行也应该干不下去了才是啊。对了,你看,他旁边的就是尼采[②]教授,如果没有他的举荐,希索里尼能不能进塔就……"

尼采和希索里尼的貘,都藏在一大络胡子后面,看不清长相。这时我的貘又指着另一个人小声说。

[①] 借指贝尼托·墨索里尼(1883—1945),意大利独裁政治家,发动第二次世界大战的元凶,曾熟读尼采的著作。
[②] 弗里德里希·威廉·尼采(1844—1900),德国哲学家,宣布上帝已死,倡导超人哲学,被视为生命哲学与存在主义的先驱。

"那个优雅的贵公子就是杜子春①的貉。经过两场考验好不容易才进到塔里。一想到杜子春和但丁老先生经历的地狱考验，我就忍不住感谢布勒东老师……哟，杜子春貉，喝醉了呢。站都站不稳。肯定又被诗仙李白大人叫去陪酒了。啊，布勒东老师来了。怎么样，很威严吧。你快看，那眼睛，那泛着油光的鼻子，还有像曼陀铃②银弦一样的胡须，那粗大的牙齿，再看那尾巴，一支一千多块的笔铁定能做上好几十支呢……"

我的貉无比陶醉，仍在连绵不绝地口吐溢美之词，来抒发其难以理解此人为何如此伟大的心情，而我，则注意到一只同一个身体上长着七个脑袋、七条尾巴的怪貉，吓了一跳。

"那又是什么东西？"

"嘘！别那么大声。那是竹林七贤③。没什么了不起的，"说着它又把注意力转向布勒东貉，"那些个家伙最多也就是让博物馆里的小毛孩儿流流口水，相比之下，你看看，我们布勒东老师的这身毛皮。试想，假如被那些贵妇看到，脖子一圈肯定统统变色。世上

---

① 《唐人传奇》中所述的人物，面对仙师的考验，曾两度屈服于金钱的诱惑，第三次终于战胜欲望，跟随仙师去往仙府，但在最后一道试炼中惜败，再度沦为凡人。
② 起源于意大利的弦乐器，又称洋琵琶。
③ "竹林七贤"，指魏末晋初的七位名士：阮籍、嵇康、山涛、刘伶、阮咸、向秀、王戎。

的男人要是遇到这样的对手绝对个个面无人色。就算是伊丽莎白公主恐怕也会甩掉爱丁堡公爵①，就算是罗西里尼也未必能留住褒曼②。如果我是住在下界的男人，为了所有心有所属的男人们，我一定会断然组织一场消灭超现实主义的运动。咯咯咯咯……"

但丁貘表情严肃地抬抬手，打断了我的貘的自言自语。

"下面，我们就开始仪式吧。"

一时间端正坐姿的动作声和咳嗽声让场内一片嘈杂，旋即便恢复了宁静。趁此间隙，但丁貘手脚麻利地爬上睡台仅用后腿站立，前腿像讨食的狗一般折在胸前，它滴溜溜地转动眼珠环视四周，缓慢而低沉地开口致辞。

"现在开始为安泰举行光荣伟大的入塔仪式。由塔中央委员会总书记但丁阁下担任委员长。首先请但丁阁下致辞。其实，在此发言的我，就是但丁阁下。安泰，祝贺你。你终于圆满完成了入塔工作。你吞下白纸委托书，认可塔内的一切规章制度，所以我们将省略所有事务性的手续。合同和保证书，我们已经代替你盖好章了。本塔正式接受你入塔。不过但是，你还带着那条连接眼珠的下界的

---

① 指现任英国女王伊丽莎白二世与其夫君菲利普亲王，两人的婚姻曾经历诸多考验，在伊丽莎白二世的坚持下方才达成。
② 指意大利导演罗伯特·罗西里尼与瑞典女明星英格丽·褒曼，两人的爱情一直为人们所称颂。

脐带。我们希望你尽快解决这个问题。眼珠是何等威胁到我们生存的危险之物，想必你也非常清楚。你必须迅速断开脐带，把眼珠存入银行，彻底清除重量，使其认识到升天就是其自身的愿望，然后你就能代其领取纸眼，开始自由的市民生活。我的发言到此结束，不过我希望借此机会，多说一句。诚如诸位所知，我就是但丁。但丁是何许人也？是留名青史永垂不朽的著名诗圣。我的一生就是永恒的、宇宙的，为统一所有真理而被选中的超级大天才的一生。再重复一次，我就是但丁。然而可是，噢，这一切都只是为了我的爱——纯洁的贝雅特丽齐①。被逐出佛罗伦萨十九年②，为了你我一心收集**空想之貉**的毛皮。我走遍地狱，也到过炼狱，历经艰辛终于获得这张华美的毛皮来到巴别塔。啊！但那时贝雅特丽齐却已经不在了。这究竟是为什么？我好悲伤。听吧，这首但丁的悲歌。女人啊，你很难进塔。你过于现实主义而无法来到塔里。托你之福，塔里总是闹女荒。我要诅咒女人的现实主义！**女人……**"

"主席！"一声呼喝打断了但丁的言辞，是尼采貉，"怨天尤人的话就别说了，伪装的毛皮会露馅的哦。左一个天才右一个天才，难道你的意思是我就不是天才？还有，开口闭口都是女人。你以为对精神而言女人算是什么东西。汝欲往妇人处？莫忘汝之鞭——查

---

① 但丁倾慕多年的对象，也是《神曲》中的主要出场人物。
② 但丁曾因卷入政治斗争而被逐出佛罗伦萨，从此再也没能重返故乡。

拉图斯特拉就曾如是说①。不过假如问题出在性上,那又另当别论。反正我们都会变身,这可是貉的特权。想要女人的时候找人变一个不就得了。对了喂,杜子春,你这家伙,不是最擅长变女人嘛。就连我,都顶不住希索里尼的死缠烂打,有时还会给他变变女人。我可是堪比孤傲雄狮的圣人尼采! 对了,换个话题,我也想借这机会说件事儿。其实我已经跟希索里尼商量过了,我们觉得是不是应该做做工作让克鲁门②进塔来。他最近混得风生水起,很多人都说他那**空想之貉**大了不少。而且,希索里尼这家伙,好像跟克鲁门搞上同性恋了。咯咯。"

"这群人真会寻欢作乐!"我的貉嘟囔着,我没接话而是不满地磨了磨牙。

"这可是个相当重大的问题。"但丁貉说,"还是另外召开审议会吧。对了,我说的是克鲁门的事。至于女人的问题……"

它的声音又开始变得声嘶力竭。

"主席,"这一次布勒东打断了他,"关于女人的事也应该另行召开审议会,因为女人的问题远比你们想的更加重要。你们真是太无知了。不过今天,我还要演讲,下面还是赶快举行仪式怎么样?"

---

① 出自尼采的著作《查拉图斯特拉如是说》。
② 借指哈里·S·杜鲁门(1884—1972),美国政治家,批准向日本投放原子弹,结束了第二次世界大战。

"那好吧！"但丁貉不情不愿地说，"既然你都这么说了，那就这么办吧。接下去，请李白大人以'欢迎东方的朋友'为题发表特别讲话。李大人，在吗？"

"那个……李老师他……喝醉了。"杜子春貉细声细气地扭着身子回答，"作为代理，由我来替他说，内容都已经征询过老师了。是一首诗。我可以读出来吗？"

"读吧。"但丁貉威严地命令。

杜子春貉扭扭捏捏地吟诵起来。

问余何意栖巴别

笑而不答心自闲

桃花流水窅然去

别有天地非人间 ①

"呵，就这些啊，你那李大哥还真是一点新意都没有。下面就让布勒东来进行他的重要演讲吧。从东方古诗词一下跳到超现实主义，给大家来个有气势的。"

但丁貉似乎对此嗤之以鼻，摇摇头，翻下睡台；布勒东貉则迅

---

① 改自李白《山中问答》，原诗为：问余何意栖碧山，笑而不答心自闲。桃花流水窅然去，别有天地非人间。

敏地变作一架飞机模型，从貉群头顶掠过，在空中盘旋两三圈后，降到睡台上，变回原形。如雷的掌声顿时淹没了房间。

"诸位，"布勒东貉开始演讲，也不知是不是长了虱子，它一个劲地用后腿抓挠耳朵，"在迎来新的英雄安泰之际，我们共同沉浸在莫大的喜悦与荣耀之中，同时更再次感受到我们巴别塔所具有的崇高而深远的意义。安泰为本塔做出了巨大贡献，包括**食用鼠**、**时间雕刻器**、**倒立式绞刑架**、**人类计算图表**等等，与弗洛伊德博士的梦境审查器、希索里尼的观念溶解器、克鲁门的民众压榨器，以及耶和华氏的眼珠银行[①]等相比，每一件都是有过之而无不及的伟大发明或发现，本塔的生活水平也因此跃上了一个新台阶。关于这一点，我认为我们有必要在这样的场合再度确认超现实主义理论的正确性。恰好我的超现实主义第十宣言已经脱稿，正待发表。为纪念今天这个伟大的日子，在此公布新宣言，就其性质来说再合适不过。过去我曾在第二宣言中写过为数众多的巴别塔，写过涂满脑浆的人无法穿透的墙壁，写过人类至上的观念有待质疑，但如今局势已不同于往昔。巴别塔实现统一，穿越墙壁成为现实，**空想之貉**也将取代人类立足于世界。第二宣言几经修改，如今已经到了需要第十宣言的时候，今天它终于在这里诞生了。"

[①] 耶和华是《圣经·旧约》中对天主名字的音译，又译雅威。圣经中常以"眼中的瞳仁"比喻世人在上帝心目中的宝贵。

布勒东貉刷地捋起长长的鬃毛,从两耳间取出叠起的纸张宣读起来。就是那份著名的第十宣言,在这里就无需赘述了吧。已经通读的人不必再看第二遍,尚未过目的人大可自己买来看。水曜书房就有售。

我的胸口翻起一阵恶心。布勒东貉先是用后腿挠耳朵,接着突然对准背上的跳蚤一口咬下去,然后猛然回过神继续发言。它的演讲一钻进我耳朵,就立刻变成刺痛神经的化学药粉,让我苦不堪言,忍不住磨动牙齿。每到这时,我的貉就会神情严厉地用手肘捅我。

要不是害怕貉群的尖牙利爪,我一定会放声大吼。我有信心断言这入塔仪式完全是场闹剧,但同时又隐隐感到这份自信毫无根据。我想,除非消亡或爆裂,否则不可能再做我自己。

布勒东貉的演讲结束后,但丁貉再度登场,发表了一通简短的闭幕辞,仪式草草收尾。带着一脸阴笑的貉群,摇着尾巴依次退场。最后,又只剩下我们俩。我把透明的脸埋入透明的双手间,无助地站在原地。但大脑却始终一片空白,只能再度问出与上一章结尾时相同的问题。

"那接下去,该干什么呢?"

九、眼珠银行。

"还用问?"**空想之貉**舒展前肢,耸起肩膀一边伸了个长长的懒腰一边回答,"身为塔员我们必须完成最后一项工作。但丁老先生刚刚也说了,你归根结底还是下界的脐带,所以我必须对你进行彻底的清算。不过话说回来,你也不用害怕。我是比你更接近你自身的存在,这也是在确立我的地位。所以,我们首先要去眼珠银行,把你的眼珠存进去。这样一来,银行就会发行纸眼作为眼珠的利息。我可以用它买食用鼠的烤全鼠,买面包,还可以搞研究——今后我打算专门研究女人腿的方程式——这可以充当研究费。说穿了,这东西就相当于下界的纸币。而你呢,就可以从现在你身上唯一有重量的眼珠当中解放出来,在物理上等同于非存在物,然后顺着通往天国的路,像水蒸气那样轻飘飘地一个人升上去。换句话说,你会变成像纯粹意识那样的东西,所谓绝对的自由不正是那样的状态吗?这样一来,你就可以成为一个不停歌唱永恒之歌的透明诗人。那可比现在的你强一点儿哦。"

"但瓦莱里不是质疑过:变成水蒸气后,真的还能歌唱吗?"

"所以嘛,你只要回答能不就行了。那种想象力贫瘠的家伙,一提起他就叫人扫兴。比起他,还不如看看他的徒弟纪德[①]老师,你知道他临死前说了什么?——我的视线已不再被物质吸引。意思就是,我要让幻想更强大,要去巴别塔。"

[①] 安德烈·纪德(1869—1951),法国小说家、评论家,1947年获诺贝尔文学奖。

"那你倒说说,这巴别塔和坟茔,到底有什么区别?"

"你说什么呢,硬是要比较的话说不定是一样的。但问题是有什么必要进行比较呢?比较这种事,本来就是建立在可以选择的基础上的,你已经没有选择的余地了。……好了好了,别废话了,去看看再说吧。等你见到眼珠银行的监管员耶和华氏,听他跟你详细解释一番之后,说不定你也会认为这正是你所希望的。"

"不要!"

我突然大叫起来,连自己都大吃一惊。

"什么,不要?"**空想之貂**从微笑的嘴角漏出硕大的獠牙,用随时准备扑过来的姿势恶狠狠地盯着我,"该不是我听错了吧。你不会是在说不要吧。万一,真是那样,你就是心里说是嘴上说不,这可是精神分裂的症状,不做前脑叶白质切除术可不行啊。"

我顿时害怕起来,意识到正面反抗的策略有误,还是应该表面顺从,然后伺机逃跑。我在心里盘算着:"怎么可能嘛!我又没说不要。"

"我就说啦,不会有这种事的。那我们,出发吧。"

我们绕到房间一角一块巨大凸起的阴影里,走下石阶,沿昏暗的走廊无休无止地前进。途中经过几处拐角和岔道,每到这时**空想之貂**就会停下脚步把头一歪,一边用后腿挠耳朵一边沉思。我不禁担心,便问它。

"你认识路吗?"

"这可是本能。"

它冷冷地抛出一句,然后我们继续漫无尽头地走起来。

过了片刻,出现一扇刻有**眼珠银行**的巨大的铁门。门边有个衣衫褴褛、叫人同情的老头,坐在一只漆黑的小盒子上。"哟,耶和华。"我的**貉**打了声招呼,老头抬起脸看向这边,露出悲伤的微笑。那是张木乃伊的脸,像蜡一般通透泛黄。尽管如此,我还是感到一阵亲切。这是我进塔以后遇见的第一个人类。

"存眼珠是吧?"那声音清透而忧郁。

"麻烦啦!"我的**貉**欢快地说。

"存之前先给他好好说说,让他想想明白。就是我们那套爱塔储眼精神。我在这儿打个盹儿等你们。"它还没说完就抬起一条后腿抵在墙上撒了泡尿,然后就地一滚,把脑袋埋进前腿间,睡着了。

耶和华站起身,依旧带着悲伤的微笑,静静地摇摇头。

"安泰,你对眼珠银行都知道些什么?"

"什么都不知道。一无所知,就是觉得害怕。"

"你应该注意到了吧,塔里的貉,在你面前都带着一模一样的微笑。你看我现在也在微笑。你知道,这是为什么吗?"

"不知道。"

"这是因为对貉也好,对我也好,眼珠都是有害的。人类的视线会像浓硫酸一样把我们的存在腐蚀殆尽。遭人白眼、鼻青眼肿、活眼现报、瞠眼咋舌、丢人现眼①,全都是从眼珠的作用引申出来的说法。过去我一直都很害怕人类的眼睛。我发布通告说看见耶和华者死,希望避开人类的视线,但没想到人类早就看穿了这样的谎言。于是我逃进了天堂。可人类却在潜意识的世界里团结起来建造巴别塔,步步紧逼。所以我只能逃到天堂深处,乔装打扮东躲西藏。后来我终于找到了克服眼珠危害的办法,那就是微笑。听上去可能有点不可思议,但这可是一项伟大的发现。詹姆斯②也说过,并不是由感情生出表情,而是由表情生出感情。不过,通常微笑会因为字面意思被理解成微小的笑容,这是不对的。为了跟你解释清楚,我来打个比方,请你在脑子里画一个三角形,三个顶点分别是欢笑、悲伤和恐惧。我们姑且就称它为表情三角形。然后连接中点和三个顶点,试着沿这些连线想象一下表情的变化。悲伤朝着抽泣,恐惧朝着紧张、然后没有表情,欢笑朝着窃笑,一点一点地过渡演进。这里要注意的是,没有表情其实也是一种表情,相当于

---

① 原文为:ひどい目、いたい目、つらい目、こわい目、なさけない目,分别是霉运、苦头、不幸、恐惧、羞辱的意思,为了不影响中文阅读,特以带有眼字的相近词汇替代。
② 威廉·詹姆斯(1842—1910),美国哲学家、心理学家,主张生理变化在先,情绪体验在后,即詹姆斯-朗格情绪理论。

极其微弱的紧张,还有窃笑不管笑得多小,都不能等同于微笑。那现在微笑是什么呢?微笑才是表情三角形的中点,是彻底的没有表情。所有表情都在演变成微笑的过程中获得了解放。只有微笑,才意味着完全不带任何感情色彩。人无法透过微笑读取更深层的表情。你想想著名的蒙娜丽莎的神秘微笑。再想想仆从在主人面前的微笑。不管面对什么样的目光,微笑都是一道坚不可摧的铜墙铁壁。这项发现给了我力量,我重新回到了天堂。

"话说回来,就在这段时间,下界爆发了革命。也就是**空想之貉**的独立运动。他们占领了连接下界和天堂的唯一通道——巴别塔,想要实施独裁。可对于眼珠他们又束手无策,所以混乱一直没有停息过。

"自从人类不再怕我,我就开始讨厌人类,所以我决定帮助那些貉。我把微笑理论传授给了它们。为了让微笑变得更简单也更普及,我还对它进行了科学式的分析。非艺术领域的大家伊德勒就曾说过,微笑之所以被认为是困难的,只是因为把它和笑混为了一谈。所以,我特意从解剖学的角度研究笑和微笑的区别,并做成一本小指南发给那些貉。简单地说,笑是由颧大肌的强烈收缩,再加上附近表情肌的配合引起的,而微笑却仅仅来自颧小肌的轻微收缩。讲得具体一点,笑主要集中在嘴角附近,但微笑却只是下眼睑微微的隆起。另外我还发明了一面镜子,只要经过简单的训练,谁都能轻松掌握最纯正的微笑。镜子用眼珠的晶状体做原料,可以透过表情映出面孔,但达到百分百微笑时,镜子就会失去透视功能不再映出面孔。说白了就是什么都看不见,可好用了。"

这时,原以为已经入睡的我的貉慢悠悠地抬起头,阴阴地插嘴说:

"我说耶和华,你都在胡言乱语些什么呀?无关紧要的废话就别说了,快说说正经事成不?"

"哎哟,这可真不好意思。"耶和华老头一下变得局促不安,"我还以为你睡着了,人老了,总想找人吹嘘几段当年的光辉事迹嘛。"

"难道你没听说过貉打盹儿①?"

"没,从来没听说过。"说着他再次转向我,突然变得声色俱厉,"刚刚说的你都听到了,总而言之呢,眼珠这东西还是没有的好。反正你拿着它也没用,赶紧存起来吧。一方面你能处理掉多余的东西,另一方面你的貉也能把这招人嫌的活眼珠换成方便好用的债券,以便有计划地分期使用过剩的视线和灵魂。把活眼珠当个宝贝似的捏在手里不放,简直就是暴殄天物。以前福耳库斯②的女儿,就是三个人共用一个眼珠,这多么值得我们学习,堪称是眼珠银行的原始形态。打

---

① 日语中的一种说法,指装睡。
② 希腊神话中的诸神之一,大地母神盖娅与海神蓬托斯之子,儿女众多,其中之一就是三人一体的女妖格赖埃,共用一只眼睛、一张嘴。

个比方，少量的磷对人类来说必不可少，但大量的磷就会变成可怕的剧毒。眼珠其实也一样。话说你眼睛的屈光度是0.8没错吧。那算下来你的貉每年能分到五佐尔①的红利。明白了吧？好，下面就开始办正事吧。什么？没什么可担心的。眼珠我会负责保管。现在这仓库里（手指铁门）存着四百亿颗眼珠。眼珠的保存方法，可是我银行法案里最出色的发明。我能让它们活着进行干燥。你知道阿布·科尔拉特这个词吗？是阿拉伯语中冷酷之父的意思，就是指变色龙。据说大火烧山以后，经常能看到只有变色龙的眼珠还留着没有烧掉，所以才有了这种说法。变色龙的眼珠，温度比液态空气还要低。就因为这样，它才能直视太阳，并在身体里解析光线，然后像我们看到的那样改变皮肤的颜色，想怎么变就怎么变。受这个启发，我想到可以用变色龙水，就是高锰酸钾溶液，把人类的眼珠浸到里面，然后用火炙烤就能做成活生生的干燥眼珠。对了，说到变色龙水的功效，人类以为只能用来做做漱口水什么的，真是太肤浅了。"

耶和华老头朝我的貉使了个眼色，打开盒子取出大刀和蒸发皿，接着又摆出酒精灯和装有变色龙水的烧瓶。

"都准备好了。"

他说着，推开石壁按下隐藏在后的开关，天顶伴随一阵轰鸣逐

---

① Zoll，德语，既可指关税，又可指长度单位寸。

渐开启，暗无边际的空洞开出了一道巨口。

"摘掉眼珠以后，你可以从这里一路升到天堂。换句话说，你就像烟雾或蒸汽，而这就是通往天堂的烟囱。你自己看，直通天堂，没有任何阻碍，无尽无限。你说，是不是很棒啊。"

耶和华老头说着，凭空摸过来抓住我的手，同时我的**貉**绕到背后，一边咯咯笑一边朝我扑来，两手插到腋下把我牢牢架住。耶和华老头端着蒸发皿垫在我眼睛下方，举刀就想扎进来。我顿时大惊失色，放声尖叫，连自己都差点吓出一身冷汗。

"你到底想怎么样！"耶和华老头脸色大变，"我可是个老人家。今年就快四千零八十二岁了。心脏现在越来越弱。你那么大声，就不懂半点礼貌吗？！"

"就是！"**貉**也板着脸说，"脑袋变得不正常，连自己想要什么都搞不清了。居然跟耶和华过不去，真不知天高地厚。既然这样那也没办法了。不如先用那台**倒立式绞刑架**拉一拉，然后再做打算吧。先绑上脚倒着吊起来，等血差不多都上头了，再给他脖子上绑一道绳、挂个秤砣，到时候眼珠子自然就会飞出来，也省得我们自己动手。"

"不要！"我的声音很干，带着热度，皱在一起，"绝对不要！"

"都说了别那么大声！"耶和华老头的声音听上去紧张不安，**貉**却说："真可怜，越来越不正常了。我看干正事之前还是先给你做个前脑叶白质切除术吧。"

我拼尽最后一点力气恳求他们。

"求求你们,别再折磨我了。请放我一马。求你们放过我吧。"

"不是跟你说了嘛,"**貉**回答道,"我们这不就是在满足你的愿望,为你创造幸福吗!你得理解我们才行。"

耶和华老头接口说:"本来无望实现的梦想,现在一下子变成了现实,所以就被冲昏了头脑,分不清是非黑白了不是?安泰貉,不如带他去下界展望室看看,换换心情怎么样?那样的话,他也会平静下来,说不定就想通了呢。"

"求你带我去吧!"我赶紧高声央求。

虽然貉嘀嘀咕咕抱怨了一通,但最终还是同意了:"**人类计算图表**里可没提这一茬,我是不同意这么做的,但既然耶和华你愿意担这个责任,那我就姑且试试。要是以后布勒东老师请你吃鞭子,可不怨我哦。"

貉恶狠狠地露出獠牙瞪我一眼,便在前面带起了路。

十、下界展望室。

时间雕刻器。

美术馆。

迷宫,标准的迷宫,经过好几个房间,穿过走廊,上楼,下楼，每段路简直如出一辙。有时候变暗有时候变亮，有时变冷有时又变暖。虽然走出很远，但一路上却没碰见一只**空想之貘**。我把心里的疑惑说出口，我的**貘**咯咯咯发出一阵嘲讽的讪笑。

"谁会想跟你套近乎啊。就像耶和华那大嘴巴说的，眼珠对貘可是一种毒。只要一闻到你的气味，大家早就逃到一里开外去了。"

不久，我们面前出现一间天顶低矮、只有一坪①大小的房间。

"这里就是展望室。不过，得先去我的研究室跑一趟，把时间雕刻器拿过来。研究室离得很近，你就一块儿来吧。"

研究室里黑灯瞎火，几乎什么都看不见。出来时，**空想之貘**用前肢夹着一只小小的玻璃盒。里面装着大约半盒水，中间浮着一个约摸拳头大小、形状类似蝌蚪的白色物体。

展望室正中，有一方石凳，它让我坐上去。面前挂着一块闪闪发光的金属屏幕。**貘**打开玻璃盒盖，捏着白色蝌蚪的尾巴提出来，塞进屏幕一侧的小孔，然后用手指在那蝌蚪身上又戳又捏又揉又搓。

"这就是时间雕刻器。这个白色生物，是从你的精液里挑选出来的一只精虫，用特殊的方法饲养而成。只要随便操作几下就可以对时间进行扭曲、延展或删减，不过时间这东西并不是恒定存在

---

① 日本的面积单位，相当于约3.3平米。

的，它总要跟某一样东西关联在一起才能成立。所以，只要把这样相关的东西，绑到这条尾巴上进行操作就可以了。这台屏幕叫做下界展望器，连上这个以后，就可以随便指定时间，观看某个地方的景象。就像这样……"

果然，屏幕上，如临其境般地映出一幅画面。那是从我房间的窗户朝下俯瞰街区的景象。可是，这真是那番早已司空见惯的场景吗？它就像梦中旅居异乡的幻影，像无论如何都记不起来的回忆，像玻璃柜里的故事，那么遥远，太过遥不可及。景色们摇身一变，似乎转世投胎成了六月骄阳的孩子……啊，站在那儿闲聊的是自行车铺的老板和肉铺老板娘。斜倚在行道树上遥望天空痴痴傻笑的，是邮局那个小儿麻痹症职员的孩子，刚避开一辆车站稳身子的老人是一号间的裁缝。他身后则是那辆最近刚刷成白色的牛奶铺货车。啊，街区，楼房，邻居，我的恋人们！

"你现在看到的，"貉说，"是明天上午十点的景象。透明人事件之后没有再出现新情况，右翼的政变也以失败告终，人们迎来了一个安宁祥和的早晨，沉浸在平凡的幸福当中。真是群可悲可叹的俗人。你们的貉这会儿正流落在寸草不生的旷野里，营养失调，瘦骨嶙峋，颤抖着忍受饥寒交迫的生活……"

不觉间我用双手紧紧握住屁股下的石凳。手指已嵌入石头。不，是石头已嵌入手指。我在想，索性彻底发疯让理性碎成一地粉末倒也解脱。浸透全身的绝望，突然以异样的速度包裹心脏，凝结成强烈的憎恨。这时，就像刚修好的水泵，心脏猛然以前所未有的力量咚咚咚地跃动起来，血管也随之扩张，我感受到身体里喷薄而出的巨大压力几乎快要爆炸。被封禁的理性，正使出最后的力气，找寻着出口。理性透过要不了多久就会被夺走的眼睛，紧盯着时间雕刻器。

我在思索。要是把那尾巴接到我身上，再把时间，拨回到**空想之貘**吞噬我影子之前……

与此同时，我用自己都意想不到的蛮力和迅捷，扑向我的**貘**，把它压倒在地，面对面地集中目力凝视着它。**貘**被攻了个措手不及，瞪着圆滚滚的眼睛，脸上不再有那抹阴笑。它的耳朵紧贴脑袋向后伏倒在两侧，脸上明显带着极度惊恐的表情。尽管如此，**貘**还是竭尽全力想要微笑。

我记起了耶和华老头关于微笑的理论，急忙用手按住它的颧小肌，朝两边拉扯。这样一来，它就算能笑，也不可能微笑。或许是这招起了作用，我盯它看了没多久，**貘**的抵抗力就越来越弱，鼻腔还发出虚弱的呜咽，双眼流露出哀求的神色。我继续盯了一会儿，它的毛发光泽尽失，身体蜷成一团瘫软无力，似乎快要虚脱。

我放开手，站起身，**貘**也只是用哀叹的眼神看着我，并没有起身的意思。我一只手抓住时间雕刻器的尾巴,另一只手按住白色生物软塌塌的肚子。

"喂,"我厉声问,"要逆转时间该怎么办?"

"随便,"**貘**声音嘶哑地回答,"没有规定的做法。每时每地都不一样,跟着感觉走。因为是无意识的自动行为[①]……"

说着它又想微笑。"不许笑!"我怒声制止,试着在时间雕刻器的肚子上轻抚,摩挲,挤捏。然而,却丝毫看不到我想要的效果,就好像我在梦里推挤顶撞想要穿过小指头大小的孔穴一样,只能瞪着眼干着急。

"要不要我帮你弄?"**貘**说。我没搭理,继续把全部精神集中在指尖上。

突然耳畔响起一声**貘**的尖锐吠叫。那声音在墙与墙之间回响,就像小太鼓发出的一串连击。我回过头,不知何时,我的**貘**已不知去向。

似在呼应我的**貘**的叫声,四面八方同时传来貘的吠叫,整座建筑都在嗡嗡轰鸣。

我夹着时间雕刻器跑出展望室。貘群纵横交错的鸣叫渐渐变得有序,似乎在我周围形成了一个包围圈。我朝着听上去最薄弱的方

[①] Automatisme,法国超现实主义运动倡导的创作手法,要求打破理性与固有观念的束缚,在无意识的状态下,自动记录脑海中浮现的文字。

向全力冲刺。

我把全身都化作双腿夺路狂奔。阶梯，墙壁，走廊，护墙，斜坡，我连滚带爬地往前冲。貉群从前后左右，同时朝我逼近。看不出区别的凹凸的石壁无止境地延续，仿佛在同一个地方一圈圈打转，我甚至错觉自己已经变成石壁的一部分。

就在这时，前方出现一座宽广的大厅，中间是座铁制的螺旋阶梯，高高通向天顶上的豁口。旁边竖着一块指示牌：

巴别塔美术馆

我一口气冲上去，房间并不宽敞，密密麻麻地排列着许多雕像，全都是女人的腿。从大腿根部截断的女人腿组成了一片叹为观止的森林，让我一时忘记了被貉追捕的处境，屏息凝神瞠目而观。这些雕像在切割后的石材上，以各不相同的姿势站立着。最近的一群挂着原始艺术的标牌，用布满黑孔的石头雕成，圆硕粗壮的腿上绘有奇异的鱼鸟纹饰。接下去一群是克里特·迈锡尼①艺术，整体看上去就像一堆柱子。那之后是希腊，说穿了就是把米洛的维纳斯②只截出一条腿来。然后是文艺复兴，不知该怎么形容。再后是浪漫派③，这些都穿上了袜子。其后是自然主义④，真让人吃惊，怎么看都像是活生生的人腿截肢后用石蜡重塑起来的东西。截断处能看到血淋淋的肉，连血管和骨盆切口都清晰可辨。更过分的是，有些大腿内侧甚至还留有血痕和斩断的阴毛。这之后是抽象派，有铁丝艺术，还有号称邪恶艺术的装发条的锡板作品，总之就是展会上经常能看到的那类东西，就算说它们不是人腿也没什么不妥。最后是超现实主义，在更深处的另一个房间，从这里看不到。

貉群很快就会追到阶梯下。我环视房间寻找逃生的路途，但哪里都看不到出口。我跑进超现实主义的房间，忍不住倒吸一口气。

房间很小，没有一座雕像，墙上写着各式各样的方程，每道方程下面都开着一个形状迥异的洞。那些洞，无论大小形态，都让我

---

① 迈锡尼文明是公元前16至前12世纪，以迈锡尼城为中心发展起来的希腊青铜时代晚期文明，克里特岛是希腊第一大岛。
② 1820年于爱琴海米洛斯岛上发现的一尊美神维纳斯的大理石雕像，据测制作于公元前130至前120年间。
③ 即浪漫主义，18世纪末至19世纪上半叶欧洲艺术界掀起的反理性运动，侧重主观感受。
④ 19世界末兴起于法国的文学思潮，因反浪漫主义而生，主张去除所有主观感受、彻底写实的创作理念。

觉得能将自己天衣无缝地嵌进去。

我能感受到貘群即将攀上螺旋阶梯。

我横下一条心决定找个洞钻进去，赶紧开始巡视那些洞。大多数洞没伸多远就已碰壁，有那么两三个，深不见底。我想挑个看上去最深，如果可能最好是无限扩展的洞，于是打算解开写在洞上的方程，但没想到每一道都相当复杂，根本来不及。我狠一狠心选了最不知所以然的那道算式——

$$\int_0^{2x} \left(\frac{hv'}{c}\sin\theta\right)ad\theta - \frac{mBC}{\sqrt{1-B^2}}\cos\theta = \int_0^\infty 0.042 \sum_0^\infty e - \frac{\theta}{a}d\theta$$

爬进了下方的洞里。

整个洞壁都覆盖着类似鼻水的黏液，通道弯弯曲曲，时而变宽时而变窄，最窄的地方必须四肢伏地才能勉强通过。而且，洞壁上下左右都布满岔道。我没时间多想，只能随便挑选自认为正确的方向继续前进。空气逐渐变得凝重而黏稠，一股有机的温热的腥臭刺激着口鼻的交界处。

我来到一个像水壶般肿胀的空间。空气依然像在发光，微弱的光亮如云雾般弥漫在四周。我放下盒子，竖起耳朵捕捉周围的响动。声音在复杂的洞里几经折转变得扭曲，相互干扰，分不清是什么，从哪里来，不过还是能真切地感受到一股非同寻常的声响，争分夺秒地逼近。我拿起时间雕刻器的盒子，不管逃到哪儿都不会有尽头，最后还是得靠这东西，所以决定就地再试一次。

我这才发现，盒子里的液体不知何时已经泼洒殆尽，那白色生物，正趴在空空的盒底痛苦地扭来扭去。我连忙抓起它的尾巴，用另一只手握住它的躯干。恐惧化作激荡的意志，手指就像通电般颤动。求你了，求你了，求你了，心脏怦然鸣响，大脑的褶皱间，描画出帮我逆转时间的图形。随着响动越发临近，压力逐渐汇集到指尖，当我看到貉的眼睛在黑暗中一闪而过，手里一紧差点把那小东西捏碎。

吱，那东西发出一声嘶鸣。同时，一道耀眼的光，像强风般从后方朝我袭来，我就跟那闪烁的光束一起被推向洞穴的深处……

十一、朝空想之貉扔石头。

我回过神，不觉间，已坐回 P 公园的长椅，记事本摊在膝头正看得入迷。

我抬起头，在刺槐茂密的树荫下，**空想之貉**蹲坐着一动不动地看着这边。跟那个早晨如出一辙，分毫不差地呈现出同一番景象。不久，**貉**静静地抬起屁股，带着一抹阴笑朝这边走来。

我当即站起身，卷起记事本朝它扔去。然后随手捡起地上的石子一块接一块扔过去。我被一种病态的亢奋所驱使，尽管**貉**已经落荒而逃，可我却久久难以平息扔石头的冲动。

红　茧

日头开始西沉。又到了人们匆匆归巢的时候，而我却无家可归。我缓步穿行在住家和住家之间狭窄的夹缝里。街上有这么多人家，为什么就没有一户是我的家呢？……我再次重复着，不知已重复了多少万遍的疑问。

我靠着电线杆撒了泡尿，地上碰巧躺着半段绳索，我很想勒住自己的脖子。绳索斜睨着我的脖子，兄弟，歇歇吧。不瞒你说我也很想休息，不过还没到时候。一来我不是绳索的兄弟，二来为什么没有我的家，我还没找到让自己信服的理由。

黑夜每天都会来临。黑夜来临就应该休息。休息则需要一个家。既然这样，那岂不是不应该没有我的家？

我突然想到，说不定自己犯了一个严重的错误。也许并不是没有家，而只是忘记了。没错，这完全有可能。就比如……我在刚巧路过的一户人家前停住脚步，搞不好这就是我的家。当然，和其他人家相比，这一户并没有什么特征让我尤为感受到这种可能性，但问题是同样的话也适用于任何一户人家,而且这也不能成为推翻这是我家的证据。来,鼓起勇气,敲门去吧。

运气不错,半开的窗缝里露出女人亲切的笑容。希望之风一路吹到心脏附近,让我的心平摊成一面旗帜飘舞翻飞。我也报之一笑,像绅士般欠身行礼。

"有件事想冒昧地问一下,请问这里是我家吗?"

女人的表情突然僵硬:"哟,您是哪位?"

我正想解释,却突然说不出话,不知该如何解释。我是谁,这样的事情在这种时候并不是问题的关键,可要如何才能让她明白?我有点赌气。

"不管怎么说,要是您认为这里不是我家,还请向我证明这一点。"

"这……"女人面露怯意,让我更觉不快。

"如果您没有证据,那我也可以认为这里就是我的家吧。"

"可是,这里是我的家啊。"

"那又怎么样呢?就算这里是你的家,也未必就不是我的家啊。不是吗?"

作为回复,女人的脸立时化作一堵墙,关上了窗。啊,这就是女人笑容背后的真面目。属于别人的事实,就成了不属于我的理由,给这莫名其妙的理论涂脂抹粉的,总是这样的突变。

可是，为什么……为什么一切都是别人的，却不是我的？或者，就算不属于我，至少也可以有那么一样东西不属于任何人不是吗？偶尔我会产生错觉，以为建筑工地或建材存放地的水泥管就是我的家。但事实上，那注定了会逐渐变成别人的东西，而且为了属于别人，它们会无视我的意志和关切从那里消失。要不，就是变成显然不是我家的另一样东西。

那么公园的长椅又如何呢？当然很不错。假如那真是我的家，要是他没有手持棍棒来把我赶走……确实，这是大家的东西，并不属于某一个人。所以他这样说：

"喂，快起来。这是大家的东西，不是某个人的。当然更不可能是你的。好了，快走快走。要是不想走就从法律的门滚到地下室去。假如敢停在那以外的任何地方，不管是哪里，只要一停下就算你犯罪。"

永世流浪的犹太人①，难道，说的就是我？

日头开始西沉。我继续走在路上。

家……不会消失，不会变形，屹立在地上纹丝不动。穿行其间没有任何固定面孔总是变化多端的岔口……路。下雨的日子像刷子般竖起层层刷毛，降雪的日子收窄到只有车轮印痕的距离，起风的

---

① 流传于欧洲的传说，犹太人因侮辱被押赴刑场的基督徒而受罚，永世不死，流浪于这个世界。

日子又像传送带般流转不息。我继续走着，依然无法理解无处是我家的理由，所以连上吊都不成。

咦，是谁，谁缠住了我的脚？莫非是上吊的绳索？用不着那么急嘛，别那么催我。不对，不是绳索，是黏黏的蚕丝。我抓住它，用力一拉，另一头连到鞋子的破洞里，不管怎么拉都源源不断地越伸越长。这就怪了。在好奇心的驱使下，我两手交替不停往外拉，更诡异的事情发生了。我的身体渐渐倾斜，无法再与地面保持直角。难道是地轴倾斜，改变了引力的方向？

啪嗒，鞋子脱离我的脚掉在地上，我终于意识到发生了什么。不是地轴扭曲，而是我的一条腿变短了。随着我不停拉动那根丝线，我的腿也一截截短下去。就像长袖毛衣手肘处擦破的小洞一圈圈脱线一般，我的腿也在一丝丝分解。那丝线，就是我如丝瓜纤维般分解后的腿。

事到如今，我已寸步难行。我不知所措地站在原地，在同样不知所措的手中，已变成蚕丝的腿却自说自话地动起来。它流畅地爬出去，无需再借助我的手，自动分解成丝，并像蛇一样开始缠绕我的身体。左腿全部分解后，丝线自然而然地移到右腿。不久丝线就像只袋子罩住了我的全身，但它并没有停止，从躯干到胸，从胸到肩，一点点推移，分解后的丝线再从内侧加固袋子。就这样，我终于消亡了。

仅剩下一只巨大的空空的茧。

啊，这下终于可以休息了。夕阳把茧染得通红。这才是绝对不受任何人侵扰的我的家。只可惜，这一次有了家，却没有了回家的我。

在茧的内侧时间停滞了。外面虽已变暗，里面却一直是傍晚，从内侧映出的夕照让茧放着红光。如此醒目的特征，不可能不引起他的注意。他发现了变成茧的我，在铁道口和铁轨之间。刚开始他有些生气，但转念一想又觉得捡到一件稀罕玩意儿，便塞进了口袋。在那里面翻来滚去一阵晃动之后，就被挪进了他儿子的玩具盒里。

洪　水

有个贫穷但诚实的哲学家，为探究宇宙的法则，在屋顶平台搭起一架望远镜，观察天体的运行。像往常一样，除去几颗无意义的流星，和那些出现在约定位置的星星外，再无其他迹象。倒也不是出于无聊，他漫不经心地把望远镜对准了地面。一条倒转的街道垂在他的鼻尖，他看到一个同样倒转的劳动者正逆向而行。他在脑海里把这幅图景翻转过来，还原成正常的画面，然后调整镜头追踪劳动者的去向。在大口径的镜头前，劳动者小小的脑袋一览无余。因为他刚在工厂上完夜班，脑袋里除了疲劳空空如也。

不过耐心超常的哲学家，并没有因此移开镜头，反而继续一路跟进。没多久，这份坚忍便得到了回报，劳动者突然出现了变化。

他身体的轮廓不觉间模糊起来，脚最先开始融化，身体瘫软着蹲到地上，留下衣服帽子鞋子，变成一大团厚重的黏液，最后完全化作液体，平平地流散在地上。

液化后的劳动者静静流向地势较低的地方。他流进路面的坑洼，而后爬了出来。这违背流体力学法则的行为，让哲学家极度震惊，差点失手跌落望远镜。那液体继续流淌，撞上路边的矮墙后，竟像包裹被膜的生物一般向上攀爬，翻墙而去，离开了视野。哲学家放下望远镜，发出一声沉重的叹息。第二天，他向全世界预言，一场大洪水即将到来。

事实上，在世界的各个角落，劳动者和贫穷的人都已开始液化，其中尤为显著的就是集体液化现象。大型工厂的机器突然停转，劳动者们同时液化，变成一大片液体，有的汇成小溪从门缝流走，有的攀上墙壁从窗户流出。还有些时候，顺序截然相反，劳动者们全部液化，空无一人的工厂里只剩机器毫无章法地胡乱运转，最后彻底崩溃。另外，还有囚犯液化后集体越狱，同村农民悉数液化引发小规模洪水，此类事件接二连三见诸报端。

人类的液化不仅是一种变异现象，更引发了各方面的混乱。犯人液化导致难以侦破的案件与日俱增，治安状况每况愈下。警方私底下组织物理学家研究这些水的性质。然而，这些液体却完全无视界定流体的科学法则，只是让物理学家陷入无尽的混乱。虽然用手碰上去跟普通的水毫无差别，但有时却会像水银一般显示出强韧的表面张力，有时又像阿米巴原虫能够保持自身轮廓，所以这些液体不仅如前文所述可以从低处爬往高处，还能融入液体人或与天然液体完全混合，之后再借由某种契机保持原有的分量分离出来。还有些时候，这些液体会反其道而行，显示出类似酒精的微弱表面张力，对所有固体产生异常强烈的渗透作用。换言之，对于同样质地的纸张，不同时刻，可能也出于不同目的，这些液体时而毫无反应，时而又拥有堪比化学药品的强效溶解力。

液体人还具备了冻结和蒸发的能力，冰点和沸点各不相同。于是，在厚厚冰层上疾驰的雪橇会突然遭遇融冰，连马带车翻进水里，速滑赛上一路领先的选手则会瞬间消失不见。此外，还出现了泳池在盛夏突然结冰的情况，游泳的姑娘们当即被封入冰层。液体人翻山、入河、渡海、蒸发成云，而后又变成雨水降回大地，就这样扩散到世界上的每一寸土地。何时何地会发生何事，根本无法预测。化学实验几乎全军覆没，蒸汽机车的锅炉也因为混入液体人而全无用武之地，不是加热半天都产生不了压力，就是急速膨胀导致锅炉爆裂。跟水息息相关的鱼类和植物更是疯狂到难以名状的地步，开始出现任何一种生物学都无法预测的变异和灭绝。边唱歌边满地打滚的苹果，以及伴随烟花声响自行爆裂的稻穗等接连问世。不过最最严峻的还是对人——对那些尚未液化、尤其是拥有财富之人所产生的作用。

某天早晨，一位大工厂主，喝咖啡时把杯口抵到唇边的刹那，竟被区区一小杯咖啡淹死了。还有的溺亡于一玻璃杯的威士忌，最过分的甚至溺毙在一小滴眼药水里。这些听起来匪夷所思，却都是事实。

事件公诸于世后，很多富人都患上了如字面意义所示的恐水症。有位政府高官这样坦言："我喝水时，看着杯子里的水，觉得那已不再是水。仿佛是伪装成液体的矿物、无法消化的有害物质，只要含进嘴里，就肯定会立刻大病一场。我在悲惨的苦恼中简直无法自拔。"

即使没有出现吞咽困难，也有另一种毋庸置疑的恐水症。年迈老妇一看到水就不省人事，此类事例在各地都有耳闻。遗憾的是，狂犬病预防菌没能发挥半点功效。

从世界的这头到那头，早已有看不见的声音纵横交错，预言大洪水的到来。然而，报纸一开头却列出如下理由，一再驳斥这样的言论。

一、这一年内，世界各地的雨量分布及其总量均低于历年平均水平。

二、所有据传水量增加的河流，都没有超出历年季节性变化的浮动范围。

三、并未观测到任何其他气象或地质上的异常现象。

这些都是事实，但洪水已经开始爆发也是事实，两者间的矛盾引起了普遍意义上的社会恐慌。这并不是普通的洪水，在任何人眼中，已不言自明。没多久，报纸也不得不承认洪水已然爆发。但尽管如此，却依然坚持一成不变的乐观论调，反复强调是由天体异象引发，只是暂时现象，要不了多久就会自动平息。但事实上洪水与日扩增，多座村庄和城镇都已沉入水底，多片平原和山丘被液体人吞没，有地位有财富的人纷纷迁往高原，躲入山区，争先恐后地开始避难。虽然他们深知，在轻而易举爬上矮墙的液体人面前，这只是无谓的挣扎，但除此以外，无计可施。

终于，国王和元首们开始承认情况危急。他们发表宣言呼吁，为拯救人类逃过这场洪水引发的灭顶之灾，必须动员所有精神和物质因素，加紧构筑大型堤防。为此，数十万劳动者被强拉作劳工。这时，报纸当即转变立场，配合声明颂扬其义务与正当性。然而，几乎所有人，包括国王和元首，都心知肚明，这份声明不过是为了声明而声明。堤防之于液体人，无异于牛顿力学对抗量子力学，毫无效力。反倒是建造堤防的劳动者，在堤防内侧一拨接一拨地开始液化。以至于，报纸第四版淹没在市民下落不明的报道中。但由于报纸的性质，这些事件并未被视作引发洪水的原因，而只是单纯被归入洪水导致的结果。对于这场洪水所拥有的相互矛盾的特性及其本质原因，报纸三缄其口绝不涉足。

在此情况下，一位科学家建议使用核能把覆盖地表的液体全部蒸发掉。政府当即表示赞同，并发表声明称将不遗余力地给予全面支持。但付诸行动时却发现，与其说困难重重，不如说几乎不可能。由于人类的液化现象正在呈几何级数蔓延，不仅补充的劳动力供不应求，而且液化现象已波及到科学家群体。与此同时，零部件工厂接连毁坏沉入水底，工厂的改装和新建让人疲于应对，究竟何时才能着手制造最关键的核能装置，谁都不得而知。

恐慌和苦闷覆盖了整个世界。每个人都因为缺水而变成了木乃伊，呼吸时只能发出干涩的喉音，喘着粗气。

就在这样的时刻，唯独一人，安然自得地乐在其中。他就是乐观而狡猾的诺亚。基于上一次大洪水的经验，诺亚不紧不慢，按部就班地制作着方舟。一想到人类的未来托付在自己一家人手里，他甚至沉浸在一种宗教式的愉悦当中。

不久，洪水逼近他的住处，诺亚带着家人和牲畜乘上方舟。然而，液体人却立刻翻上船舷，试图涌入船内。诺亚见状，大声呵斥。

"喂，你们以为这是谁的船？！我可是诺亚。这可是诺亚方舟，别搞错。好了好了，快给我下去！"

然而，面对已然不是人类的液体，却还以为它们能听懂自己的话，这显然是诺亚过于武断，计划不周。液体也有液体的苦衷。霎时间，方舟被液体吞没，生物们溺水而亡。无人的方舟，在风与风之间流转飘摇。

就这样，人类在第二次大洪水中灭绝了。不过但是，在复归平静的水底城镇和村庄，如果窥看街角和树荫，就会发现某种闪光的物质已经开始结晶。应该是在过度饱和的液体人中，以那看不见的心脏为核心。

魔 法 粉 笔

在因漏雨和烧菜的蒸气而变得绵软湿胀的郊区公寓的厕所旁，住着贫穷的画家阿尔贡。

三米见方的小破间，看上去还挺宽敞，因为房里只有一把椅子靠墙而立，没别的东西。桌子和书架，就连画具箱和画架都已变卖，换成了面包。如今只剩椅子和阿尔贡。但这两样又能留上多久呢？

临近晚饭时间。鼻子怎么就变得这么敏感，阿尔贡不禁纳闷。从这复杂的气味复合体中，他能嗅出各种味道的远近和色彩。啊，电车路上那家肉铺炸猪肉时的赭黄。水果店前随南风流淌的翠绿。面包房里倾泻而出的动人的柠檬黄。还有楼下老板娘烹饪的烤鱼、多半是鲐鱼的忧郁天蓝。

没错，阿尔贡从一早到现在，还没吃过任何东西。

苍白的脸孔，额顶的皱纹，上下耸动的喉结，佝偻的背，凹陷的腹，还有颤动的膝头。阿尔贡两手插进口袋，连打了三个臭烘烘的小哈欠。

指尖触到一根棒状的东西。咦,这是什么?一截红色的粉笔。怎么一点印象都没呢?他一边用手指捏来转去,一边又打了大半个哈欠。啊,真想吃东西。

下意识地,同时也漫不经心地,阿尔贡开始用那粉笔在墙上涂鸦。先是一幅苹果。结实饱满,一个就足以填饱肚子。为能迅速入口,旁边还添了把水果刀。他咽下一大口唾沫,接着依循走廊和窗口涌入的香气,画起面包。堪比棒球手套的果酱面包、加足黄油的奶油卷,然后是足有成人脑袋那般大的切片面包。泛着油光的焦脆表皮浮现在眼前,喷香诱人的裂隙、被夹心撑起的酥皮,以及让人陶醉的酵母香。旁边再加块砖头大小的黄油。顺便来杯咖啡吧,刚刚煮好,热气腾腾,且是啤酒杯级别的超大杯。杯托里再放三块火柴盒大小的方糖。

啊,王八蛋,他紧咬牙关双手捂脸。想吃东西!

意识渐渐沉入黑暗的深渊,玻璃另一侧是面包森林、罐头山坡、牛奶海洋、白糖沙滩,还有牛肉和奶酪果园……四处狂奔一通后,精疲力竭的他只觉脑袋昏昏沉沉。

等到某种有重量的东西掉落在地的声音,再加上陶瓷碎裂的响动把他吵醒时,天已完全变暗,漆黑一片。出什么事了?他朝发出声响的方位瞥去,顿时停止了呼吸。是只碎裂的大杯子。泼洒在那周围，依旧热气腾腾的，确确实实就是咖啡。不仅如此，那一片还散落着苹果、面包、黄油、方糖、勺子、水果刀和碰巧没摔碎的杯托。而墙上那些粉笔画却都不见了。

不会吧……全身的血管瞬间清醒开始轰鸣，阿尔贡蹑手蹑脚地靠过去。这不可能，绝对不可能，怎么会有这种好事呢？可你看，这不都是真的吗？这么浓烈的咖啡香，怎么会有假？还有，指尖滑过面包肌理时的触感。豁出去了！这掠过舌尖的感触。阿尔贡，事到如今你难道还不信吗？不，是真的。我信。但我害怕，害怕去相信。

就算害怕也是真的。确实都能吃。

苹果就是苹果的味道（这可是雪藏过的苹果）。面包就是面包的味道（用的是美国面粉）。黄油就是黄油的味道（口感跟包装上的商标非常吻合，绝不是什么植物黄油）。砂糖就是砂糖的味道（真甜）。啊，全都是最纯正的原汁原味。水果刀也泛着冷光，能映出人脸。

等他恢复理智时，东西早已吃得一干二净，阿尔贡顿时缓过劲来。但为何会缓过劲呢？一想起个中缘由，他又再度惊慌失措。他翻出那截红色的粉笔，凝神屏息仔细端详。但无论盯上多久，想不明白的事终究还是想不明白。假如要测试，不如再来一次。如果两次都成功，总可以算是真的了吧。他本想换种怪东西试试，可又按捺不住迫切的心情，于是又得心应手地画了只苹果……就在他自认为画完的同时，那苹果一个跟头脱离墙壁滚落在地。果然是真的。千真万确，是可以重复的现实。

突如其来的狂喜让他全身僵硬。神经末梢穿透皮肤节节舒展，布满整个宇宙，发出落叶般的沙沙声。而后紧张顿时松弛下来，他一屁股跌坐在地，像喘不过气的金鱼般欢笑起来。

宇宙的法则终于改变了。命运翻转，不幸离我而去。啊，吃饱喝足的时代，予取予求的世界……上帝啊，我好想睡觉。

那就画张床吧。虽说现在粉笔的宝贵不亚于生命，但床这东西，吃饱喝足之后总会需要，而且也不会越用越少，没必要那么抠门。啊，出生后第一次幸福地入眠。一只眼很快就沉沉睡去，但另一只眼却迟迟难以入眠。因为和今天的心满意足相比，那尚未到来的面对明天的忧虑更胜一筹。不过，另一只眼不久也睡着了。前后不一的两只眼睛，做了一夜暧昧不清的梦。

接着，令人担忧的第二天早晨这般拉开了帷幕。

他梦到被猛兽追赶，从桥上坠落。难道从床上掉下来了？……也不是。他睁开眼，根本没看到床。一切一如既往，有的，只是那把椅子。那昨晚的事？阿尔贡犹犹豫豫地扫视墙壁，不禁歪过了头。

墙上，用那红色的粉笔画着杯子（已经破裂！）、勺子、水果刀，还有苹果的皮和芯，以及黄油的包装纸。下面，还有张床，应该就是那张他跌落下来的床。

昨晚画的东西里，凡是不能吃的，全都变成画又回到了墙上。他突然感到腰背和肩膀隐隐作痛，就像摔下床时会感觉到的那种痛。他静静地伸出手，放到那张凌乱不堪的床单上，略感温热，和其他冰冷的部分截然有别。

他用手指轻擦水果刀的刀刃，确实只是粉笔的痕迹，轻而易举，就被擦去线条，留下一团脏兮兮的污迹。那再画只苹果试试吧。可那苹果别说变成真的掉下来，就连像贴纸那样剥落下来的迹象都看不到，最终在摩擦的手掌下，黯然消失在墙壁原有的肌理中。

欣喜不过是黄粱一梦。一切都已结束，又回到了什么都没发生前的状态。但真是如此吗？不，悲哀扩张到五倍反弹回来，饥饿也猛增到五倍再次席卷全身。肯定是吃下去的东西在肚子里，又还原成了墙壁的成分和粉笔的粉末。

他走到公用水池边，接连用手掌捧喝下一升水，然后走上尚未亮透的仍裹在雾霭中的寂寥街头，屈身蹲伏到百米开外的餐馆厨房流出的污水旁，把手伸进黏糊糊的焦油状的臭水沟里，掏出一样东西。是只铁丝做的网兜。拿到近旁的小河洗了洗，还剩点看似能吃的东西。尤其是颇像米饭的糊糊占了一半，让人欣慰。只要在那安个网兜,每天就能搞到一餐份的食物,这是最近他从公寓一个老头那儿打探到的。那老头,刚好从大约一个月前开始,每天能买到一餐份的豆渣,所以就把餐馆的臭水沟让给了他。

一想起昨晚的大餐,眼前这东西该有多臭,多难吃啊。可这不是什么魔法,是真真切切能填肚子的无可比拟的头等大事,他无力拒绝。即使难吃到每一口都必须将精力集中到喉头的咽动上,他还是不得不吃。妈的,这才是现实。

正午差几分,他来到市中心,去找在银行工作的朋友。朋友略带苦笑:"今天轮到我了吗?"阿尔贡面部僵硬,毫无表情地点点头,像往常一样分到半盒便当,然后机械地深鞠一躬,走出门去。

接下去的半天,阿尔贡一直在思考。

他握着粉笔,半躺在椅子上,沉浸在关于魔法的幻想中。那强烈愿望的周围逐渐凝结起一层期待的结晶,等到再度临近夕照时分时,魔法在日落后说不定会再次生效的预期,已经演变成近乎百分百确凿的信念。

不知哪里传来喧闹的广播,报响了五点。他站起身在墙上画下面包、黄油、沙丁鱼罐头和咖啡。接着还不忘在下方添了张桌子,以免像昨晚那样掉在地上摔碎了。然后,开始等待。

不久,黑暗从房间的角落沿墙壁一路攀爬。他想亲眼见识一下魔法生效的整个过程,所以打开了灯。昨晚已经证实,灯光对魔法无碍。

太阳坠落下去。仿佛眼花了一般,墙上的画开始变淡。墙和眼睛之间似乎升起一层薄雾。画越来越淡,雾却愈来愈浓。不久,那雾开始浓缩,让人觉得仿佛有了物质的形态,(成功了!)顷刻间,画上的东西都变成真实的物体,出现在他眼前。

咖啡看上去馥郁芬芳,冒着一圈圈热气。面包是刚出炉的还很烫手。哎呀,忘记开罐器了。他一边用左手托住以免掉落,一边画起来,那东西从起画的地方开始,循序变成实物出现在他手中。正如字面所述,是画出来的。

突然他被什么东西绊了一下。是昨晚那张床,它又再度存在于这个世界。不仅如此,只剩刀柄的水果刀(因为刀刃已被他用手指擦去)和黄油的包装纸,以及摔碎的大杯子,也都滚落在地。

填饱肚子后,阿尔贡躺到床上,好吧,接下去该怎么办呢?现在,魔法在阳光下会失效这一点已经很明确,到了明天又得过回原来的苦日子。能不能想个办法蒙混过关呢?好主意,他突然想到,把窗封起来躲在黑暗里不就行了?

不过要实施这项计划,多少需要点钱。为了挡住阳光,必须弄些不会在阳光下失去实体的东西。但画钱可没那么容易。有了,动动脑筋,画个鼓鼓囊囊的钱包……打开一看,成果斐然,多得用不完的钱币塞得满满当当。

这钱一到白天就会消失,跟那树叶钱币①异曲同工,不过它不会像树叶那样留下痕迹,所以没有后顾之忧。尽管如此,他还是决定小心为妙,故意跑到很远的地方,买了两条厚毛毯、五张黑色毛毡纸、一块毛毡板、一盒钉子,外加四根半寸粗的方木条。半路上,他还在一家二手书店买了本碰巧映入眼帘的美食大全,剩下的钱用来喝了杯咖啡。咖啡的味道,跟墙上画的相比,没品出半点强过后者的地方。这一发现,不知为何让他洋洋自得。最后,他买了份报纸。

首先,得把门牢牢钉死,他在上面盖了两层毛毡纸,外加一块毛毯。剩余的材料则全部用来封窗,边角用木条固定。做完这些,感受着和安全感一同袭来的永恒的沉重,阿尔贡的意识越离越远,他伏倒在床,沉沉睡去。

片刻的睡梦丝毫没有削弱这份欣喜,也不曾中和。他醒来后,全身上下就像装满钢铁发条,忍不住想要欢呼雀跃。全新的日子,全新的时刻……黄金粒子组成的熠熠生辉的雾霭中包裹的明天,还有下一个明天,那些数不清的明天们,都毫不犹豫地等着迎接他的到来。阿尔贡脸上浮现出一抹无比幸福、还带着些许不知所措的微

---

① 出自日本作家江口涣的儿童文学作品《树叶钱币》,讲述一位老爷爷扮成狐狸却反被两个轿夫误认作狐狸的故事,老爷爷在生死关头急中生智,骗轿夫说他吹过气的树叶在世人眼里会变成钱币,轿夫信以为真,便放了老爷爷,拿着树叶去下馆子,结果双双被捕。

笑。眼下这个瞬间，所有一切都不受阻挡，在无尽无限的可能中，等待着他亲手开创。这是何等辉煌的时刻。不过，在那底端，隐隐蜷缩的悲哀又是什么呢？一定是动手创造天地前，上帝也曾感受过的悲哀。他微笑的肌肉旁，有块小小的肌肉在微微颤栗。

阿尔贡画了一台大大的落地钟。他用颤抖的手把指针拨到十二点，将这个瞬间定为开启全新命运的新纪元起点。

他觉得有些压抑，便在正对走廊的墙上画了一扇窗。咦，怎么回事？无论等多久，那窗始终是幅画，没有变成真正的窗。他稍稍困惑了一会儿，立刻意识到这窗没有外界，因为不具备足够的条件成为窗，所以无法变成实体。那就画画窗外的世界吧。什么样的风景好呢？是阿尔卑斯那样的山，还是那不勒斯那样的海？或者，安静祥和的田园风光也不错，西伯利亚的原始森林应该也很有意思……明信片和旅游广告上的美景，在脑海中一帧帧飞逝。问题是，必须从中挑出一幅，一想到只能选一幅，他就迟迟做不了决断。不急，开心的事就应该慢慢享受。他画了些威士忌和奶酪，一边举杯小酌一边从长计议。

然而，这问题却越想越犹豫。看来这可不是件轻松的事。搞不好，比我迄今为止画过的，甚至，比人类迄今为止尝试过的，任何一幅构图都要宏大。没错，仔细想想，单单画些海啊山啊小河啊果园之类的养眼的东西可不行。假设我画了一座山。当然事实上，我画的不仅仅是一座山。山的另一边会怎么样呢？会有村镇吗？会有海吗？会有沙漠吗？会有什么样的人住在那儿？又会有什么样的动物栖息在那儿呢？不知不觉间，我会决定所有这一切。这工作绝不是为了让窗成为窗而顺便进行的附带工作，而是一项与创造世界休戚相关的庞大工程。我所画的每一笔都将决定这个世界，像这样碰运气怎么行呢？没错，不能随随便便给窗弄个外界，我，必须描画一幅古往今来从没有人描绘过的画卷。

阿尔贡陷入了深深的沉思。

开始的一个星期，他一心挂念着这项孕育无限可能的创世工作，成天苦思冥想。房间里再次摆满画布，到处弥漫着松节油的气味，好几十张底稿堆砌一旁。然而，他越是思考，问题就越是无止境地扩张，最后终于发展到他一个人绝不可能应付的地步。他也想过，不如狠狠心，碰碰运气。可等等，那样一来，好不容易到手的新世界不就没有意义了？如果只能正确把握部分事实的必然性，那么这些事实之间的矛盾，到最后未尝不会把他拉回原先的世界，再度推入忍饥挨饿的深渊。而且，粉笔也有寿命。所以，必须精准地把握整个世界。

接下去的一个星期在酒足饭饱中飞逝。

第三个星期在近乎疯狂的绝望中度过。画布再次蒙尘，松节油的气味也渐渐消散。

第四个星期——阿尔贡终于痛下决心。那可以说，就是自暴自弃的结果。他再也等不下去了。为逃避亲手赋予窗户以外界的责任，不如就来一场全凭运气的大冒险。在墙上画一扇门，让门外的世界来决定这个外界。就算到最后都是一场空，比方说看到跟现实如出一辙的破公寓，那也比扛着设计窗户外界的责任要强得多。不管了，豁出去了，只要能逃避责任什么都行。

阿尔贡穿上久违的外套，毕竟这是决定世界的仪式，只不过，即便如此也谈不上多么隆重。他动作僵硬地抬起手，把决定命运的粉笔抵到墙上。画出一扇门……呼吸变得急促。可以理解，窥探未知的"门外"，或许是人类所能承受的最强烈的期盼不是吗？因为死亡的代价也许就等在那里。

他握住门把，退后一步打开了门。

眼睛像被埋入了炸药。轰然炸开。……稍事片刻，他战战兢兢地睁开眼，让人望而生畏的旷野闪闪发光，在正午的阳光下耀眼夺目。除了一望无际的地平线外，看不到一丝阴影。天空没有一线云彩，蓝得发黑。干涩的热风卷起沙尘从眼前吹过。唉，这简直就是构图时拉过的地平线，直接变成了风景。唉……

粉笔终究解决不了问题，还是要全部从头画起。画山，画水，画云，画草木，画鸟兽，画鱼，把它们嵌入这片旷野。然后再进一步，画出整个世界。失望之余，阿尔贡一头栽倒在床上。眼泪一串接一串喷涌而出,止也止不住。

口袋里,不知什么发出喀嚓的声响。是头一天晚上,买了忘在里面的报纸。第一版硕大的标题写着"冲破三八线!"。第二版登着一张更加硕大的日本小姐的照片。下方则是一些小字,"N区职介所骚乱","U工厂大批解雇"。

阿尔贡,目不转睛地看着半裸的日本小姐。这是多么汹涌澎湃的乡愁。又是多么难以名状的肉体。是玻璃之躯。被他遗忘的东西,就藏在里面。其他那些破事,根本无关紧要。这种时候,一切都必须从亚当和夏娃开始。哦,没错,夏娃,画个夏娃!

几十分钟后,一个全裸的夏娃,站在阿尔贡面前。夏娃带着一脸震惊,环视四周。

"哟,你是谁?我这是在哪?哎呀,我怎么会没穿衣服呢。"

"我,是亚当。你,就是夏娃。"阿尔贡面泛红潮,不禁有些害羞。

"你说我是夏娃?哦,所以才没穿衣服是吧?可是,你怎么就穿着衣服呢?穿衣服的亚当好奇怪哦,"她突然语气骤变,"你这个骗子!我才不是什么夏娃呢。我可是日本小姐。"

"是夏娃,你真的是夏娃。"

"穿一身衣服,还住这么破破烂烂的小公寓,像你这种亚当说的话,我才不信呢。好了,别废话,快把衣服还我。真是奇了怪了，我怎么会在这种地方！接下去还得去摄影比赛当模特，还要参加特别演出呢。"

"你要我怎么说才好？是你自己搞错了，你真的是夏娃。"

"你这人有完没完？那你倒说说，智慧果在哪？你难道要我相信这里就是伊甸园？哼，别让人笑掉大牙了。快，把衣服还我。"

"你别急，听我跟你解释。先坐那儿。我们慢慢聊……对了，你想吃东西吗？"

"当然想啦。不过，衣服可得快点还我。我的身体可金贵了。"

"那你想吃什么？这里有本美食大全，随便挑你喜欢吃的吧。"

"让我看看。好厉害哦，真的可以随便挑？看不出你住这么破的公寓，居然还挺有钱的嘛。是我小看你了。说不定，你还真是我的亚当。你是干什么的？强盗？"

"怎么会呢，我是亚当啊。亚当，兼画家，兼世界设计师。"

"完全听不懂。"

"我也不懂。所以现在很绝望。"

眼看着阿尔贡边说边手脚麻利地画出一桌美食，夏娃不觉惊叫起来。

"哇噢，好厉害哦！真是太厉害了！这里真是伊甸园呢！你说的我都信。那粉笔，什么都能变出来么？真是越想越激动哦。好吧，我答应你。我，就当你的夏娃。我很乐意当夏娃哦。我们俩，肯定会有花不完的钱的。"

"我的夏娃,你听我跟你慢慢说。"阿尔贡用略带悲凉的声音,把事情的前情后续一一道来,最好还不忘加上一句,"……就是这么回事,所以我需要你的帮助,我们必须一起设计这个世界。钱什么的根本不是问题。一切都要从零开始。"

听到这,日本小姐脸上的表情顿时一僵:"什么,钱不是问题?搞不懂,实在搞不懂。绝对不可能懂嘛。"

"既然你这么说,来,你自己看看这门外的景色。"

她稍稍瞥了一眼阿尔贡拉开的门缝:"看就看,啊!"她用力甩上那扇门,恶狠狠地盯着阿尔贡,"不过,这边这扇……"她指着毛毯裹住的真正的门说,"应该不一样吧?"

"不行,那扇门不能开。原来的世界会把这一切统统抹掉。那些菜、那桌子、那张床,还有你,都会被抹掉。你现在,是新世界里的夏娃。我们俩,必须成为这个世界的父亲和母亲。"

"哼,我才不要呢。我可是主张计划生育的。小孩子,烦都烦死了。还有,我才不会消失呢。"

"当然会消失。"

"当然不会消失。我自己的事,自己最清楚。我就是我,什么消失不消失的,你这人说话真奇怪。"

"我亲爱的夏娃,你不懂。如果不重新创造一个世界,那我们就只有饿死。"

"哟，一下子就从你变成亲爱的啦。不管你怎么叫，这话说得也太没礼貌了。我会饿死？真是天大的笑话。我这身体可金贵了。"

"你错了，你的身体，就跟我这粉笔一样。如果不能拥有整个世界，到头来都是虚空的东西。就等于无。"

"完全不知道你在说什么鬼话。我可不想跟你多啰嗦。快，把衣服还我，我要回去。怎么想，我待在这种地方都好奇怪。根本就不应该在这里嘛。你这人也真有本事。好了，快让我回去，经纪人肯定都等急了。不过，我也可以时不时过来给你当一会儿夏娃。到时候，只要你用这粉笔变出我想要的东西给我就行了。"

"别做梦了！根本就不是那么回事儿。"

阿尔贡突然变得激动不已，夏娃惊愕地看着他。两人一动不动相互对视，默不作声。过了一会儿也不知想到了什么，夏娃平心静气地开口说："好吧，我也可以一直待在这里。作为交换，我有个条件你答应吗？"

"什么条件？只要你真的愿意留下来，不管什么我都可以答应你。"

"那好，我要你把那粉笔分我一半。"

"这可不行。再说了，你又不会画画，拿去又有什么用呢？"

"谁说我不会画画。别看我现在这样,以前,我可是个设计师。我这人,主张绝对的男女平等。"

虽然有那么一瞬,阿尔贡歪着头犹豫了一下,但他立刻站直身子,毅然决然地说:"好。那我就相信你。"

然后他小心翼翼地把粉笔掰成两半,一半递给夏娃。夏娃一接过笔,就立刻面朝墙壁画了起来。

是把手枪。

"快住手。你画那种东西干什么?"

"死亡……我在制造死亡。要创造世界,凡事都得先有个了断对吧?"

"不行。那样一来就都完蛋了。你快住手,这是最没用的东西。"

可是,太迟了,夏娃手里已经握起一把小手枪。夏娃举起枪,分毫不差地瞄准阿尔贡的胸膛。

"别动,否则我就开枪了。把手举起来。愚蠢的亚当,誓言就是欺骗的开始,难道你不知道吗?不过让我不得不撒谎的罪魁祸首,还是你自己。"

"你想干吗?这次,你又要画什么?!"

"画把锤子,我要砸了那扇门。"

"不行!"

"再动我可真要开枪了。"

就在阿尔贡飞身扑去的同时,枪声响起。阿尔贡手按胸膛,屈膝而跪,倒在地上。但奇怪的是他并没有流血。

"真是个愚蠢的亚当。"

夏娃笑道,举起锤子朝大门挥去。

一束光线照了进来。虽然并不强烈,但却是真正的光。是太阳发出的光。夏娃的身影瞬间像雾一般被吸了进去。桌子、床、法国菜,都消失得无影无踪。除去阿尔贡、掉在地上的美食大全和那把椅子,其他一切又都变回了墙上的画。

阿尔贡摇摇晃晃地站起来,胸前的伤口已经愈合。然而,比死更强烈的某种东西,却在召唤他,逼迫他——是墙。墙在召唤他。四星期来,一直在吞食壁画的肉体,几乎都已替换成了壁画的成分。事到如今,任何抵抗都是徒劳。阿尔贡跟跟跄跄地朝墙走去。片刻后,就叠在夏娃身上,被吸进了墙里。

等到公寓里的人听到枪响和锤门声匆匆赶来时,阿尔贡已彻底融入墙壁,变成了一幅画。人们只能看到椅子、美食大全,和墙上的涂鸦。看着变成画后叠在夏娃身上的阿尔贡,"这小画家,想女人想疯了吧。"不知是谁感慨地说;"阿尔贡,这画得跟真的一样嘛。"另有一人赞叹道。"这臭小子都干了些什么。打坏门不说,还在墙上画得到处都是。哼,这一次有你好看的。对了,这家伙到底跑哪儿去了？穷得叮当响的死画家，快给我滚出来！"公寓管理员独自一人嘟嘟囔囔地发着脾气。

人们走后，墙里传出了这样的喃喃自语："重新创造世界的，并不是粉笔。"紧接着墙上渗出一滴水珠，位置恰好就在已变成画的阿尔贡的眼睛那里。

实　业

圣普林尼①说过，偶然才是我们的上帝。说来我也是这位上帝的信徒。实业才应是皈依的最佳证据。唯有具备实业精神，人才会在偶然这位上帝的感召下，把支离破碎但值得赞美的命运的碎片聚合成一体，将日常的悲伤转化为喜悦。实业家是偶然这座祭坛上的祭司。相信我等实业家在这位上帝的庇护下，很快即可支配世界。

到目前为止，我自诩，是位相当出色的祭司。把事业上的成功视为忠于上帝的证据，这难道不是一位虔诚的祭司所应有的态度吗？如您所知，我涉足的行业，是肉食加工。从老鼠身上觅得原料，并创办企业成功量产，本人恐怕是当之无愧的第一人。尤其是在这个贫穷的国家，这样的尝试，谁能说不是千古卓绝、值得称颂的创举呢？即使从生物化学的角度看，鼠肉蛋白也是超过牛肉猪

---

① 古罗马时代曾出现过两位普林尼，一位是博物学家、政治家、军人，《博物志》的作者，俗称大普林尼或老普林尼；另一位是其外甥，文人、政治家，俗称小普林尼。此处的"圣普林尼"不知是作者笔误，还是有意为之。

肉，甚至，比任何鱼类都更适合人类的绝佳食品。不仅如此，老鼠的繁殖能力之强和饲养之简便更是惊人，所以品种改良也轻而易举。阁下或许还记得，先前报上闹得沸沸扬扬的、T市的超级大鼠，其实正是我厂研究所培育时从笼中脱逃的第八十二号猪形鼠，身长已有四十四厘米。而现在正在生产的用十六烷基化合物和肌肉生长激素琥珀酸氧化酶①催熟的肥大鼠——第一百一十号猪形鼠，很快就有望达到六十厘米。

您想说什么？不卫生？此言差矣。在运用现代化设备，经过高温高压处理的鼠肉肉肠里，还有哪种细菌能劫后余生留在里头呢？真是愚昧之言。剩下的不过是感觉问题。可要说感觉……感觉到底算何物？说穿了不就是因为无知而产生的不安？如果闭口不提，他们根本不会发现。所以只消把鼠肉肉肠的真相包裹在机密和沉默的淀粉薄膜里，自然就百无一害了。当然不仅是鼠肉肉肠，此话凡事皆可适用。像这样的机密和沉默，是所有实业家的义务，也理应被视为守则。只要肉肠最终成为合格的食品，不就足够了吗？此外的东西对大众而言不过是无用的知识，只会让他们陷入徒劳无益的混乱。伪装成道德的即为道德——也是我们那位上帝说的。我的工厂

---

① 此处原文为"サクシエック・オキシダーゼ"，因无法查到完全对应的化学物质，译文所用的是最接近的词"サクシニック・オキシダーゼ"（succinic oxidase）。

每天都向市场供应两千公斤鼠肉，且供应量与日俱增。我自己也日食三餐，全无生病的征兆，这不就是最好的证明吗？

不过，问题出现了。有一天发生了一起事故。我手下的一名饲养员遭到猪形鼠袭击被咬死了。不知是不是因为太阳黑子变动，老鼠们突然变得凶残狂暴，竟咬破笼子一路攻到我的住处。所幸我深得上帝庇佑平安脱险，但我妻子和几个佣人却沦为鼠牙下的牺牲品。关于此事日前曾发布死亡通告，想必您已经有所耳闻。经此一劫，难免有所感悟，我不禁陷入深深的沉思。虽然也有人大放厥词说是什么天谴，但那不过是伺机对我的不幸幸灾乐祸的嫉妒小人胡乱编造的中伤诽谤之言。什么天谴，我反而庆幸能借此机会认清这些骨子里改不了间谍本性的家伙，立马统统解雇。这对一介祭司而言实在是最遥远最不相符的龌龊念头。我再度摆脱外界的纷扰，在深沉的冥想中度过数日。深沉的冥想会带来什么人尽皆知。我终于意识到这绝非天谴反倒是伟大的神启。

我当即振奋精神，重新变回以实业家自居且极具行动力的原初的自我。首先第一件事就是命令信得过的技师，把已经入棺的妻子和另外五具尸体做成肉肠。广邀各界代表参加的品尝会，果然如我所料盛况空前。五大贸易公司都发来了特约订单。而特意邀请的以通晓美食著称的某大臣夫人，甚至主动提出想带些回去给大臣品尝。当然她对原料一无所知。不只是大臣夫人，列席的每个人都一概不知。但这根本无关紧要。恕我再重复一遍，伪装成道德的即为道德。

那之后，我开始启动何种全新的产业，聪慧过人的阁下应该已经猜到十之八九。没错，正如您所料，一言以蔽之，就是把蛋白质源从鼠肉，切换成更丰富更便于采集，且口感更佳的人肉。正因为此，如今我不得不自封为尤其受到上帝眷顾的大主教。难道还有比这规模更大（以地球为工厂）、更合乎理性（当今世界正困扰于人口过剩）的产业吗？

刻不容缓，我立即向统管大臣申请，要求本国的所有尸体在送往火葬场前必须先经由本厂，加上若干金钱上的附加条件我得到了许可。但那同时，也有些小小的不愉快。作为个人请求，大臣要求我厂产品标注上尤为醒目的标识。他无论如何都不想吃本厂的人肉肉肠，我一眼就看穿了这一目的。不过我压下了心头的怒火。这些个所谓的大臣，说到底不过是我们实业家手下的帮佣。可怜的家伙，姑且睁眼闭眼放他一马。

话说回来，阁下是否会认为这项新产业违背道德呢？虽然我相信阁下绝不会有此念头，但为保险起见，请容我多说几句——除去偶然这位上帝赋予的道德外，我们又能有什么样的道德呢？人类原本就是置身于上帝之下的天生的弱者，是理应被掠夺的对象。所以掠夺人类就是在执行上帝的意志，是站在上帝一方，没有丝毫背叛人类同胞的嫌疑。而且，人类被掠夺后不会出现任何变化，反而会保留最原始的存在方式。更何况，在此情况下，被掠夺的不过是灵魂这种既主观又一文不名的假想，在那之外，纯物质的尸体，本来只会被上帝无偿夺走，但现在却可以经由我们的手转化为有偿的商品，所以这项产业，非但不违背道德，反而堪称是造福社会的福利事业不是吗？另外，因为我同步发起的运动而获得合法地位的自由堕胎，不仅增加了男女间的欢愉，由此获得的金钱上的收益更是给性道德观念带来了一场革命性的变革。加之能将胎儿加工品这一无与伦比的美味提供给各路食客，如此丰功伟绩也理当称颂一二吧。

絮絮叨叨写了这么多，是时候切入正题了。我这项新产业其后扩张迅猛发展惊人，终于开始面临原料不足的局面。为此，不得不考虑扩大原料采集范围。关于这件事，还想劳烦阁下亲自出马。

要说，扩大原料采集范围，事到如今剩下的手段就只有，杀人……其实也无需使用如此骇人听闻的说辞，无非就是将活人当作蛋白质源进行采集利用而已，除此以外别无他法，想必敏锐如阁下当即便会认同这一点。既然如此，这项新产业中最棘手也最富挑战性的工作，理应由深谙哲学、具备冷酷无私的理性主义精神，同时又身兼才华横溢之侦探小说家的阁下来担当，这样的想法莫非只是我个人一己之愚见吗？不，阁下未等敝人说完便断然否定的答复，早已提前回响在我耳畔。

同族相食的习俗在人类间荒废已久，这非但不是残暴的陋习，反而应归属于遵循自然法则的崇高仪式，关于这一点我们曾有所论及，想必阁下也记忆犹新。当时我们曾得出这样的结论。同族相食的美德自古就被诸多圣贤所称颂。螳螂的同族相食让交配从单纯的浪费生命升华成绝无仅有的庄严死亡，狼和老鼠的同族相食则是让同胞从痛苦中解脱，不再受煎熬的充满爱意的温情关怀，源于避免地表被腐尸污染的卫生精神，更源于适当调整同族数量的理性主义。而食人族的食人行为则是一种近乎宗教式的敬爱与结合意愿的最高体现。不过，最具决定性的理由，还是耶稣基督的教诲：以直接食用为目的的杀生并非罪过。基于这一教诲，即便是杀人，只要不是手段，而是以直接的食欲为动机，就不能算是罪恶。当然人们或许会说这只是消极的肯定，绝不能说是美德。但毕竟，这是最为严苛的宗教教义。就人类社会更为普遍的教义——自然法则而言，出于正当防卫的杀人被视为正当，就连战争都被认为有益于精神健康不是吗？那么由此看来，为食欲而杀人理应被视为正义被公认为美德。偶然的上帝曾非常贴切地开导我们：基于理性主义精神，正义永远站在掠夺者一方。

我打算近期就向大臣提交申请，要求把出于食用目的的杀人行为合法化。关于具体内容，尤其是杀人的手法，我几乎已经成竹在胸。参照最近美国生猪屠宰厂的做法，我发现了一个好办法，活人完全无需经由人手，全部由机器自动操作，等从机器里出来时早已变成了肉肠。这可是一项非常有意义的重大发现，首先效率极高，其次堪称人道主义，再次用机器代替人力就可以把更多的人用作原料。我准备把这套机器命名为乌托邦。为什么？因为我打算在机器入口挂一块乌托邦的招牌，装饰得美轮美奂，然后大力宣传，诱骗那些向往乌托邦的人，说白了，也就是除食用以外毫无价值的人自发地、主动地投入机器的怀抱。不用说，宣传是关键。到时必须动员全国所有的哲学家。另外，装饰设计也需要每一位美术家和心理学家参与。关于这些事，我衷心期待即将成为本工程总指挥的阁下，尽情发挥您卓尔不群的聪明才智。

对了，到时说不定会有人提出，应给有意进入乌托邦的人多少发些奖赏，对于这种俗不可耐的论调必须提前封杀。我们非但不会出一分钱，反而要更加彻底地掠夺，要向那些人征收相当额度的乌托邦入场费。这不只是出于获取双重收益这种利益上的考虑，更是为了在心理上激发那些人进入乌托邦的欲望。到时，我们可以这样招揽他们——这可是乌托邦！还在那里磨蹭什么！啊？没钱？那就挣够了钱再来。不如做我们的肉肠促销员吧。再辛苦也值得。拼命干上几个月，这辈子就有保障了。乌托邦可不是暂时的，进去了绝对出不来，只要还活着，不管发生什么事都不用再出来……当然，因为出来时就已经变成肉肠了。

好了，不开玩笑。毋庸讳言，要想具体实施还有诸多问题有待解决。所以，在起草申请书之前，想借助阁下的过人智慧，就这些问题点给鄙人一些建言和协助。期待您近期莅临寒舍，还望赏光。届时必将以最诚挚的欢迎迎接阁下的到访。当日菜品特备，填塞黄油与香料、用蜜腌制的六个月胎儿（这可是最美味的时段，尤其是软骨咬上去的感觉美妙绝伦）整只脆烤，这是特意定制，专为阁下准备，谨以此聊作我由衷的邀约之言。

致尊敬的"他中之他"先生

闯 入 者
——手记与尾声

手　记

1

噔噔噔噔，好几人低沉的脚步声，把好不容易开始昏昏沉沉半梦半醒的我，重新吵醒过来。那些人似乎对周围多有顾虑，极尽所能轻手轻脚，可结果恰恰适得其反，听上去异常刺耳。我裹起毛毯翻了个身。

那脚步声，就像蜈蚣淅淅索索地拖着尾巴，爬上楼梯，经过厕所，朝这边越走越近。"王八蛋，"我一边烦躁难耐一边在心里推测，"又是那杀人不眨眼的卖保险的混球，尽把小偷啦强盗的往家里带！"但是，脚步声却继续往前，似乎到了8号间门口。"他妈的，"我又想，"那罗圈腿的小娼妇，难不成一次要接五个客？"可脚步声却径直走过了8号间。"这么说，"我继续思索，"是9号房？那老不死的司机，该不会碰上打劫的被宰了吧？"

然而，脚步声也走过了9号间，只要那串步子不打算冲进楼道尽头的墙壁，剩下的就只能来10号间，也就是我的房间，一想到这一点，我当即像捕鼠器的弹簧从床上弹起来，险些没把脑袋落在枕头上。"这么晚了，会是谁，到底有什么事？我这人清清白白，没任何把柄。真想不通。"

抹有荧光涂料的闹钟，在枕边，指向三点二十分。我扯平朝上翻卷的衬衫，用手摸索着拉过扔在一边的裤子，时刻做好准备。脚步声排成的队列在我房门口，陆续止步。那一瞬间只剩下仿佛在窥看悬崖深处的沉默，我屏住呼吸侧耳细听，昆虫的鸣叫聒噪得叫人生厌，在台风前夕淤滞不动的空气里，鼓膜似乎已经肿起了厚厚的一块。

起初，是一阵喀拉喀拉的抓挠，接着清晰地传来几声安静却有力的敲门。像要对那声响做出回应似的，嘭咚嘭咚，我的心脏用几乎同样大小的动静鸣动起来。一阵低低的窃窃私语，随后稍顿片刻，响起比先前略高的敲门声。"谁啊？"我在胃袋和肝脏之间发问，但却未能成声，黏稠的唾液冲着舌根喷薄而出。敲门声更响了，似有一股骚动不安的气氛。"谁啊？"这一次我打定主意要发出声音，但那声音，不像是从嘴里，倒像是从耳朵里出来的。

"K先生，"彬彬有礼的、中年男子的声音，确实在叫我的名字，"深更半夜，真不好意思……"在回答我从耳朵里发出的疑问。紧接着，是个年纪轻轻的妇人的声音："这大半夜的……"他们那堪称家庭式的口吻，当即把我拉回现实，所有不安都像云雾遇见阳光转眼间烟消云散。那之后，有人开始用鞋底摩擦地板，显得那么歉疚，好几双鞋都发出这样的声响。

我一边苦笑于时间诱发的心理暗示，一边套上裤子打开灯。不知为何就是找不到裤带，只好两手提裤，毫不犹豫地，或者说近乎非常乐意地打开门迎接未知的访客。电灯的光芒赋予我勇气，好奇的心绪则将我改造成了一个完完全全的善人。

最前方，一位身穿黑色礼服系着领结的绅士，和像是他夫人的衣袂飘飘的淑女，笑容可掬地站在那里。在他们身旁，则是个斜倚在拐杖上，说不定已有好几百岁的，满脸皱纹的老妇人，她虽然脚底摇摇晃晃但却拼命露出牙龈满面堆笑。而在他们身后，是一眼望去难以数清的成堆的孩子，从站在最前列的二十前后的壮年小伙，到怀抱初生婴儿的清纯少女，排成一列站满整条楼道，像事先约好一般有的朝左有的往右，全都歪着脑袋笑意盈盈。

"那我们就打扰吧，"绅士回过头一声招呼，也不等我答话，一行人就点点头，一个接一个鱼贯而入，加起来一共九人。我的房间立刻被塞得满满当当。

"真挤啊。"绅士说。"真是好挤啊!"妇人说。

"我这就收拾收拾。"我把手伸向被褥,赶紧接口道。

"不用,不用,"老妇伸出拐杖压住我的手,"反正我也累了,正好就让我睡吧。"

这老太婆脸皮怎么这么厚,我顿时愕然,回头看向那位绅士,却见他已拉开书桌抽屉,正埋着头四处翻找。我大吃一惊,上前按住他的手,"你干什么呢?"我厉声诘问。"在找香烟呢。"他回答得理所当然。"你们这些人,到底是来干什么的?""干什么?"绅士反倒像被问得出乎意料皱起了眉头,瞬间换上一副恬不知耻的嘴脸,"我们回自己家,你问我们来干什么,这算什么意思嘛。你这人,说话可真奇怪。"

"开什么玩笑,这可是我的房间,"我听得目瞪口呆,当即改变态度,"我看你们也不像是喝醉了,这未免太荒唐了吧?认都不认识的人三更半夜突然跑进来,说这里是自己家,就算开玩笑也得有个限度吧。"

绅士挺起胸,撅起下嘴唇,故意居高临下地眯起眼睛看着我说:"哼,真是个不明事理的家伙。这大半夜的,我可没工夫陪你讨论这些连三岁小孩儿都懂的道理,摆明了就是你在烦我们。这里到底是不是我们的房间,我这就速战速决,让你弄个明白。"绅士随即环视一行人说:"诸位,眼下有人想要入侵我们的住处。为了保卫我们的居所，我们必须召集会议。下面将提名会议主席，能否委任我这位主持人来担任呢？"

"好！"孩子们齐声高喊。

其他房间的住客听到该不会发火吧，我不禁缩了缩脖子。"那好，"绅士开口说，"将由我担任会议主席。下面开始审议，议题就是，这房间是不是我们的，大家觉得怎么样？"

"那还用说，当然是我们的。"抖着肩膀作答的，是那个看上去足有七十五公斤、身强力壮的最年长的小伙。

"真够蠢的，这不是理所当然的嘛！"极度不满地回话的，则是同样面呈无赖之相的排行老二的儿子。"没有异议！"除掉已经睡去的老妇和婴儿，剩下的人异口同声。

"好了，您也看到了。"绅士对我说。

我顿时怒火中烧："不知道你们在搞什么鬼？无聊透顶。"话音刚落，绅士就面色一沉，"你说我们无聊？你说民主主义少数服从多数的原则无聊？"接着他又愤愤地吐出一句，"法西斯分子！"

"随你怎么说，"我也不甘示弱竭力反驳，"反正这里是我的房间，跟你们没有半点关系，所以各位还是请回吧。来来来，快走吧。被你们这些疯子纠缠到现在，我也真算是长见识了！"

"你这法西斯分子，"绅士阴阳怪气地说，"这家伙，只要对自己不利，就准备践踏多数人的声音，诉诸暴力。要把这年迈的老妇、这些可怜的孩子,统统赶到寒冷的夜空下,真是个恶魔。为了捍卫我们的自由,我们所能采取的手段只有……"绅士家的老大接口道:"把人道主义阵营武装起来。"老二接着说:"面对暴力必须凭借正义的力量与之斗争到底。"

说时迟那时快,绅士、老大和老二,在我身边围成一圈。"我是柔道五段,以前在警察学校当过教官。"绅士说。"我大学的时候可是摔跤运动员。"老大说。"我好像是个拳击手。"老二说。说完,老大和老二一左一右拽住我的臂膀,绅士则对准我的心窝挥动大拳直击进去。裤子哗一下掉到脚边,带着这屈辱的姿态,我失去了知觉。

2

等我清醒过来,已是第二天早上。

我被人叠成一团,塞在书桌下面。

闯入者们还在梦中,谁都没有醒。整个房间,所有能找到的被褥和衣服全都铺在地上,那些人就在上面胡乱交叠着发出阵阵鼾声。窗边从树叶间漏过的朝阳闪闪烁烁游弋不定,下方回响起卖豆腐的喇叭声,在如此现实的生活气息的衬托下,映入眼帘的闯入者们肆无忌惮的睡姿,实在太过真实,我突然生出阵阵恐惧。

屋子中间，绅士把脱下的上衣盖在身上，以臂为枕鼾声大作。在他左边，老妇霸占着我的被褥，一边像钟摆那样极富规律地左右摇摆着突起的下颚一边沉沉睡去。并排在她身旁，妇人卧成一个大字，一只手和一条腿插在老妇的被子里。那身飘逸的长裙，白天看去，说不出的怪异，就像歌剧里，专为演绎外国人（无论在哪国人看来）而准备的特制的戏服。绿色、多褶的长裙上，桃红的小片，挂得到处都是，活像剥落得丑陋不堪的鱼鳞，而且下摆还高高翻起，怎么看都像是有意为之，我只能拼命克制不去在意。绅士右边，老二和老大，两只脑袋头顶他肚子，面对面打着鼾。每响起一声鼾响，对方的头发就一阵飘摇。绅士脚边，一个梳着两根小辫、十七岁上下的少女，身体蜷成"く"字，怀抱婴儿睡得正酣，相貌长得天真可爱。绅士头顶，也就是我被硬塞进来的书桌前方，一男一女两个正当玩闹年岁的孩子头顶头，以极其复杂的姿势俯趴在地。那男孩，大概梦见自己在奔跑，脚踝时不时触电似的颤动几下，而女孩，那张嘴上上下下动个不停，看样子绝对是个好吃懒做的家伙。

大致看上一圈后，"原来这不是梦。"我从心底发出一声感慨，心绪黯然地爬出书桌，全身接连响起竹子折断般的噼啪声。伴随这阵响动，妇人一脚踢在老妇腰际，老妇慌慌张张地翻过身去，幸好没有人醒来。

我继续像昨晚那样，用手提住随时准备滑落的裤子，犹如一根落单的卫生筷窝窝囊囊缩手缩脚地杵在房间的角落里，蓦然间，"这可是我的房间。居然听任这些个家伙摆布，真叫人来气。不就应该把他们一个个踹起来统统赶出去吗？"正当得不能再正当的念头一闪而过，但同时又想起昨晚经受的暴力，心里不免后怕，"这件事必须合法地解决。不管是谁，都不会默许这种非法，不，简直蛮不讲理的行为。正因为这样，才会有社会规范这种东西。"

我轻手轻脚地换上出门的衣服。取下墙上的外套后发现，一直没找到的裤带就挂在那下面。我套上外套，顺便清点随身物品，最先注意到钱包不见了。打火机、烟斗、香烟盒也不知所踪。坐车的月票还在，但夹在一起的餐券和S子（我女朋友）的照片下落不明。完整留下的，只有坏掉的活动铅笔和记事本。

我一方面哑然失语，另一方面又觉得意料之中，还是先到外面，呼吸几口通情达理的空气，然后再从长计议谋划对策。我一步步填埋墙边的缝隙，走得就像整个身体全都变成了脚趾尖，总算平安出到房门口。

可安心也只是一瞬之间，有人悄无声息地从身后把手搭到我肩头，是那个容貌天真可爱的少女。她似乎也在警惕周围的动静，女孩把脸靠过来，喷出一股略带乳臭的气息："给你个忠告，你最好在大伙儿醒过来之前煮上一壶茶，可能的话把早饭一块儿做了。我那些哥哥，早上脾气特别差。稍微有点儿不顺心，肯定又会召集会议，陷你于不利的境地。"

唉，对这种人说什么也是白搭，我默默地拿起鞋准备穿上，但转念一想决定提在手里，蹑手蹑脚地打开门走了出去。少女追在我身后小声嘟哝："鞋子跟衣服，算是借给你的，这是你休息后，大家开会决定的。"我正要关门她却从里侧顶住，继续说，"我跟你说的话，可要保密哦。要是被大伙儿发现，我会被训得很惨的。其实，我，很同情你，都是为你好。"少女用眼睛笑了笑，迅速退回了房里。

走出房间，我最先考虑的，是该找谁商量这件事。思考这一问题的同时，我发现自己不得不深刻反省迄今为止的生活态度。要是跟公寓里的住客关系更亲近一些就好了，事到如今悔不当初。没有一个人，会愿意帮我。最多，不过是沦为他们的笑柄。

我尽可能抹去自己的脚步声，走到厕所前，才穿上鞋，解完手，又到洗面台边冲了把脸用袖子抹干，心情多少舒畅了些："好，就找管理员大妈说说看。"我甚至涌起了痛下决心的勇气。还真是，这堪称一项重大决断。那大妈挂着张猩猩婆婆似的看不出任何智慧迹象的脸，可唯独贪欲多人一倍，整个一老奸巨猾的泼妇，为逃避那丧心病狂催缴房钱的嘴脸，我从来只盘算怎样才能避而不见，对于这个只有作为假想敌才会浮现于脑海的对象，如今我却不得不主动上门倾诉烦恼，把她拉到我这一边。

管理员大妈，正支着手肘倚在面朝马路的窗户前，一边和着刚开播的广播体操的旋律吸她那支刀豆烟管，一边斜睨着半边翻白的眯缝眼，死盯着主妇扎堆的公用水房。紧接着，她身体纹丝不动，只有眼珠滴溜溜转过半圈，冷冷地瞥向我。烟管离开了嘴唇，那双微微泛紫满是褶皱的细薄嘴唇，边角开始轻轻颤动，在我眼里，这无异于吐出"房钱"二字之前的准备运动。必须抢占先机，我快步上前，挤出一副连自己都觉得虚伪的假笑低下头："阿姨，有件事希望您一定要帮帮我。"没想到她唇部的颤动越发剧烈，我心头一慌，赶紧乘势出击，"昨天晚上，大半夜的，有一群脑袋不太正常的家伙……"我一口气把事情的来龙去脉统统倒出，大妈却啪一声敲了敲烟管，移开了视线。

"哎哟，你在说什么呀，我怎么一点儿都听不明白呢。"

"这有什么不明白的？总之，10号房是我的房间，只要阿姨您帮我证明这一点就行了。"

"这房间是谁的，我才不管呢。我只管借给付房钱的人，至于这人是谁，我都无所谓啦。"

"可是，交了房钱，就等于把这房间和房间的居住权一并租下来了不是吗？所以说，一直在付房钱的我才是10号房的租客，跟我没半点关系的人,当然没有权利随随便便闯进来。"

"权利什么的,租的人想怎么着就怎么着呗,这难道是我该管的吗?实话跟你说了吧,我又不是把房间租给人,是租给钱啦。先不说这些,"大妈眼睛向上一挑,再度变得锐气逼人,"你那房间,好像还没交钱吧,怎么才能收到钱,是不是要我重新考虑考虑啊?"

没想到她这么快就转回话题,更没想到自己会遭受如此无情的冷遇,我一下子泄了气,本想离开公寓中途却傻愣在内院的石阶上,一时忘了时间的流逝。

"早,"突然有人拍我肩膀,还抓住我的手,"你小子好像在谋划什么嘛?"是闯入者家的老二,叼着我新买的牙刷,吐着一口白沫。就在这时,3号间风韵犹存的寡妇,手拿生炭炉的团扇从旁路过。"早!"他就像认识十年的故友举起牙刷摇手招呼,寡妇轻抬风情万种的眼角扫过我和老二,正准备一走而过。"啊呀,溅到你了,真不好意思。"老二却赶紧追上去拉起寡妇的手,一边摆出替她轻拍腰间的姿势,一边回过头对我说,"喂,我爸正在召集会议呢,还不快去。"

那寡妇很早以前,就开始对我暗送秋波,还趁没人的时候在楼道角落之类的地方,故意掀起裙子拉平短袜的皱褶卖弄风骚,但我从没给过什么特别的回应,事实上我对她也不感兴趣。不过眼下,那叫人不爽的老二，竟像这样当着我的面存心做出不堪入目的动作，倒也不是嫉妒，只是这番光景看上去就像某种前兆，预示着敌方的力量从今往后将逐渐破坏我的生活，这让我感到极度不快。

我默不作声开始往外走，他继续呼喊想要叫住我："会议就要开始喽，缺席可是很不利的，快去吧。"我像跟他赌气似的走出了公寓，其实原本无处可去，但被自己的气势所迫，突然就决定，去平时不怎么信任的派出所碰碰运气。也许可以说，正因为想不出去哪儿，结果最不想去的地方反倒成了仅存的目的地。派出所里一老一少，两个警察正靠在椅背上，无所事事地抽着烟。我开始讲述自己的遭遇，年轻的那个故意看向其他方向，然后像突然想起什么似的，翻开记事本写写画画。只有那个年纪大的，挂着一脸阴郁的表情，不时点两下头，就像在告诉他我正听着呢。"情况大致明白了，"年纪大的开口说，"这样的事情，我们听得耳朵都快长茧了。你也看到了，当然，说不定你看不出来，我们现在忙得很，要不等下回有空的时候你再来？"

"可是，对我来说，已经一秒钟都等不下去了，您也应该看出来了吧？那些家伙，不光拿走了我的钱包，还把我房间搞得乱七八糟……"

"月票还在吧？有了这个去工作还是没问题的。说实话，像你这种情况，我们根本插不上手啊。首先，你说你不认识他们，可这只是你的片面之词，我们总不能你说什么就信什么吧。万一那些人，说跟你很熟是你的好朋友呢？从以前碰到的例子来看，他们肯定会这么说，到时候你又有什么证据可以推翻对方的说法呢？"

"但总得讲道理啊，这是常识。"

"那可不成，那些派不上用场。在我们这儿，只有物证才管用。你看，这种事情，有多难办，你也该明白了吧？依我个人的看法，这样的事情，到底有没有可能解决，我都很怀疑。你呢，也别想太多，好好跟他们相处就是了。"

我还想争辩，年轻的警察却显得很不耐烦："我说你，当心一不留神，自己变成犯人。"他说着嘭一声扔下香烟，一边装作要接电话，一边转过身，把我推到门外。

我也不想回公寓，尽管时间还早，依然直接去了公司。

3

午休时，我约S子一起吃饭。猛然想起自己没有钱包，脸涨得通红，S子反而故作轻松地安慰我说："没关系啦，今天又不是发工资的日子。"换作平时，我一定会拍手称快暗自庆幸，不知为何今天反倒越发消沉。所有权这种东西的不确定性，让我变成了一个彻头彻尾的怀疑主义者。

S子提议，要给我换张新照片，说着递过一枚远比前一张（被闯入者们和餐券一起偷走的那张）拍得更加可爱动人的相片，我嘴上扬言贴身保管寸步不离，说了些和她心理年龄相符的甜言蜜语，心里却极度困扰。要不还是把真相告诉她吧，好几次我都感到一股强烈的诱惑，但考虑到自己都没弄清状况，这样做不过是把她推入无尽的担忧和混乱，最终还是作罢。

我感到一种仿佛被缓慢吸上天空的孤独，就像得了尿道炎，觉得时间断断续续阻塞不畅，前后意识难以拼接到一起，手头的工作毫无进展，这样的现实最终演变成忍无可忍的愤懑，下班时，我的脸因为近乎自暴自弃的生理上的斗志而胀得发黑。我决定，回家后，一定要跟那群闯入者决一死战。

离开公司时，见到了像往常一样等着我约她，或者说确信我会约她的S子。我几乎没做任何解释，就把装工资的袋子塞到她手里："你今天，先帮我带回去，暂时放你那儿。明天是星期天吧，我们一起去看电影，我去接你。"话没说完，我就小跑着离开了，等我回过头，S子的神情就像毕加索的肖像，带着无法用语言形容的、无机分裂的表情，愣愣地站在那里。

我马不停蹄地冲过公寓内院，刚把脚踩上楼梯，"小K，"就听到有女人在叫我，"你家的客人，还蛮有意思的嘛。"是寡妇，带着满含深意的微笑。我本想找些难听的话冲她几句，但讥讽的方向却分裂成她和老二两人，一时想不出合适的言辞，只好暂且忍下。

房间里，那一家子围坐成一圈，吃得正欢。绅士用手背擦擦嘴，发出爽朗的笑声："哟，你回来啦。今天早上怎么饭都没做，而且，"转眼间变成凶神恶煞的嘴脸，"连茶都不泡就出去了，害我们忙活了半天。要是都像你这样对我们……"这时妇人像是吓了一跳，从嘴边拿开碗，"要是都像你这样对我们……"绅士继续接道，"那可真活不下去了。我们今天，被你搞得只好分头干活，又要买碗筷，又要生火。在这人生地不熟的地方，还不得不去干这些从来没干过的杂事儿，你叫我们怎么过吗？以后你可得注意点儿。不过还好，今天是发工资的日子，幸亏是这样，用你那扁得可怜的钱包买齐这些东西，已经分文不剩了。我也不希望你受太多苦，所以给你个忠告，以后不管做什么都要有计划，跟我们商量以后再行动。"

这就好比鼓足勇气怒气冲冲地深入虎穴，可鼻头却被人用指尖轻描淡写地一抚而过。我顿时把一路上准备好的、几乎快装不下的各种说辞忘得一干二净。

"你也别傻愣愣地站那儿，进来吧。"坐在末席的年长的女孩，听到绅士的话后朝一边挪了挪，而后转过头用眼睛对我微微一笑，我不情不愿地走到那一块盘腿而坐。

"别急着坐，"老大也不等我喘口气便开口说，"先把碗筷收拾了,再给我们泡壶茶不是更好吗?"我一冲动当即站起身,像从陡坡上滚落下来一般气势汹汹地反驳:"说什么蠢话!我可没这义务。不光是这样,我还有权利,让你们都给我滚蛋。我已经受够了,不会再忍让你们,你们也给我做好心理准备。好了,快收拾收拾出去吧。"

"出去?我们今天有什么事要出门吗?"老二用开玩笑的口吻边说边环视四周,一群人开始放声大笑,就连那婴儿都挂着一脸痴笑。我当即感到泪腺一紧,受到一股强烈的刺激,身体因为莫名的狼狈而不停颤抖。"这个人,还没习惯我们这种现代式的生活方式,你们这样笑话他也太残酷了。"如果不是那女孩出面劝解,我想我一定会像歇斯底里大发作的精神病患者那样开始抓狂,女孩的话语,把我此刻的心情分毫不差地钉在了原位。

"有道理!"绅士说,"看样子凡事都应该依照民主程序来办。小K没有受过专业训练,不太适应这种民主式的生活态度。所以就算麻烦,我们也应该每次召集会议,让他习惯民主主义的氛围,否则以后就不好办了。那下面就依照惯例推选主席,针对小K有没有义务收拾碗筷、给大家泡茶,进行表决。大家看,这主席谁来当呢?"孩子们齐声高呼:"委任主持人!""那好,"绅士说,"就由我来担任主席。接下去,烦请诸位一同审议。对于小K是否有这个义务的问题,认为有此义务的人,还请不厌其烦,举起手来表达意见。"

在他说完的同时，一群人斜睨着我，就像在抱怨这么明白无误的事都要怀疑、真是个烦人的家伙，并用劈风斩浪般的气势一同举起手。让人惊讶的是，就连那话都不会说的小婴儿，都毫不犹豫地举起了胖乎乎的小手。

"好，结论已定。压倒性多数啊。以前还会有少数人用暴力支配多数人的情况，结果只能用个人的暴力与之对抗，但现在人类的智慧真是有了长足的进步。多数人的意志非常合理地得到尊重，而且这方法既有理论基础又合乎理性。毫无疑问，这可以说是人类应有的生存方式。"绅士搓着手得意洋洋地看着我，这时却有人从一旁插进来："爸，给点烟吧！"是老二。"跟我要烟？你爸我又不是开烟店的，你也不是不知道。我可不喜欢别人跟我提这种过分的要求。"

"爸，你就别装蒜了。最后那根抽完到现在，都过了三个小时了。我要是断了烟发起疯来会有什么后果，大家也不是不知道吧！"

"当然知道，次郎。"老大开口说，"你们俩就别在这儿威吓来威吓去了，不如一块儿想想解决的办法怎么样？就算老爸把他的烟分给你，那也不过是暂时的。老爸你也是，性格归性格，刚刚那话实在有点儿感情用事。倒不如，借这个机会，一块儿来讨论一下怎么从根本上解决财政问题。刚才,老爸也已经暗示过了,今天很走运,正好是小K发工资的日子。那就让他快拿出来,我们也好做个预算……小K,还不快把工资袋交出来。"

预想未免太过准确,我全身的骨头就好像通了电一下子热起来:"也不知道你凭什么这么说,提到工资,我自己都巴望着早点发呢。话说回来,就算我拿到了,也别想我给你们。"

"你看你这傻小子话说得战战兢兢。"绅士说,"老实人果然不会撒谎,而智慧的人则不会受骗上当。你那后半段的假设才是真话,要想不看穿这一点都很难啊。好了好了,桌子还没收拾呢,次郎的血也因为缺少尼古丁快要开始发疯了,过会儿还得开个重要会议决定预算的分配问题,你就快把钱交出来吧。"最后,他故意装出威吓的面孔,"时间就是金钱,再这样磨磨蹭蹭,可要你交利息了哦。"

"没有就是没有!"我干脆地回答。

"是吗?既然你一定要摆出这种态度,那我们就不得不想想别的对策了。"他说着对两个儿子使了个眼色,"明明有的东西却说没有,这么不负责任地使用语言,也应该算是一种暴力吧。语言可是人类进行社会生活时,绝对不能缺少的共同使用的宝贵工具。你这是在肆意糟蹋、不正当地使用语言,是法西斯式的暴行。对于你这种态度,我们到底应该采取什么样的行动呢?"

他那两个儿子刷地站起身，分列站在我两侧。"必须用科学的方法，验证是有是无。"老大说。"要是连这都想妨碍的话，那就只能靠实力战斗了。"老二说。接着两人一左一右同时抓住了我的手，我试图甩脱他们，但他俩的力气相当大，实在不是我这样的人所能对付的。反正钱也不在身上，随你们怎么翻吧，我打算反过来给他们个下马威，所以决定原地不动任由他们摆布。

绅士出人意料地用异常熟练的手法，把我全身上下搜了个遍。他抽出月票夹递给站在一旁的少女："这就怪了。"而后歪着脑袋，轮番审阅两个儿子的脸。"去你妈的！"我在肚子里暗自叫好。

这时，妇人从少女手里一把抢过月票夹，"哦哟！"发出一声尖锐的惊叫。"不要脸，真不要脸，又是那个女人的照片。太不要脸了，我再也忍不下去了。"她发现了Ｓ子的相片。"你想干吗？！"我高声诘问。"妈，你就还给他吧。"少女说。"等等，妈，先别撕，还有用呢。背面的签名写着Ｓ子，这跟妈昨晚撕掉的是同一个姑娘，没错吧？我知道了。这个法西斯菜鸟，到底把工资袋藏哪儿去了，这下不就有眉目了吗？！"抓着我右手的老大说。

"原来是这样啊！小Ｋ，看你这德行，我本来以为不过是单相思，没想到你还真跟那姑娘搞上了。"绅士刚说完，妇人就开始发作："搞，居然还，搞上了？！不要脸，没见过这么不要脸的。""你也别这么说嘛。"绅士劝道，"小Ｋ也是动了不少脑筋的，对吧？"

"既然这样,这件事不如就交给我来搞定吧,也不枉我在私立侦探公司锻炼了这么多年。"老大说着,放开我手的同时,从他母亲那里嗖一下抢过月票夹。可老二却挡在他面前:"先别急嘛,大哥。你别误会,我可不是在怀疑你,不过这关系到钱财,单独行动恐怕不太好吧?为了以后大家心里都不留疙瘩,应该让我跟你一块儿去才对。"

"你一番好意,我心领了,不过次郎,干活的时候还是得现实点儿。我们又不是顺着画线的地图,去找一个已经知道的地方,而是要大海捞针去找一个完全未知的场所。这可是一项技术活儿,这种事情非得单干不可。"

"让这家伙,"老二冲我抬了抬下巴,"自己交代不就行了?"

"你是说让老爸用催眠术?倒也不是不相信老爸的技术……"老大脸上浮出一丝嘲讽的笑意,绅士敏锐地反应过来:"喂,太郎,你那口气算什么意思?"

"我这口气没什么特别的意思啊。"老大草草搪塞,"那不就是,根本犯不着费那么多工夫嘛。更何况,还有个现实问题,家里已经分文不剩,要想出门就只能靠这张月票。假如只有一个人能去,那当然就只好我一个人去了不是吗?"接着他又转向老二,"还有,你自己想想,如果真摸到对方家里,接下去该怎么办?对方可是个情窦初开的小女生,要想糊弄过去,肯定得一对一地下手吧?"

"要是那样的话,"老二气势逼人,"不正是我的拿手绝活儿吗?我还是应该跟你一块儿去。逃个车票什么的,不过是小菜一碟。让大哥你一个人去对付女孩子,未免也太难为你了。"

"少胡扯,真正的情场高手,才不会像你那样在光天化日之下明目张胆地动手动脚。刚刚就看到你跟楼下那寡妇,在那儿偷偷摸摸打得火热,照你那么干,以后的烂摊子可有你收拾的。要是你不服气,我们就来比试比试,看那寡妇到底会跟谁。"

"喂喂!"绅士迫不及待地插到两人中间,"你们这两个臭小子,经验没多少,说得倒像真的。想你们老爸我……"他还没说完,"真不要脸,又开始了!"妇人带着哭腔不停地摇头。"爸爸!"少女大叫起来,小男孩和小女孩面面相觑,挂着一脸坏笑,老妇则用手遮住掉光牙的嘴,嘻嘻嘻地乐不可支。

"嗯哼!"绅士开口说,"既然这样,太郎,你就一个人去吧,我们就信你一回。这次只要太郎你守信用,我俩就答应你,以后绝不碰这个叫S的姑娘一根指头。成不,次郎?"

"成,没问题,反正我对年轻女孩儿没什么兴趣。"老二说。"不要脸!"妇人低声咳嗽起来。

"那好,我去去就回。"老大故意看我一眼,对我粲然一笑。

啊,我觉得自己的心就像被蛀得千疮百孔的枯木,即将零零落落地从身上剥落下来飞散在脚边。蓦然间我感到少女的视线正深情地望着我，于是赶紧移开目光，没能及时涌出的泪水顺着鼻梁润湿了舌根。

"走好，早去早回。"老二说着，也跟在老大身后走到房门口，回过头，漫无目的地抛下一句，"我也出去下。倒不是约了楼下的寡妇，当然，就算约了，放她鸽子也无所谓，我得想个办法，去搞支烟，这目的可是很卫生的。"

我两手插在裤袋里，精神恍惚地看着暮色渐浓的窗外，就像把龙蛋煮得半熟之后的卵黄，一轮触目惊心的月亮浮现于邻屋的屋顶，我未多想，在毫无意识的情况下两腿已迈开步子走向房门。

"你去哪儿？！"在绅士的质问声中，我吓了一跳回过头，与此同时一块绵软潮湿的东西啪一声贴在我额头上，是块口香糖。年幼的男孩和女孩躲在老妇的影子里笑得手脚乱颤。绅士缓步靠过来："我说你，别在这儿发呆，快点把活儿干了行不？别以为我那两个儿子不在，你就可以偷懒。上次跟你说过，我可是柔道五段，以前还在警察学校当过教官。快，手脚利落地把活儿干了，大家一块儿开开心心过日子不好吗？"

"爸爸，"少女从一旁试探着说，"这个人，对这样的工作肯定没什么经验。这不是他的错，都是把他教育成这样的旧社会害的。洗碗什么的，是女人家的事，他八成还没脱离这种封建思想，肯定是这样。所以刚开始,就让我来教教他吧。""你倒是处处向着他嘛。"绅士阴阳怪气地说。少女似乎想竭力否认:"才没有呢。万一砸了碗筷不就得不偿失了吗?再说,民主主义也是人道主义,不应该强迫的。"

于是我就像一具自动机械人偶,怀里被塞进一只巨大的碗筷篓,跟在少女身后。从灰色的墙壁间,时不时传来主妇们锐利如针的好奇目光,在这些目光的守护下,我被带进了昏暗的公用水房。

如果撇开情绪上的问题,洗碗本身倒不值一提。"没想到你挺熟练的嘛!"少女说。她还天南海北地说了许多其他东西似乎想要安慰我,但我从头到尾坚守沉默。就情绪而言,我就连自己的生存,都感到异常艰难。

回房途中,经过3号间门口,传来一阵伴随异样颤栗的呻吟,我不怀好意地告诉她:"这可是你的二哥哦。"这一次轮到少女陷入了沉默。

房间里,两个小孩正在玩相扑,扬起一片灰尘。妇人靠在墙边,高高翻起的衣裙下伸出两条粗壮的肉腿,像崩溃了一般睡得不省人事。老妇倚在窗前眼望月亮,脸上挂着诡异的奸笑。婴儿就躺在她膝头,像着了火似的哇哇大哭。绅士则坐在我的书桌前,悠然自得地看着书。

"洗完啦！"灭了火的烟头从唇边掉下来,"那接下去,给我们泡壶茶吧。""我这里可没有茶。"我冷冷地回答。"我又没问你有没有,我是在提要求。就你那态度,你觉得我们以后能一块儿过日子吗？"

"可没有就是没有,我有什么办法？"

"你就不能想办法去搞点儿回来吗？福音书里也写着：我们行善,不可丧志,若不灰心,到了时候就要收成①。为了我们共同的福利应该全力以赴才对嘛。再说耶稣基督也说过,施比受更为有福②。你现在就去找你的邻人,把这福授给他们。难不成,你想说我们连这点信誉都没有,打算找这个借口来侮辱我们？"

我不搭理抬腿就往外走,绅士似乎悟到了什么连忙从身后叫住我："等等,先别走。看你那样子,好像积了一肚子怨气啊。别以为我看不出来,你是想逃跑吧。哼,可没那么容易,你听清楚了,逃是不可能的。你就在那儿生个火。菊子,你随便上哪儿去借点儿茶来。要是借不到,喏,就从那堆书里挑个五六本,拿出去卖掉。"

4

时钟已过十二点,老大迈着飘忽不定的步子回来了,显然醉

---

① 摘自和合本《新约圣经·加拉太书 6: 9》。
② 摘自和合本《新约圣经·使徒行传 20: 35》。

得相当厉害。一家人顿时紧张起来，尤其是老二，气势汹汹下一秒就要扑上去一般恶狠狠地斜睨着他。"房前的青、蛙，和天上的鸟、儿……"可老大却露出惊讶的表情打了个饱嗝瞪大双眼："哟，你看到什么啦，眼神这么吓人？呵，肯定又把事情往坏里想，别多心嘛。"

绅士上前一步："你小子，钱呢？"

"钱，什么钱？"

"就是那笔钱啊，不会被你小子拿去喝了吧？""喝了？你是说酒吗？当然喝了，这都看不出来吗？！真笨。""臭小子，要是真被你喝了可饶不了你，知道不？""不知道，难道非要我说大吃大喝了一顿你们才听得懂？烦死了。"

争执越来越激烈，不久老二也掺和进去，房间里一下子杀机四起，也不知是谁先动的手，最后终于你推我搡大打出手。

楼下的住客用扫帚柄猛捅天花板，隔壁的人则用拳头狠狠捶墙，等到整栋公寓都从睡梦中苏醒，像被激怒的蜂巢准备咆哮时，斗士们终于感到疲累，无力地垂下了手臂。这时，老大一边放声大笑，一边啪一声扔出一只白色信封。"你什么意思嘛，臭小子！"绅士一把抓过信封，眼睛瞪得溜圆，他动作迅捷地抽出八千多块纸币一一清点后，又跟信封上的数字对了对，"你脑子进水啦，怎么不早说，害我们白白消耗那么多体力！"

老大还在笑个不停："真不错，舒展了一下筋骨。这样的紧张感,可是精神上的良药。话说回来,你们这些人脑子也太缺根筋了,真以为我会花自己的钱去大吃大喝?是那小姑娘请我的啦。这个S子,人真不错,对吧?"他说着瞟了我一眼,"我挺喜欢她的,还跟她说好,明天带她去看电影呢。"

"不要脸,真不要脸!"妇人就像在低声啜泣,"我这苦命的人,事到如今再也没有人理睬我了。"

老大把喝剩的冷茶含在嘴里就地一躺,一群人顿时松了口气回归原位,各自漏出一声长短不一的叹息。绅士紧紧捏着我的工资,似乎还是咽不下这口气。可比他更咽不下这口气的,还是我。霎时间我感到一股难以遏制的怒火直冲心头,毅然起身向他们发起挑战。结果自然不必多言,不外乎召集会议,少数服从多数,确证这笔钱归他们所有,外加我还吃了老二一拳,右眼肿得不成样子。

"你这个法西斯分子!"绅士痛心疾首地说,"要驯服这男人,简直比教狗说人话还难。小K,你一定要像我们一样,尽快适应这种现代式的文化人的生活,这可是为了你将来的幸福着想。我现在,主要从事教狗说人话的研究工作,"他换上一副洋洋自得的表情,"这项研究完成后,肯定会掀起一场改变社会法则的伟大变革,不过说再多,你这种人都不会明白,总之就是以巴甫洛夫[①]关

[①] 伊凡·彼德罗维奇·巴甫洛夫(1849—1936),俄国生理学家,曾使用狗进行先摇铃后喂食的条件反射试验。

于语言的生理机能的研究为基础，使用催眠术对狗的大脑施加特殊影响，让它后天生成语言中枢。怎么样，听不明白吧？其实不光是我，我们一家人都有自己的工作，每一项都是造福社会、利在千秋的学术活动。我大儿子主攻实验性犯罪心理学。二儿子课题比较特别，研究更年期女性的性爱心理，我妻子就是个不错的试验对象。我母亲，虽然现在已经退居二线，不过以前可是熟知男性心理的专家，还是研究百货店售货员心理盲点的权威。这些工作，现在就由那两个年纪虽小但志向远大的小儿子和小女儿接手。而我的大女儿呢，跟我们稍微有点不一样，一直在写诗。近期，应该就会出版一本题目是《人类之爱》的诗集。至于最小的那个，别看他连话都不会说，经过训练已经学会毫无异议地举手，而且也是我研究教狗说人话时的最佳实验对象。所谓现代式文化家庭的生活，大致就是这个样子，出乎你意料吧？所以说，如果你跟我们合作，不仅能帮我们加快研究进度，你自己还能得到崇高的文化人的地位。"

等他长篇大论完，除了在一旁静静抽泣的少女，其他人早已酣然大睡。"哟，怎么啦？"看到父亲吃惊地望着自己："没什么，就是有点悲伤。"少女把落到前额的发丝轻轻撩拨到肩头，脸色苍白而忧郁。"不要多想，不要怀疑！"绅士绷着脸吐出这几个字，环视一圈睡得东倒西歪的家人，"快睡吧。"说完他转向我，"小K，基于民主主义原则，我绝对不会强迫你，不过我要给你个提示，希望你能明白我的意思。这房间很小，要让十个人一起过夜，不管是面积还是氧气恐怕都不太够用。根据我白天的调查，这房子的阁楼上有一间没人住的库房。假如谦虚的精神就在这里并知道了这些情况，那你说他会怎么做呢？"

一整晚我都窝在蛛网飘摇的库房里，跟老鼠作斗争，片刻未曾合眼，经历这番充满恐惧和羞辱的失眠后，我浑身上下都变得异常敏感。我在心底发誓一定要报仇雪耻，并着手制定了这样一份打算从第二天开始实施的行动方案。

一、赶在老大出发前去见S子。（她现在处境非常危险。必须对她详细说明我面临的危机，然后把她拉到己方阵营，促使她下决心和我并肩战斗。）

二、找一位良知尚存的律师。

三、张贴传单向公寓里的人申诉。（过去，2号间的船员，就曾贴过传单反对房租上涨，得到了公寓居民的一致响应。）

外面传来首班电车的声响。我正盘算着差不多该出发时，正好有人来上厕所。通往阁楼的梯子，就在厕所旁边，所以我准备等那人出去以后再行动，可等着等着，突觉一阵困倦，不知何时竟死死地睡了过去。

5

有人咚咚咚地敲击库房隔板，把我从睡梦中惊醒。从意料之外的方向，射来一缕橙黄色的日光，天色已经大亮。"快打开，动作快。"在这催促声中，我抹去口水，拉开了隔板，是少女菊子。

"我来看你啦。"少女说着，紧挨我坐下。

"你饿了吧？"她一边问一边递过涂着黄油的切片面包的边角。

"现在几点？"

"已经下午了哦。"

"糟了！"

我正想起身，菊子却一边露出犹疑羞涩的微笑，一边按住我说。

"是为了S子吧？太晚了啦。"

"你们到底想把我怎么样！"

"这是人际关系的法则。也是人的原罪。"

"小偷！"

"我很同情你。"

"疯子！"

"你在说谁？说那些人吗？他们确实有点怪，不过我觉得还算不上是疯子，当然除了我妈。只有我妈是真的疯了。她一边嚷嚷不要脸、不要脸，一边尽想着那些不要脸的事，要不就只会重复我爸说的话，除那以外，她好像已经彻底忘了语言这种东西。"

我吃惊地看着少女的脸："难道你是帮我的？"

"那当然。因为我爱你。"我当机立断对刚才那份行动方案的第一条，做了如下修改。

——把菊子拉到己方阵营，从内部扰乱敌方。

"也就是说，你会帮我实施我的计划喽？"

"那还用说，我就是为了这个才过来的。"

"我再也受不了这样的状况打算逃出去，你也一样吧？"

"当然，一定要早点逃脱。"

"逃脱……你还真说到点子上了。没错，就是要逃脱。在这里理性被肆意歪曲，根本没办法活下去。"

"是爱。关键不是理性，而是爱。只要有爱的力量就能活下去。"

"没错没错。反正没有理性的地方也不会有爱。"

"嗯？好像不太对吧。正好相反哦。只有在爱的基础上理性才能成立。"

"你说得对，是我弄错了。"我假装对她言听计从，"总之我们站在同样的立场上，所以今后在任何方面都应该相互扶持。我第一眼看到你，就觉得你跟你家里人不太一样。没想到你居然是个诗人。你这样看上去真美,就像个天使。如果你是独立于你家人之外的,说不定我真的会喜欢上你。"

"在民主社会,人格当然是独立的。"

"那好,我们一起来筹划筹划,怎么才能把那些人赶出去……"

"赶出去?应该是我们逃出去才对吧。"

"没这必要。我们为什么要屈服呢?只要把他们统统赶出去就行了。那本来就是我的房间。更何况,就算逃了出去,在这住房困难时期,我们又能上哪儿去?"

"我不是这个意思。我说的逃出去,只是精神上的象征。应该忍受这一切,逃到爱的道路上去。"

"什么!难道你能认可这样的现状?"

"当然不认可。但我觉得也不可能有什么改变。该撒的物当归给该撒①,就是这样。"

"这么看来,说到底,"我站起身,挥去掉在脸上的蛛网,"你还是我的敌人,是个不能掉以轻心的间谍。"

"我就猜到,你大概会这么说。"菊子也站起身,她发间的清香掠过我的面颊,"到现在为止有好几次,我都爱上了像你这样的人,可没有一次能得到对方的爱。"

---

① 摘自和合本《新约圣经·马太福音 22:21》。

菊子的声音沉寂而忧郁，让人感受到从身体内侧透出的真实。我不禁为之动摇，不过终究没能动摇到最深处。"好几次……"我下意识地喃喃自语，猛然惊觉话中的深意，顿时感到万分惊恐不得不追问她，"那也就是说，除我以外，还有好几个人像我这样，栽在你们一家人手里？"少女伏下视线点点头，我进一步加重语气，"那些人，后来怎么样了？"少女伸出宛若在岩石暗影中悠游的鱼儿般光洁亮白的手，轻按到我胸前，声音透出无尽的悲凉，却又是何等的动人："……太累了，大家都，安息了。""也就是说，都死了？"那一刹那，屋檐下的魔法遮蔽了我的双眼，我拥住少女静静地亲吻，不知是谁的泪滴，顺着脸贴脸的缝隙悄悄滑落。

6

那晚，我在闯入者们的胁迫下，先用钉子封住厕所旁的隔板，然后在房间储物室的天花板上新开一个洞，用作阁楼的出入口。这样一来，进出阁楼，都必须经由我的房间，我被彻底地置于他们严密的监控之下。

忍屈受辱的日子由此揭幕。我成了一个奴隶。上下班时，那两个淘气起来举世无双的小弟小妹必定随行在侧。途中，两人时不时轮番开溜，有时是口香糖奶糖，有时是手表首饰，更甚者还会有螺丝刀避孕药，总之就是去偷些对他俩而言几乎毫无用处的东西。他们有几次甚至给我吃残杯冷炙，我因为饿得发慌，也不管是什么，拿到手就往嘴里送。

偶尔在公司遇见Ｓ子，她连招呼都不打。我拼命找机会跟她说话，她却极其巧妙地避开我，时机把握之精准让人难以置信。大约过了两星期，她辞去了工作。可我依然深爱着她。

回到房间，每时每刻总有人在监视我，至少精神失常的妇人几乎从不离开房间半步。刚开始一段时间，她甚至对我表露出难以捉摸的媚态（即使没有特定的对象，她也总是对着看不见的幻影搔首弄姿），但当她意识到我并未将她放在眼里时，态度突然急转直下，开始对我表现出强烈的敌意。而少女则一如既往，对我情意绵绵，但我们没有独处的机会，所以关系无法更进一步，不过即使有所进展，上次偷偷会面的结果也已摆在眼前，那份情意有着无可逾越的界限。

至于其他细节，谨留给诸位自行想象。

话说，我为什么不逃跑呢？当然不是菊子所说的精神层面，而是在物质层面上我为什么不出逃呢？因为我还没有完全丧失斗志，也没有彻底丢弃希望，我仍在等待时机。

那天，机会终于到来。下班路上的一处街角，建起一座马戏团小屋。那对负责监视的顽皮弟妹，很想进去开开眼界，心痒得厉害，我都看在眼里。我巧妙地怂恿他俩，答应在外面等着，好说歹说把两人骗了进去。一场一个半小时，趁着这段空当，我去了那家很早以前就已物色好的律师事务所。可那一家子，人多得不可理喻。大人小孩各色人等轮番现身，而后消失。最后出来一个衣着寒碜、看上去疲惫不堪的小个男人，他似乎就是这里的主人。我提醒他头发上缠着蜘蛛网时，他显得极度狼狈用手乱挠一气，最后就连我都不禁感到莫名的不安。

我开始讲述自己的经历，等到内容初露端倪时，那律师赶紧慌慌张张地把手指放到唇边，连声叮咛："小点儿声、小点儿声。"我说话时，他不停地东张西望显得局促不安，等我说完，他已是一脸惨白面无人色。"就这些？"律师嗓音沙哑地问，而后站起身一把抓住我的手，就把我朝外撵，"关于您这事，我深表同情，但爱莫能助。我们已经没有能力来保护您了。眼下，"他进一步压低声音，"就连我自己都着了闯入者家庭的道。您也看到了，一家子十三口人。其实像您这样单身的还算好，我这种拖家带口的才悲惨呢。我老婆带着孩子跑了，不，应该说是被他们逼走的。所有雇员都被他们解雇了，害得我一个人又要当秘书又要当清洁工，光一个月就瘦了三十公斤。等再过一个月，我这人大概就没了。"道别时我握住他的手："我们交个朋友吧。"但他却悲伤地摇摇头："不，您还是别来了。"

7

那之后便是我最后的抗争。

尽管每天回家都要接受严格的搜身，实行起来困难重重，但我还是伺机寻找各种机会收集纸片，再利用各种机会写下三十来张下面这样的传单：

致本公寓的各位居民及良知与理智尚存的所有市民同志，这是一个陌生朋友遭遇莫名其妙的侵害之后发自肺腑的申诉。

我被一个素未谋面的家庭以完全非法的手段，毫无预兆地侵占住所，直至所有日常行动都处于他们的统治之下。我彻底丧失自由，濒临饿死，还不得不以自身劳动所得供养他们一家。如此蛮不讲理的行径，他们却假借少数服从多数的美名，倚仗人数之优势，打着合法的幌子强加于我。诸位，如果此等不合理的行径都能得到默许，那社会除崩溃之外还有何未来可言？！这绝不是我个人的问题，而是等在明日之路上诸位的命运。所以我们必须团结一心，共同对抗那些为非作歹的多数人。来吧！曾经为反对房租上涨揭竿而起的各位公寓居民，为了更加本质的自由，让我们再次团结在一起！诸位的团结将为我提供保护，这同时也是在保护诸位自身。

让真正的多数，取代那些愚昧而无意义的多数吧！

不过问题是,该由哪只耗子去给猫系铃①呢。我完全找不到张贴传单的机会。眼看发工资的日子越来越近,假如不能尽快使出杀手锏,恐怕又得忍受一整个月暗无天日的悲惨际遇,想到这我不免破罐子破摔,找了一天,装作上厕所,在那墙上稀里哗啦地贴起来。

没等我贴完第三张,"呵,"便听到有人在身后发出轻蔑的嘲笑,回头一看是绅士和老大,"果然在搞小动作啊!"两人对视一眼,露出一丝冷笑,不但不撕我贴好的传单,也无意阻止我的举动,这让我浑身不自在。我不禁陷入混乱,感到孤苦无助,贴了十张左右便停下了手。"本来觉得你终于学乖了,没想到还是在搞这些东西,法西斯分子的本性果然可怕。"老大对父亲说。绅士听后点点头:"跟我过来。"而后不由分说地抓住我的手。"要不要撕掉?"老大问。"不用了,就贴那儿,给他个教训,让他彻底死了这条心。"

我的手被扭得几乎脱臼,就这样在他们的押解下回到房间。绅士神情严肃地向众人展示剩余的传单,并用沉痛的语调讲述前因后果。原本正准备换衣出门的老二停下手,用力挺起胸,恶狠狠地瞪着我,他似乎想到了什么,表情缓和下来,冷冷地一笑。菊子看上

---

① 来自英文谚语"Who's to bell the cat",取自一群老鼠商量着要给猫系铃铛、但最终却因为无人实施而作罢的寓言故事,形容说起来容易、做起来难。

去极度震惊,悲伤地凝望着我,眼中可以读出责备的神色。其他人自然漠不关心。

绅士语重心长地对我说:"小K啊,毫无疑问你得对这些传单负责。首先,这座公寓规定,每贴一张传单就要交一百块钱的墙面使用费和污损费,你贴了十张也就是一千块。我们对此不负任何责任。还有,你贴这些传单之前,得到管理员批准了吗?是你擅自贴的,没冤枉你吧?这又要交五百块的罚金。在这一点上,我们自然支持管理员的立场。也就是说,反过来讲,管理员也绝对支持我们。另外,在这公寓里,有一半的人拖欠房租,你觉得,他们在管理员面前能抬得起头吗?至于剩下的那一半,几乎每一家的女主人,都是我跟我儿子的红颜知己,你倒说说看……"

"不要脸,真不要脸!"妇人突然像要断气似的哭得上气不接下气,打断了绅士的话。少女则在一旁脸色苍白,耷拉着脑袋。老妇换上安慰的表情,轻抚妇人的脊背。我默默离开房间,撕下好不容易贴好的传单,走了出去。

尾　声

每个起风的日子,一到夜晚,小K住的公寓楼屋顶下方的缝隙里,就会飞出一张张传单。几十张,几百张,几千张,传单乘风飘扬遍撒整座城市。谁都不知道这传单来自何方，但几十、几百、几千名受害者都看到了传单的内容。

有一天，闯入者们对这传单发起了一场奇怪的诉讼，状告传单上附着有害的细菌。市卫生部门检测后证实，确实发现了某一种类的菌。虽然良知尚存的律师申诉，此类细菌，只要不经杀菌处理任何物品都会附着，但这样的意见却被无视，最终颁布了《禁止散布传单法》。不过，就在决定公布的数天前，公寓楼顶已不再有传单飞出。威胁与饥饿已将他消磨殆尽，小K终于"安息了"。他吊在低矮的房梁上，膝盖无力地蜷曲着。

棒

闷热的，六月的星期天……

我，在被人潮淹没的车站前一家百货商店的楼顶，一边守着两个孩子，一边俯瞰刚下完雨还带着些微浮肿的街道。

恰好有人离开，我看准通风口和楼梯之间一人大小的空位，赶紧一个箭步冲过去，轮流抱起两个孩子。但没多久孩子们就开始厌烦，反倒是我自己看入了迷。不过，也不是什么怪事。粘在栏杆前不愿离去的，往往是大人比孩子多。孩子们几乎很快就会厌倦，缠着要回家，而大人们却会像工作中途被打断般厉声呵斥两句，接着又懒洋洋地把下颚搁到栏杆的臂膀上。

当然，这也许，是一种带着些许歉疚的惬意。即便如此，难道，就有必要当回事吗？我只是精神恍惚地发着呆。至少，事后有必要逼迫自己拼命追忆的事情，当时应该什么都没想。不过，大概因为空气过于潮湿，我莫名地觉得烦躁，对两个孩子压着一股怨气。

这时，老大用吵架似的声音大叫"爸爸"。我下意识地，想逃离那声呼喊，猛一用力探出了上半身。话虽如此，但其实不过是心理上的反应，完全不觉有什么危险。出乎意料的是身体竟轻飘飘地浮到半空，在"爸爸"的呼喊声中，开始下坠。

究竟是坠落时变化的，还是变化后再坠落的，我说不清，等我发现时，自己已经成了一根棒子。一根不粗不细、握起来正合适、一米来长的笔直的棒子。"爸爸"，传来第二声呼喊。下方人行道上熙攘的人群旋即一阵骚动，分出条裂缝。我瞅准那处缝隙，一边骨碌碌地旋转，一边以飞快的速度俯冲下去。伴随一声干涩尖锐的撞击，我反弹回来，撞上行道树，最终斜插在人行道和车道之间凹陷的沟槽里。

人群怒不可遏，愤怒地看着上空。屋顶的栏杆前，孩子们那两张面无血色的小脸，整齐地排列在一起。在入口处尽忠职守的保安，信誓旦旦地承诺一定会严肃惩处恶作剧的小鬼，说完便急吼吼地冲上楼去。人们群情激愤，挥舞着拳头连声威吓。而我，却完全无人搭理，就这样兀自斜插在路边。

终于有个学生注意到了我。他和另外两人走在一起，一人穿着跟他一样的校服，也是学生，另一人看上去则像他们的老师。这两个学生，无论身高、长相，甚至帽子的戴法，都跟双胞胎似的极为相像。老师蓄着花白的胡子，戴副深度眼镜，身形瘦长，一看就是个知书达理的绅士。

最先发现我的学生一边把我抽出来,一边用略带遗憾的口吻说:"别小看这东西,砸得不巧,也会死人呢。"

"给我看看。"老师笑着要求,他从学生手里接过我,挥动了两三下,"比想的要轻啊。不过,要求不能太高。这东西,对你们来说,也是非常不错的研究材料。就第一次实习来看,也许再适合不过。从这根棒子上,能看出些什么东西,我们一起来思考一下吧。"

老师拄着我走在前面,两个学生紧跟在后。三人避开纷扰的人群,来到车站前的广场,本想找张长椅坐下却都被人占满了,于是只能并排坐在绿化带的边缘。老师两手张开将我捧起,对着光眯起眼睛。这时,我注意到一件不寻常的事。就在同一时间两个学生似乎也注意到了,几乎同时开口:"老师,您的胡子……"看来那胡子是粘上去的,左边那头脱落下来,在风里颤颤悠悠地晃个不停。老师默默地点点头,用指尖蘸着唾液润湿按紧,然后若无其事地看看两旁的学生。

"那好,从这根棒子上,到底能想到些什么呢?你们试试先分析、判断,然后再决定处罚的办法。"

右侧的学生率先接过我,从各个角度翻来覆去看了个遍。"我最先注意到的是这根棒子有上下之分。"他说着,单手握圆套在我身上从一头滑到另一头,"上面的部分沾满了人手上的油污,下面的地方则磨损得相当严重。我认为这意味着,这根棒子,并不是被人扔在路边的废品,而是出于某种特定的目的,一直被人使用着的。不过,这棒子,看上去被摧残得不轻,表面满是伤痕。之所以一直有人用而没有被丢弃,也许正因为这棒子,生前,有一颗诚实而单纯的心不是吗?"

"你说得没错。不过,似乎,有些太伤感了呢!"老师用满含笑意的声音评价道。

话音刚落,不知是不是为了回应这句话,左侧的学生,用几乎可以算是严厉的语调开口说:"我倒觉得,这根棒子,根本就是个无能之辈。你们看,这不是单纯过头了吗?一根普普通通的棒子,就算拿来当人类的工具,也未免太低等了。这样的棒子,连猴子都会用。"

"可是,反过来看,"右侧的学生当即反驳,"棒子不也可以说是所有工具的基础吗?而且,正因为没有经过特殊的加工,用途反而更广泛。既可以引导盲人,又可以用来驯狗;既能当杠杆撬动重物,又能直接攻击敌人。"

"你说棒子可以引导盲人?我可无法赞同这样的观点。在我看来,盲人并不是被棒子引导,而是利用棒子,自己引导自己。"

"这不正说明,棒子非常诚实吗?"

"也许可以这么说。但是,有了这根棒子,老师可以用来打我,我反过来也可以用来打老师。"

听到这,老师终于忍不住笑起来:"看着你们两个长得一模一样的学生在面前争来辩去,真是有趣。不过,你们俩,说到底不过是在用不同的说法陈述同一件事。如果把你们说的统统归纳起来,不外乎就是这男人是一根棒子。而且,这一点,对于这男人来说是必要且充分的答案……所以就会变成,这棒子,是一根棒子。"

"可是,"右侧的学生依然心有不甘,"能够成为一根棒子,这样的特点难道就不该认可吗?我在标本室里,见过各种形形色色的人类,但却从没看到过棒子。这样的单纯和诚实,还是很少见的……"

"不,我们标本室里没有,未必就表示少见。"老师回答,"相反,完全可能是因为过于平凡。换句话说,因为太常见,所以没必要特意拿来研究。"

听到这,两个学生不约而同地抬起头,环视周围熙熙攘攘的人群。老师随即笑起来:"别误会,我不是说这些人全都会变成棒子。我说棒子很常见,并不是数量上的意思,而是质量上的意思。这就跟数学家们,如今,不会再白费口舌去讨论三角形的性质是一样的,因为从那上面已经不可能再有什么新发现了。"停顿片刻,"怎么样,你们俩,想好要判处什么样的刑法了吗?"

"就连这样的棒子,都一定要施加惩罚吗?"右侧的学生很为难地问。

"那你呢?"老师转向左侧的学生。

"当然要惩罚。只有惩罚死者,我们才有存在的意义。只要我们还存在,就必须施加惩罚。"

"那好,你们认为,什么样的刑法才合适呢?"

两个学生,一左一右,陷入了沉思。老师,则拿起我,在地上信手涂鸦。刚开始只是些抽象的毫无意义的图形,画着画着,便长出了手脚,成了一只怪物的形态。接着,他又动手擦去那幅画。擦完后,站起身,露出一副遥望远方的神情,喃喃自语般开口说道:

"你们俩,也该想得差不多了吧。这答案,因为太容易所以很难。我相信你们应该还记得上课时曾经讲到过……不施予惩罚,而受到惩罚的对象……"

"记得!"两个学生异口同声地应道,"人世间的法庭,只需惩罚百分之几的人类。而我们,只要世上没有出现长生不死之人,就必须对所有人施加惩罚。但问题是,和人类的数量相比,我们的数量极其稀少。假如,要对每一个死去的人,以完全相同的方式施加惩罚,那我们无疑会因为过度辛劳而彻底灭绝。幸好,就像这样,有些人无需我们动手，不予惩罚而自动受罚……"

"像这根棒子，就是最典型的案例。"老师笑着，从我身上松开了手；我躺倒在地，滚动起来，老师用鞋尖抵住我，"所以像这样，放任不管，就是最好的惩罚。自然会有人捡回去，跟他活着的时候一样，把他当成一根棒子使来使去。"

学生中的一人，突然想起了什么："你们说这棒子，听到我们说的话，会作何感想呢？"

老师满怀慈爱地紧盯着学生的脸，但却一言未发，催促两人迈步离去。那两个学生，似乎还有些不舍，好几次回过头来看我，不久他们便被人流吞没，消失在人群里。不知是谁踩了我一脚。在被雨淋湿的、变得绵软的泥地里，我半边身子嵌了进去。

"爸爸、爸爸、爸爸……"耳边传来这样的呼喊。既像是我的孩子，又好像不是。在这杂乱的人群里，在这成百上千个孩子中，即便有另外几个不得不高声呼唤父亲的孩子，应该也不足为奇。

梦 之 士 兵

连梦都要结冰的　寒冷的日子

我做了个可怕的梦

刚过正午——

我给门　上了锁

事情发生在大约十五年前。都说真实是没有年月的,但这故事却无论如何需要一段时间,大概就因为这里面没有真实。

从前一晚开始,这座处于两县边界、隐匿在山沟里的小村庄,就被夹杂雪片的狂风包裹得严严实实,一边苦苦挣扎一边发出阵阵哀嚎。第二天一大早,一队被拉出来接受耐寒训练的士兵,从镇上翻过山坡来到这里。他们脚踩厚厚的积雪,和着军歌拖着粗大的草鞋,跌跌撞撞穿过村庄,接着又如影子般消失在暴风雪中。

天色渐暗,风也停了。村口的派出所里,单身的老警察,正一边挨着烧红的火炉烘烤脚心,一边无所事事地剥着土豆。收音机不知在嘟哝些什么，但他并没有在听。他正漫无边际地，沉浸在甘美的幻想中。——什么事都逃不过我这双老眼。村长和帮办一直在挖空心思克扣上头分配的东西，还跟住持搅在一块儿，把东西藏在寺院的地板下面，这些破事儿早就被我看穿了。不过我什么都没说。村里那些家伙也知道我在装聋作哑，他们变着法儿地给我送各种东西，与其说为了封口，不如说是在跟我示好。等退休以后，我大可不必像别处的警察那样逃出村子，完全可以留下来。说不定还能找个有地产的寡妇，太太平平地过日子养老。人哪，只要别贪心，当当老百姓再好不过。等儿子从部队回来，也好给他个家……托打仗的福，这村子，出了三个有地的寡妇。当然，就现在来看，三家都有儿子在。不过这些个小子，搞不好什么时候就光荣牺牲了。到时候，我肯定能捡个大便宜。在我印象里，我可没做过什么让村里人讨厌的事，而且有地的寡妇以后还会越来越多……所以说，没必要着急，可以静下心来好好盘算盘算，比较一下田地的大小，还有家里人的关系，然后除个二……

电话铃突然响起，剥到一半的土豆从手里滑脱，掉进了灰堆。老警察捡起土豆，边在衬衫下摆上擦了几下，边忍着剧痛似的直起腰，下到门厅。然后用他那职业所特有的、漫不经心的动作抓起话筒，心不在焉地开始应答，但说着说着表情紧张起来，捏着土豆的手指抽搐几下开始微微颤抖。

士兵们穿过村庄，径直朝山里继续行军。途中，还进行了好几次山区作战演练，等他们走过几片斜坡、山谷和树林，到达最后一站山脊时，早已过了下午三点。风越刮越猛，在这呼吸都异常困难的环境里，他们不但饿着肚子，返程时还必须加快脚步赶回去。尽管明知会受到严厉的处分，还是有六个人掉了队。不过，因为这次特训的目的就是为了调查饥饿、疲劳和严寒对士兵的影响，原本就考虑到会出现掉队的人，所以特意安排了一队医护兵跟在后面。问题是回到营地后发现，医护兵只找到五个掉队的。有一个士兵下落不明。

那士兵这会儿饥肠辘辘，肯定会跑到村子里来。要是被他逮着机会，搞不好还会抢村里人的衣服。老警察放下电话，耸了耸肩，慢悠悠地回到火炉旁。他吸吸鼻子，好一会儿，只是一个劲地抓挠秃了一大片的头顶。他抬眼看了看钟，七点半。真不想出去，外面太冷了。是不是真逃了现在还说不准。那雪可够大的，说不定只是跟队伍走散了，迷了路。仔细想想，怎么会有人蠢到挑这大风大雪的日子逃跑呢？肯定会留下脚印，要不了多久就会被逮着。所以，一定是迷路了。要是这样，估计这会儿，八成已经在什么地方快冷透了吧……不过，要是风一直刮下去，待在雪里说不定更安全，风会帮他擦掉脚印。难道说，就是看准这一点，才计划好逃跑的？……只可惜，风停了。还真是聪明反被聪明误。所以说恶有恶报，干坏事没那么容易……我刚刚接到报告，不过这不是命令。不管怎么说，这事儿都归宪兵管。而且，逃兵这东西，跟逃犯比起来，肯定是个性格懦弱的胆小鬼。让他去，随他便，多管闲事绝对没好处。更何况，活到这岁数，有听过逃兵真能逃掉的吗……

这时他隐约听到外面的大门发出一声轻微的响动，心里一惊回过头。竖起耳朵听了片刻，但那之后再没有任何动静。肯定是听错了。不知为何，他突然感到坐立不安。不只是不安，还有一种连他自己都说不清道不明、似有很多东西交织在一起的、近乎恐惧的感觉。他并不怕那个逃兵。和普通的囚犯不同，对于逃兵心底不会立即涌起一股憎恶，也许正因为没有这自然而然的憎恶，反倒让他意识到存在着一个命令自己产生憎恶的自我，结果这让他窥探到了迄今为止因为稳居追捕者的位置而不曾意识到的，横亘在追捕者与被追捕者之间的无底深渊。他因为自责而站起身，绝不能原谅！激动地说给自己听，但这样做却无法让这份不安就此隐退。而且这不过是躲在里侧的非常微小的不安，在那外围，正有一层更深的恐惧将它包裹起来。里侧的不安说到底不过是身为共犯的不安，村里人都会感觉到，但就连自己都无法逃过这份不安的事实，似乎便是引发更深层恐惧的原因。到底还是老了，他在心里感叹。顷刻间一阵愤怒涌上心头。该受罚的，总要受罚，干吗非得一个人扛呢？他莫名地感到喉咙深处湿漉漉的。老警察关掉火炉风口，挂上佩剑，竖起外衣领子,出门去了。

雪很轻,干干的,踩上去发出一阵舒畅的声响。虽然会有脚印,但看不出鞋型。转过鱼铺拐角,就是村里唯一安着西式窗户的村长家。窗里透出明晃晃的灯光,沉闷的笑声在路上都能听见。根据经验,肯定是寺院住持。他没有像往常那样绕到后面,而是直截了当地推开了大门。

里头好像吓了一跳,房里的空气顿时紧张起来。夹着手忙脚乱收拾杯盏的声音,传来村长迟缓发颤的责问:"谁啊?都这么晚了……"

过会儿有你们吓的,他故意只是咳嗽一声,没有作答。这时,拉门开出一条缝,帮办探出头来:"哎哟,还当是谁呢,这不是老督查吗?"

"来来来,快进屋,快进屋。"

住持也主动现身,拉门完全洞开,三人明显带着酒气。

"出了件头疼的事儿……"

"啥事儿?"

"有话慢慢聊,快进屋关门,先来他两盅……"

"说有个逃兵,在北山那块儿跑了……"

"逃兵?"住持隔着眼镜瞪大双眼,咽了口唾沫,"从北山那片儿,不管走哪儿下山,都得打这儿过啊。"

"联络的人就是这么说的……看样子，是瞄着这村儿来的……"

"瞄着这村儿？"村长一脸厌烦，用手指来回抚摸高高的鼻梁。

"听说还饿着肚子……"

"出这种事儿，叫咱们怎么办吗？！"

"没事儿。"帮办突然来了劲，打断村长，"逃兵这玩意儿，说白了就是人民的公敌。而且，基本都是些胆小鬼。咱不如搞一队人马上山，把那家伙给逮回来。"

"可是，那家伙身上还有枪啊……而且，又饿着肚子，难保不发疯……"

"要在中国，"村长叹了口气，"不管哪个村儿，就像这样，一村落一村落都有城墙围着……"

"城墙是没的。"帮办带着愤恨的口气插嘴说。

"嗯，城墙是没的……"

"就算有，也不过是土墙。"

"不过是土墙……"

门锁晃动的声音让四人一惊，都下意识地循声望去，就在这时落地钟开始敲响八点。住持咳嗽两声，转回头问："那，该咋办呢？"

"不说了吗，逮住那家伙，把他打个半死！"

只有帮办一人渴望主动出击，想来这也情有可原，他是村里唯一一个还没被拉去参军的三十多的男人。不过，和刚才相比，语锋已有所削弱。老警察像是要给他鼓气，点点头回应说："那再好不过，反正也是人民的公敌，猪狗不如……只不过，"他放低声音，歪过头，"那家伙手里有枪啊……被一群人追，还饿着肚子的人民公敌，要是再给他送几管枪去，不晓得会干出啥事儿来……"

"就是，就是，这不等于把刀往疯子手里送嘛……"住持对帮办摆摆手，试探地看着老警察，"那该咋办呢？"

"该咋办，还真是……"村长捏着鼻子，想也没想脱口而出，"你们说，这逃兵，该不会是咱村的吧……"

"怎么可能！"帮办伸长脖子，一本正经地高声反驳，"这种家伙，想都不用想，肯定是从南边暖和的地方跑过来的！"

"可你们说，他干吗要跑呢？这大冬天的。"

"就是嘛……说到底，跑也跑不掉……父母才遭罪呢……"

"不过我好像听说过，那什么村，不就有个寡妇，把逃兵藏在屋檐底下，藏了两个多月吗？"

"那都是以前的事儿了。现在，可没这样跟人民对着干的家伙。"

"也是……"

看吧，大家也都战战兢兢。果然，谁都会感到不安，深怕跟自己扯上关系。而且，一旦知道这件事，就不可能高高挂起置身事外。就算掩住耳朵，到时掩耳朵的手，恐怕就会代替耳朵，听到那家伙求救的呼喊，因为掩耳这一行为本身，就是沦为共犯的证据……看来，这些家伙也都是一丘之貉。

"既然这样，那我就说说我的看法……"老警察缓缓开口，吸着鼻子面无表情地说，"我看应该用联络本什么的，把这消息告诉村里人……就说有个逃兵打算跑到村里来，叫大伙儿关好门窗，一步都别出来……跟那空袭警报的时候一样，不能漏光，就算有人找上门，也别去搭理……这一旦接了口，就脱不了身喽……比方说，开头先来要口水……你想着给口水也没什么大不了，就给他口水，那接着他就会管你要饭吃……然后你又给他口饭，再接下去他会管你要换洗的衣服……衣服后面，就管你要钱……钱也给了，那后头还有啥呢？你管他吃管他穿，可到头来他的脸被你看着了，他不就麻烦了嘛，所以这最后一样东西，就是砰一声给你来上一枪子儿……"

三人等着老警察继续往下说，大气不敢出一声。但等了一会儿，没见他有开口的迹象，村长便低声问："就这些？"

"其他的事儿，宪兵自然会管……"

住持一边站起身，一边尴尬地说："我那地方，可离得远……"村长赶紧打电话通知警卫队执勤部，帮办也跟着住持起身离席："差不多，也该到这一片儿来晃悠了……"

不出一个小时，消息就传遍了整个村子。就像发布了台风警报，家家户户都用木棒死死抵住挡雨的卷帘门，较薄的地方还钉上木板进行加固。听说，还有人在床头备了竹枪或木柴。十点过后，除了派出所，整座村子悄无声息地沉入无边的黑暗。野兽般原始的不安，笼罩着整座村庄。

怀着害怕与惊恐，没多久，大部分人家，依然沉入了梦乡。——只有老警察一人，像在等待什么，一夜未曾合眼，静静聆听着门外的动静。当然，把自己关在屋里窝了一整夜的村民，不可能知道这些……

第二天一早，天色终于开始泛白时，南面山坡的另一侧，传来火车尖锐的鸣笛，断断续续响了好久。云层很低，那不祥的声音，毫不留情地朝村庄袭来，几乎所有村民都在这鸣笛声中睁开了双眼。有几户最先醒悟到个中意味的村民，迅速拿开木棒，打开了卷帘门。

老警察睁着因失眠而布满血丝的眼睛，走到南面的玻璃窗前，目不转睛地凝视着那座山坡。在他眼里，清晰地映出一道略带灰色的线条，笔直地伸向山坡的另一侧。汽笛声停止后，稍过片刻，帮办抱着滑雪板，和两个男人走了过来。

"好像又有人卧轨了，说不定就是昨天那个人民公敌……我们准备过去看看,你要不要一块儿去?"

"不了,我就留在这儿。搞不好,镇上会来消息……"

不久,穿上滑雪板的三人,也发现了那道伸向山坡另一侧的灰线,他们相互点点头,顺着那道线开始爬坡。老警察,这才离开窗户,走到火炉前抱膝而坐。

帮办回来时,老警察还保持着原来的姿势打着瞌睡,他在一旁默默等待老警察睁眼。但左等右等都不见醒来的迹象,帮办正要放弃打算离开时,老警察却突然睁开眼,用耳语般的声音问他:"怎么样……都看到了?"

"嗯,看到了。"

"是吗,唉……"

"你,早就知道了?"

"嗯,早知道了……"

"那,难道是你,让他去的?"

"嗯……也不是,我……那个,帮办啊……老实说,我这老脸都丢尽了……他也犯不着在这么近的地方……搞不好,这是故意叫我难堪……那样的家伙,我已经不把他当儿子了……那个,你,能不能,别告诉村里人?"

"可是,一块儿去的那两个,都已经看到了……"

"是吗……也是啊……反正,我自己,总有一天也得担起这个责任……"

"一块儿去的两个，都看到了……"

"说的也是……"

"他死的时候，还算有心，把那枪，特地放到一边儿去了，还用树枝啥的，盖了起来。"

"是吗……"

"还有，你这窗户底下，那排脚印子，我看，还是早点抹掉为好吧？"

"说的也是……"

大约十天后，老警察拖着板车离开了村庄。

连梦都要融化的　闷热的日子

我做了个奇怪的梦

刚过正午——

自我牺牲
——周边飞行4[①]

疾风骇浪,自然也是原因之一,但最主要的还是船沉得实在太快,虽然大家拼尽全力放下了救生艇,可最后成功爬上救生艇的,包括我在内,只有三人。那之后,历经七十五天漂流,仅我一人奇迹般幸存下来。

我听闻,在部分知情人士中,对于幸存者只有我一人这一点,流传着一些可疑的揣度。就我个人来说,我并不准备全盘否认。坦白说,我确实,受益于同族相食才得以生还。但必须澄清的是,我们三人的相食行为,性质绝不等同于那种备受舆论指责的自相残杀。

---

① 《周边飞行》是1971年3月至1975年6月期间,安部公房于新潮社《波》杂志上以连载形式发表的短篇作品,共44篇,其中5篇被编入小说《箱男》,另有部分结集出版。

我们的救生艇，由橡胶和铝板组合而成，是最新式的小艇。底部设有大型储水箱，并配备燃效极高的固体燃料，节约使用足可维持一年。除此以外，还有储备丰富的急救箱，几乎够开一家小诊所；另有百分百防水的睡袋、预装在防水袋里的卡带式录音机，以及全部采用不锈钢材料的全套厨房用具。总之，除去食物，几乎所有物品悉数齐备。

正因为此，驶离暴风圈后的第一天，我们完全没有感受到遭遇海难的悲怆。不过，到第二天，唯一欠缺的食物，开始逐渐压倒其他所有的豪华装备。第三天，装在防水袋里的卡带式录音机，不知被谁抛进了大海。第四天，急救箱里，除剧毒药品以外的药物——自然也包括创可贴——都被我们扔进嘴里狠嚼一空。然后，终于在第五天，我们三人，不约而同地达成了完全相同的见解。

眼下最需要的，不管从哪个角度来看，都是食物。而这食物，现在就在这艘救生艇上。只不过，面对这食物，是将其看作食物，还是不将其看作食物，可能还存在认识上的分歧。然而，和不用鱼钩钓鱼相比，要消解这一认识上的分歧，应该轻而易举。

事实上，让我们三人达成共识，确实易如反掌。甚至可以说，从一开始我们就已保持高度的一致。每个人，只要以其自身为对象，都毫不犹豫地，做好准备将其看作食物。

我的主张如下：

"作为医生，有义务保护并维持其他人的生命，如果需要把自己提供给他人食用，没有人比我更有资格，我自然应该首当其冲。"

对此，厨师长提出反驳：

"话不能这么说。医生要打针，要开具死亡诊断书，还有很多其他工作不是吗？相比之下，厨师这个职业，就是纯粹地，为给他人提供食物而存在的。你们二位，可都是负责吃的人，请千万不要忘记这一点。"

但最后，船上的二副却这样总结道：

"确实，厨师的工作就是加工食物。不过，这和提供加工品，还有提供加工原料，根本不是一回事儿。更准确地说，厨师有权利也有义务申索做菜的原料，而医生，则有义务保证厨师完成他的使命，为他提供必要的医疗保健服务。这样一来，减去二位就剩下我了，所以我理应成为做菜的原料，这绝对是毋庸置疑的。好了，二位，在这危急关头，请抛开徒劳无益的伤感，冷静地接受这个事实，成为食物的合格人选，除我以外没有别人。"

面对如此摆事实讲道理的客观分析，原本对自己才应成为食物坚信不疑的我还有厨师长，彻底丧失信心，最后只能败下阵来。可尽管如此，我俩依然犹豫不决，结果二副当即拔出一柄大刀，自行割断了喉管。我们这位勇气可嘉、责任心高于常人的二副同志，当然不是一个会让我俩背负杀人恶名的、迟钝的笨蛋。

分解人体，我驾轻就熟。仅肉的部分就达三十二公斤，挑出肾脏、肝脏等可供食用的内脏，再包好留待熬汤的骨头，救生艇上的食物储备库几乎快要满出。不管三七二十一先填饱肚子后，厨师长开始清洗大肠，塞上肝和肉做成肉肠。然后我们又花了一整天时间，把每一块肉都用海水煮开以便保存。得益于二副充满男子气概的献身精神，我和厨师长，又挺过了二十多天。

然而，获救依然希望渺茫，食物储备却再次见底。又开始忍饥挨饿之后，第五天，我和厨师长不得不再度开始争论，互相推让。

"好了，这一次，该轮到我了，"我满怀自信，点燃了导火索，"你应该不会忘记二副同志说服我们的话吧？他说我，有义务监管你这位厨师的健康状况，还记得吧？为了让我履行最后的义务，我这就给你开一张，补充足量蛋白质和脂肪的处方。"

"怎么会忘呢？二副同志，已经成了我们的血、我们的肉，就活在我们当中。"厨师长平静地回望着我，继续说，"如果没有提供食物的对象，那厨师也就没有了做菜的义务不是吗？为了一个显然要放弃自身义务的厨师，医生您，根本没必要惦记自己的义务。"

"你是厨师也好，不是厨师也好，我都有义务对你的健康负责。"

"可我这厨师，也有义务给医生您提供食物。"

"原料和菜肴不是一回事儿吧？如果没有你，甚至都做不成菜。"

"没关系,反正最近也有铁板烧那样的吃法,让客人自己烤,一边动手一边吃。"

"你就不要再强词夺理了,总之我是个医生,不能对你见死不救。"

"根本就是你在强词夺理,要是吃了你这种庸医,不得盲肠炎才怪。"

"哼,就你那些难吃到家的菜,我早就受够了。"

"所以我不是说了吗,你自己做不就得了?!"

也许因为职业尊严受到侮辱,厨师长一时气昏了头,行动变得异常冲动。他猛地撞开我,冲到背后的架子前,拔出一把剁骨头用的大菜刀。正中下怀,我在心里暗自窃喜,因为我理所当然地以为,他那股愤怒,会发泄到我头上。是我太疏忽大意了。厨师长,举起那把尖刀,竟对准自己的心脏扎了下去。那一刹那,我以手肘为中心整个身子转过半圈,横扫厨师长的脚。仅数秒之差,还是太迟了。我从倒下的厨师长胸口拔出那把刀时,他嘴唇已经变色。我给他注射了一管樟脑[①]。

"求求您,别再顽固不化了,快让我死吧。"

[①] 能刺激中枢神经,具有防腐作用,过去曾被看作起死回生的药剂。

"少废话。你自己看看,我身上的肉可比你多多了。我说你,快振作点,肚子饿得发慌了吧?快起来,把我这腰上的肉,烤个三分熟,然后香喷喷地趁热……"

"哎呀,肯定咬下去一泡水。"

"话说我们俩,就算这样吵下去,也不过是相互耗着,有什么意思呢?"

"所以说,你快动手,把我做成吃的不就得了?"

然后,厨师长安静地停止了呼吸。

厨师长的肉,共计三十六公斤,味道非常肥美。我绝对没有贬低二副同志的意思,不过厨师长,不愧是长年由美食锤炼而成的。托他的福,我不仅又挨过了四十多天,而且获救时,和遇难前相比,反而增重三公斤。不过,我必须强调的是,这不只是肉和脂肪的问题。面对危机,人类可以何等高风亮节,发扬自我牺牲的精神,这一点,才是我通过这篇简短的报告,所要申诉的精髓。对了,说到精髓,顺便提一句,这世上再没有比腰椎炖肉更美味的珍品。对于如今已成为我血肉的两位挚友,我谨在此致以衷心的感谢。

箱　子
——周边飞行 10

确切时间已记不清楚，应该是两三个星期前的事。穿着一身像在雨里淋湿、又一直走到自然风干的、皱巴巴的衣服，双眼却分外有神，让人备觉坦诚的青年——姑且称其为 K，来到我的事务所，说是看到了报上的招工广告。

我突然很想刁难他。没错，我确实登过广告。而且，像他这样对衣着满不在乎，同时又沉默寡言的青年，估计对工资也比较淡然，所以根据情况倒也可以考虑。不过，请替我想想，不管怎么说，那广告都是大半年前登的。事到如今，才厚着脸皮找上门来，未免也太没有常识。简直就像在申诉，我不想被录用，所以才有计划地拖到今天再来应聘，不是吗？

可惜，我的刁难，似乎完全没有难倒对方。"就是说，不行是吧？"

他显得若无其事，反倒像松了口气卸下了肩头的重担，直截了当地回问我。被他避重就轻逃过难点，我虽然心里懊恼不已，但还是赶紧挽留。

"别着急嘛。你也应该能理解我想问清楚的心情。为什么大半年前登的广告，你到现在才找上门来，关于这一点，能不能给我一个说得通的解释呢？只要你的理由能让我信服，那就没问题。反正最近正好有空缺，也在筹划招人的事，完全可以考虑录用你。说说吧，到底是怎么回事？"

"我犹豫了很久，也可以算是一种排除法吧，最后发现只能来这里。"

取决于说话人的口吻，这句话很可能会让人觉得故弄玄虚，但K却说得异常坦然，就连我都莫名地变得率直起来。

"能说具体点儿吗？"

"都是这箱子害的。"K说着把视线投向那只放在他脚边的旅行箱，那箱子对带在身边找工作的人来说稍稍有些不太相称——若是婴儿的尸体，硬塞大概能塞上三具——尺寸明显过大。他一边让目光在箱子上爬来爬去，一边说："它跟我的体力，实在太相配了。如果只是提着走，努力一下还可以搬动。但一碰到上坡、楼梯什么的，就肯定过不去。托它的福，能走的路，都被我自己给限制住了。所以这箱子的重量，决定了我能去的地方。"

我的气势略被削弱。

"原来如此。也就是说,假如你没带这箱子,未必就会上我们公司来对吧?"

"也可以这么说。不过,我不可能不带箱子,这假设恐怕没什么意义。"

"可是,这箱子就算离开你的手,也不会爆炸吧?"

"那当然。您看,我现在,不就没拿在手里而是放在地上嘛。"

"那我就不明白了,你为什么非要为难自己,带着这箱子出门呢?"

"这哪有什么为难的?!完全是我自愿的。就因为如果想放手,随时都能放,所以才放不下。再说,里面也没什么贵重东西,要是明知自己是被迫的,谁还会干这种蠢事?"

"那如果我们这边不要你,接下去,你打算怎么办?"

"大概,先回到出发的地方,然后再找上门求你们一次,只要地形没有出现变化……"

"也可能,你的体力会出现变化,或者箱子的重量有所改变,到时候你要不就是一步都走不动,要不就是可以更加自由地选择其他的路,如果那样的话……"

"您就那么不想要我吗?"

"别误会,我只是在罗列各种可能性。更何况,一样要工作,你自己也应该希望站在更加自由的立场上做出选择吧……"

"这箱子就是我选的。"

"要不这样,你愿意的话,也可以把这箱子暂时寄放在这里。"

"不必了。"

"这箱子里,到底装了些什么……"

"这么无聊的事,您也想知道?"

"当然想知道。"

"知道了也没用,反正都是些只跟我自己有关的东西。"

"难道是什么,不方便说的东西?"

"都是些不值钱的东西。"

"那换算成钱,大概值多少呢?"

"我又不是因为装着贵重东西,才带着不离身的。"

"可是,在完全不知情的人看来,又会怎么想呢?你这人,看上去臂力也不是特别厉害,万一被打劫的盯上,不就完蛋了吗?"

K微微一笑,笑得像个老人。他仿佛在透过我额头上的窟窿,看着一片遥远的风景。不过他只是笑而不语,没有作答。

"好了,就这样吧。"我也不甘示弱,放声干笑两下,然后把手贴到额头上,挡回他的视线,"倒也不是被你说服,只不过你的情况,我多少也了解了一些。你姑且,就来我们这边上班吧。不过,你这箱子实在太大。我雇的是你,不是你的箱子,所以希望你不要把它带到事务所来。假如你能答应这个条件,今天就可以过来上班，你看怎么样？"

"没问题。"

"那你上班的时候，箱子放哪呢？"

"找到住处后，就放在住的地方。"

"没问题吗？"

"什么意思？"

"从你住的地方到这里，没这箱子你能走得过来吗？该不会一下子变轻松了，半道上跑到别的地方去吧？"

"住处到公司这点路，根本不能算路。"

就像刚才说的，我并没有被他说服。再怎么说，我也不至于因为区区一只箱子，就被对方的花言巧语所骗。只不过我想到了一个小小的恶作剧。既然对方喜欢这样，那我自然不能认输，得给他一个教训。我立刻为他办理了聘用手续，还摆出一副施恩于人的样子，托认识的中介，当场帮他定下住处。然后，就在那天，我偷走了K的箱子。至于是怎么偷的，这并不重要，在此略过不表。

箱子很重，只觉手上一沉。不过，虽然沉，却又没沉到提不动的地步。走了一会儿，肩膀也开始发沉，但尽管如此，也没沉到难以忍受的境地。可是，没走多久，只听到一声背脊骨插进腰骨间隙的声音，接着就一步都迈不开了。我这才注意到，自己正要走上一段陡坡。于是改变方向，再次走起来。我本打算把它带回家，看样子不得不改变计划。朝这方向走下去的话……有了，可以到河边的游乐园去。就揣到椅子底下，或塞进草丛里，为方便以后来取，再留个记号什么的。然而，这好不容易想出来的方案，也因为河堤前的石阶挡住去路而宣告破产。迫不得已，我只好朝着能走的方向继续前进。无论我在脑海中设计出多少路线，都会被平时未曾留意到的坡道和阶梯挡在面前，结果被断得七零八碎完全派不上用场。到最后，我到底走在何方，连自己都摸不着头脑。

　　不过，我并不觉得不安。至少，我不用担心迷路，因为箱子会指引我。我只需要，毫不迟疑地，走下去。

公 然 的 秘 密

在那条填埋到一半的水渠上，架着一座破旧的混凝土桥。那桥旁边，新建了一条平行的公路，所以不再有人特意从桥上过。偶尔有几个疲惫不堪的推销员或收费人，倚在栏杆前稍事休息，再或者就是一群孩子在桥上练习投接棒球。总有一天那桥会被拆毁，埋进下面的水渠。在那水渠底部，淤泥和污水浓稠地积滞在一起。丢在里面的自行车等杂物，都裹着一层薄薄的黏土膜，构成一幅幅浮雕。不过形状清晰可辨的，只有那辆老式自行车。其他是些什么完全认不出。

能看到一段像从根部折断的行道树似的东西。明明没有风，可那东西却在微微颤动。不对，就算风再大，埋在泥里的行道树也不可能会动。不该动的东西动了起来。

然而谁都没有放在眼里。即使看到，也装作没看见。假如孩子们问起，难道就打算告诉他们是涌出的沼气在作祟？事实上，就连孩子都已清楚地看透了真相。这是一个公然的秘密，只不过每个人都视若无睹，都在等它不再动弹。填埋水渠的工程迟早会重开，到时这一切就可以当作没发生过。

动作突然剧烈起来。是我看错了？总觉得既像错觉，又像事实。但糟糕的是，心生疑虑的不只我一个。桥上已经聚起一小堆人，人数看不清楚，像三人，又像十人。这种事，没必要也没兴趣弄明白。我聚精会神，追踪水面的变化。什么都没看见自然最好不过，可一旦看见就无法回头。为了说服自己注意到这事的只有我一人，还是不要移开视线为好。

在动。确实在动。泛白风干的泥膜上，出现一道裂缝。黑稠的水面上塑出一个身影。

看似树干的部分，其实是背脊。枝叶那块，是从背脊上左右延伸的肋骨。骨头和骨头之间，有一层油纸般的皮。骨头在挣扎，试图站起来。不可能，肯定是错觉。都过了这么久，绝不可能还有这样的力气。一定是回光返照，下一个瞬间，必定会支离破碎，结束这一切。

每个人都屏住了呼吸，我也在屏息等待。除此以外的结局，怎么想都荒谬绝伦。

但是，看不出丝毫想要放弃的迹象。泥膜上的裂缝越扩越大，背脊前方露出一只硕大的脑袋，就像倒扣的餐盘。假如没有背脊，看上去也像动物死后翻起的肚皮。紧接着，前腿发力，从肩部开始缓缓站起。瘦骨嶙峋的身上滴下一串黑色的污水，终于全身的形态已能分辨。

不会错，是头饥饿的仔象。微微泛白的枯木色，多少带些青绿的灰色皮肤，大得不合身的脑袋，还有那双无论何时都像在微笑的小眼睛……鼻子已经腐烂，短去一大截。确实没错，就是头饥饿的仔象。

耳边传来一声感慨。

"真不敢相信。"

紧跟着另一个声音回答。

"别装蒜了。"

同感。在这件事上，说不相信是在撒谎，而说相信也一样是在撒谎。

仔象不慌不忙，开始攀爬水渠崩塌后形成的斜坡。果然，脚趾也已腐烂。不过，不像肉体在腐烂，倒像是植物在腐烂，酷似埋在地里的枯木腐坏后的情形。我本以为那样子绝对撑不到坡顶，但跟我的预期相违，仔象的步伐却越发轻盈。难道是因为瘦了一大圈，体重几乎可以忽略不计？又或者刚好相反，就算腐烂它也还是头象？

我不禁燃起一股怒火。真是何等的天真。没人动手把仔象推回原先的泥潭，不过是微不足道的阴差阳错。实在愚钝得让人忍无可忍。之所以无人阻止仔象的行为，也只是因为看热闹的人错过了合力围剿的机会，不过是一场偶然。

仔象终于爬出水渠，上到路边。它抖了抖活像骨骼标本贴上层纸的单薄的身体，伸出下颚。如果鼻子没掉，也许正打算向人们高高扬起那根长鼻。它沿着路边的房屋，慢慢走起来，用那腐烂的腿，颤颤巍巍地迈着步子。而后在第一家商店前停下脚步。看似店主的中年男人正在门前的路上洒水。男人一看到仔象，动作顿时变得僵硬。他摇摇头，移开视线，匆匆躲回店里。也不能怪他。那是家药店，根本不卖能给象吃的东西。仔象似在哀求，眼巴巴地看着店里，两只小眼睛浮出了泪花。也可能只是一只眼。

桥上的人显得焦躁不安，你一言我一语间不容隙地交谈着。

"这种东西，把它当成幻影有什么不对？反正日本本来就没这种动物。"

"这话就不对了，日本也发现过大象的化石。"

"可是，在人出现之前很早就灭绝了，所以没我们的责任。"

"不过，大象这个概念，老早就跟佛教一起传过来了……"

"那你倒说说，难道就认可它，在这儿晃来晃去……"

"当然不能认可，但也不能放任不管。我的意思是我们应该明确主张这东西非常碍眼。"

"而且都开始烂了……"

"说得对，没必要让它在这儿瞎转悠。"

"就因为在那阴沟里所以大意了，真不应该。"

"谁都知道，那儿有头象。说白了，也就是公然的秘密。只不过，大家都觉得有跟没有都一样，所以才让它留在那儿。"

"不该有的东西，管你有多少，就跟没有一个样。"

"换句话说，因为那家伙并不存在，所以根本不应该存在。"

"要是它乖乖待在里头直到烂光，也就没事儿了……"

突然，仔象转过头看向这里，打断了人们的对话。虽然仔象的表情并没有敌意，但每个人都难掩自身的狼狈。它像是要抬起烂掉的鼻尖，一边踉踉跄跄地晃动身子，一边迈步朝这走来。在它身后，留下一大滩像用水桶泼洒出的水。每每有风吹过，身体就会倾斜。说不定那四条腿已开始变得空洞。

"真可怜，看不下去了……"

桥上不知是谁扔下一样东西，似乎是个很小的盒子，不过盒子并没有扔到它跟前。仔象欢天喜地地跑过去，慢慢开动小嘴嚼起来。

"只是盒火柴而已，"一个弱弱的声音似在辩解，"也没别的东西能给它。"

"不挺好吗？反正象是吃草的……"

"而且，磷也有防腐作用……"

接着，好几盒火柴一齐朝仔象飞去，有几只甚至还冒着火焰，总觉得里面还夹着几管打火机。尽管如此，仔象抬头仰望桥上的视线，依旧满含感激的神色。反正它身上还带着湿气，多少有点火应该也没什么大碍。

仔象用那张小嘴不停咀嚼，我们都在等待，至于在等什么，谁也说不清，总之就是静静地等。仔象纯真得让人怜悯，仍在不停地吃，而我们之间，却开始弥漫起一股杀气。这也无可厚非，对弱者的爱，必定潜藏着这样的杀意。无论是谁，都不可能容忍如此这般的纯洁无垢。

这是《绿色丝袜》公演最后一天晚上做的梦。除仔象的皮肤略带青绿外，两者究竟有何关联，我也参不透。我只希望尽可能忠实地再现梦里的情景。《公然的秘密》这个标题，也是梦里就已拟定的。其中的深意，似乎明白，又似乎暧昧不清。自带标题的梦，想来也不多见。

变形与梦境中的现实
——安部公房的小说世界

在日本的战后作家中,安部公房的成长经历显得有些与众不同。他出生于日本东京,却在中国沈阳度过了童年和少年时期,并在沈阳迎来日本的战败。安部公房成长于殖民地这一特殊的地理空间,成年之前基本上没有受到日本风土以及文化传统的影响,这与他日后形成远离日本文学传统的创作风格不无关系。

安部公房原籍北海道旭川市东鹰栖町。父亲安部浅吉中学毕业后考入位于中国沈阳的南满医学堂,毕业后留校研究营养学。1924年3月7日,安部公房出生于东京。1925年初,未满周岁的安部公房随父母来到中国沈阳。

安部公房童年就读于奉天千代田小学。1936年,安部小学毕业,进入奉天第二中学。就读奉天二中期间,安部公房阅读了家中的《世界文学全集》、《近代戏剧全集》等书籍,尤其喜欢爱伦·坡的小说。

1940年，安部初中毕业后回到东京，进入成城高中就读理科乙类。战争期间安部大量阅读尼采、海德格尔和雅斯贝斯等作家的哲学著作，也阅读了卡夫卡的小说《审判》。1943年安部高中毕业，考入东京帝国大学医学部。1944年10月，安部听说日本即将战败，回到沈阳。战争结束后，安部一家于1946年10月从大连乘船离开中国，踏上返回日本的旅途。

安部公房的成长与战后前卫艺术运动有着密不可分的关系。1948年1月19日，"夜之会"正式成立，成为以"战后派"为主体的前卫艺术运动的据点。自从接触到"夜之会"，安部公房摆脱了存在主义的影响，在前卫艺术的活动中经历了思想上的重大转变。"夜之会"使安部接触到超现实主义，进而对唯物主义、共产主义产生了兴趣。

1951年，安部公房在《近代文学》上发表小说《S·卡尔马氏的犯罪》。同年7月，获得第25届芥川文学奖。1963年，长篇小说《砂女》获得第14届读卖文学奖。次年，电影《砂女》公映。该电影获得戛纳电影节评审员特别奖、旧金山电影节外国电影银奖、日本电影蓝带奖等奖项。9月，长篇小说《他人的脸》出版。安部的长篇小说代表作还有《燃尽的地图》(1967)、《箱男》(1973)、《密会》(1977)、《樱花号方舟》(1984)、《袋鼠笔记》(1993)等。

除了小说创作，安部还积极投身戏剧创作，他于1973年组建了"安部 Studio",排演自创的戏剧,在日本国内及海外多次公演,对日本战后戏剧发展产生了重要的影响。此外他还在科幻小说、广播剧、摄影等方面取得了瞩目的成果。鉴于文学上的卓越成就,1977 年他被美国艺术与科学学院选为外籍名誉院士。1992 年获得意大利蒙德罗奖。

1993 年 1 月 22 日,安部公房因急性心力衰竭而辞世。次日,《朝日新闻》发表社论,题为《超越国籍的"安部文学"》。

《安部公房短篇集》收录了安部公房的短篇小说代表作,其中的《红茧》、《棒》、《梦之士兵》、《箱子》多次入选日本的中学国语课本。

《墙壁》是安部公房第一本短篇小说集,1951 年由月曜书房出版。全书分为三个部分:第一部《S·卡尔马氏的犯罪》,第二部《巴别塔之貉》和第三部《红茧》、《洪水》、《魔法粉笔》、《实业》。安部公房的早期作品中出现了丰富的"变形"描写,例如人变成墙壁、茧、液体、棒。这一系列"变形"意象包含了"具体→抽象→具体"的方法论,即从具体事物提炼出人的一般生存处境,然后通过变形后的隐喻形象加以表述。小说则引导读者逆向体验这一过程,从象征性的形象理解存在的内涵并推及个人体验,获得启迪与共鸣。

《S·卡尔马氏的犯罪》是安部公房"变形"文学的代表作。主人公的经历类似卡夫卡的《变形记》。一天早晨，卡尔马醒来时发生了一件怪事——他忘记了自己的姓名。到公司后他发现自己的名片取代了他的位置，失去名字的主人公胸中因虚空而产生负压，将杂志封面上的沙丘的图片和动物园的骆驼吸入胸中，并因此陷入荒唐的审判，原来熟悉的一切——衣服、鞋子、领带一起反对他，连他的父亲也变得陌生，在孤独与疲惫中他变成了一堵墙——旷野中悄无声息无休无止生长的墙。

在这篇小说里，作者选择"名字"对"人"的控制和反叛，其意义在于现实社会里：名字＝身份、地位、名誉、权利。这正是异化世界趋向物化、非人性化的表现，符号是人所创造，但它取代了活生生的人而为社会认可，人变成名衔的附庸。"变形"旨在揭露异化世界中人存在的荒谬性。

"变形"的创作手法经常使读者联想到卡夫卡，事实上，安部公房也常常被称作"日本的卡夫卡"。而他在1985年4月的访谈《作家与时代——芥川·直木50年》中谈道："《墙壁》其实受到《爱丽斯漫游奇境记》的启发。我发现形象居然可以如此自由，这把我彻底从形象的束缚中解脱出来。几乎抛弃了心理和情绪，按照事物本来的样子写作。从结构上说是反现实主义的，但从某种意义上说是即物的、真实的。"

安部公房的作品常常给读者荒诞的阅读感受，1951年发表的《闯入者》是较为典型的一篇。作品描写的主人公K是个安分守己的小职员，按照社会的准则小心翼翼地生活，而一天夜里发生了一件匪夷所思的事件——一群素不相识的人闯入了他的房间，并按照少数服从多数的原则将K变成了实际上的奴仆，K在经受了屈辱之后决定反抗，但他发现他是孤立无援的，文章最终以K斗争的失败并"安息"而告终。

K在生命中以某次偶然的事件体验了存在的荒谬。K在认识到现实社会中人与人、人与社会疏离的真相，他选择了抵抗而非屈从，从某种意义来讲，他是个孤独的英雄。而他所对抗的是依据多数人意志所建立的制度与规则，这注定了他在荒诞世界中荒诞的命运。

《自我牺牲》、《箱子》、《公然的秘密》三篇小说创作于二十世纪七十年代初，这一时期，安部公房的作品中出现许多取自梦境的素材，呈现出非现实的创作风格。他在枕边放了一台录音机，每当做过奇怪的梦，马上趁着还没有完全清醒，把梦的细节用录音的方式记录下来。安部自述说："梦的记录和收集是我为了穿过用逻辑无法通行的迷宫的自己的方法。"值得注意的是，安部对梦境采取了理性的态度，他把梦境、无意识作为把握、提炼形象的一种方法，并且运用理性对梦幻进行甄别和加工，使作品中出现的梦境和现实产生某种联系。他利用梦境描画现代人的内心风景，刻画潜意识中日常被压抑的欲望、冲动与不安。

与安部公房早期作品中人被物化不同的是，《箱子》中记录了一个典型的人被物品控制的梦。梦境往往是现实的变形，现实中人的身不由己在梦中往往有两种表现：一种是现实生活中被压抑、控制的自己摇身一变成了控制者，梦境显现了内心的欲望；另一种则是梦境重现了现实中的场景，用似曾相识的场景强化了人对现实的感受。安部记录的梦大都属于后者。在《箱子》的结尾，"不过，我并不觉得不安。至少，我不用担心迷路，因为箱子会指引我。我只需要，毫不迟疑地，走下去。"——人被现实控制的心理被体现得淋漓尽致。

从"变形"转向"梦境"，体现了安部公房方法论上的转变，但是"变形"与"梦境"都基于作家对于现实的认识，荒诞与不安强化了人对于社会现实的感受。于日常之中发现非日常，于非日常中发现日常，这也许正是安部公房的作品提供给读者的一次阅读探险。

复旦大学日语系教授　邹波